継体大王異聞《けいたいだいおういぶん》

文庫改訂版

幻冬舎 MC

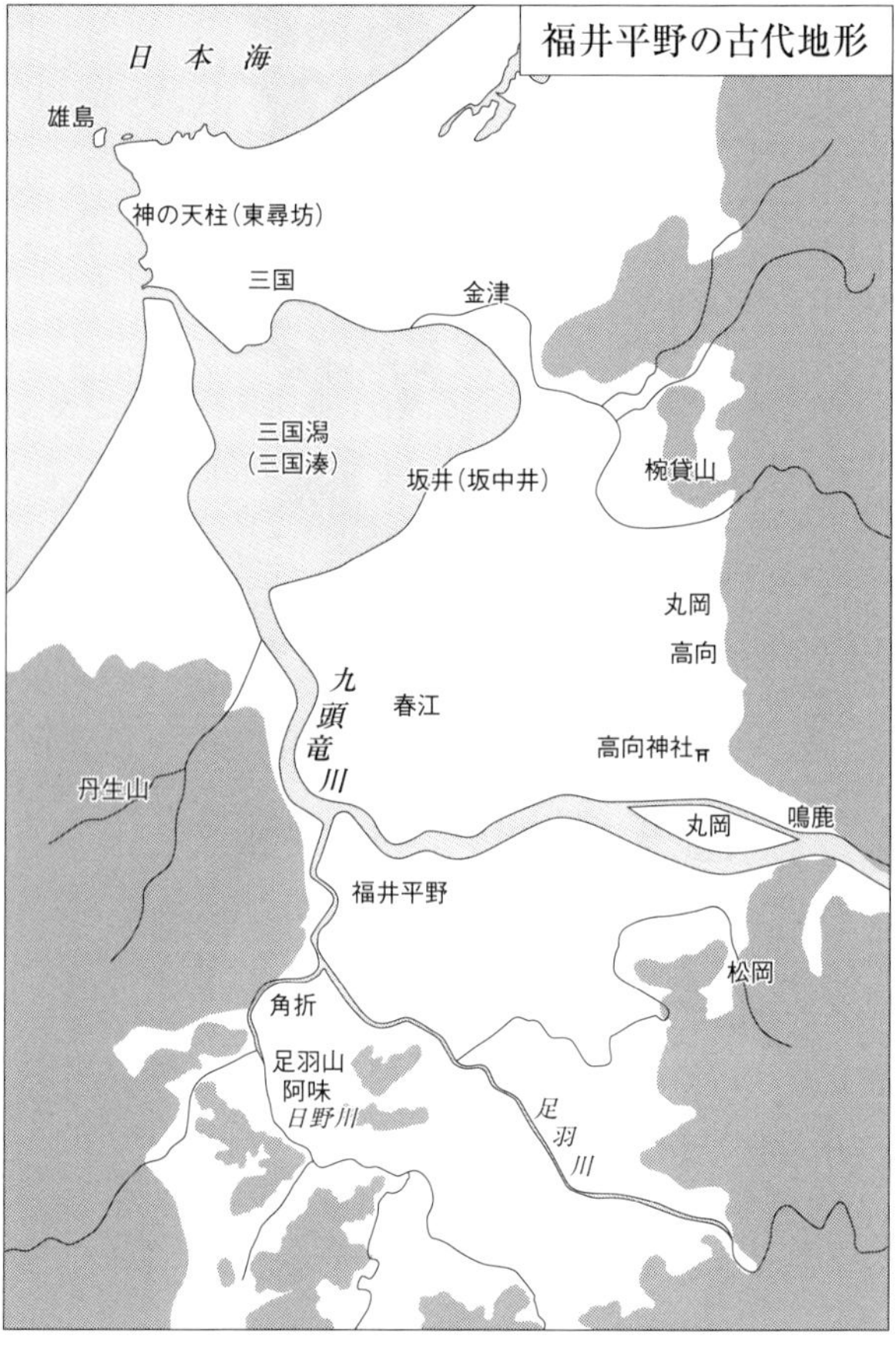
福井平野の古代地形
日本海
雄島
神の天柱(東尋坊)
三国
金津
三国潟
(三国湊)
坂井(坂中井)
椀貸山
丸岡
高向
九頭竜川
春江
高向神社
丹生山
丸岡
鳴鹿
福井平野
松岡
角折
足羽山
阿味
日野川
足羽川

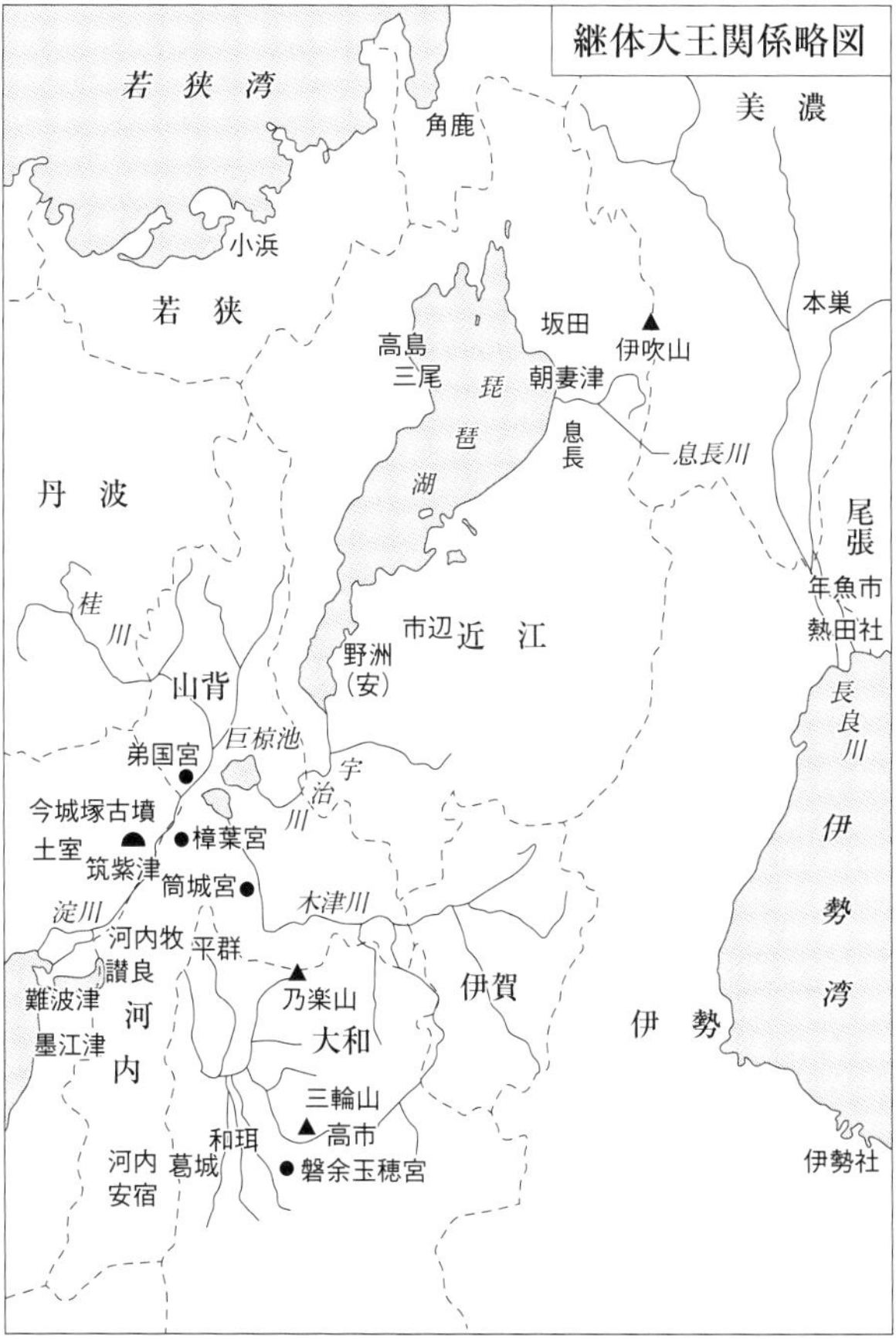
継体大王関係略図
若狭湾
角鹿
美濃
小浜
若狭
本巣
坂田
伊吹山
高島
三尾
琵琶湖
朝妻津
息長
息長川
丹波
尾張
年魚市
熱田社
桂川
市辺
近江
野洲
(安)
山背
長良川
巨椋池
弟国宮
宇治川
今城塚古墳
土室
樟葉宮
筑紫津
筒城宮
木津川
淀川
河内牧
平群
讃良
乃楽山
伊賀
伊勢湾
難波津
河内
大和
伊勢
墨江津
三輪山
高市
和珥
河内
安宿
葛城
磐余玉穂宮
伊勢社

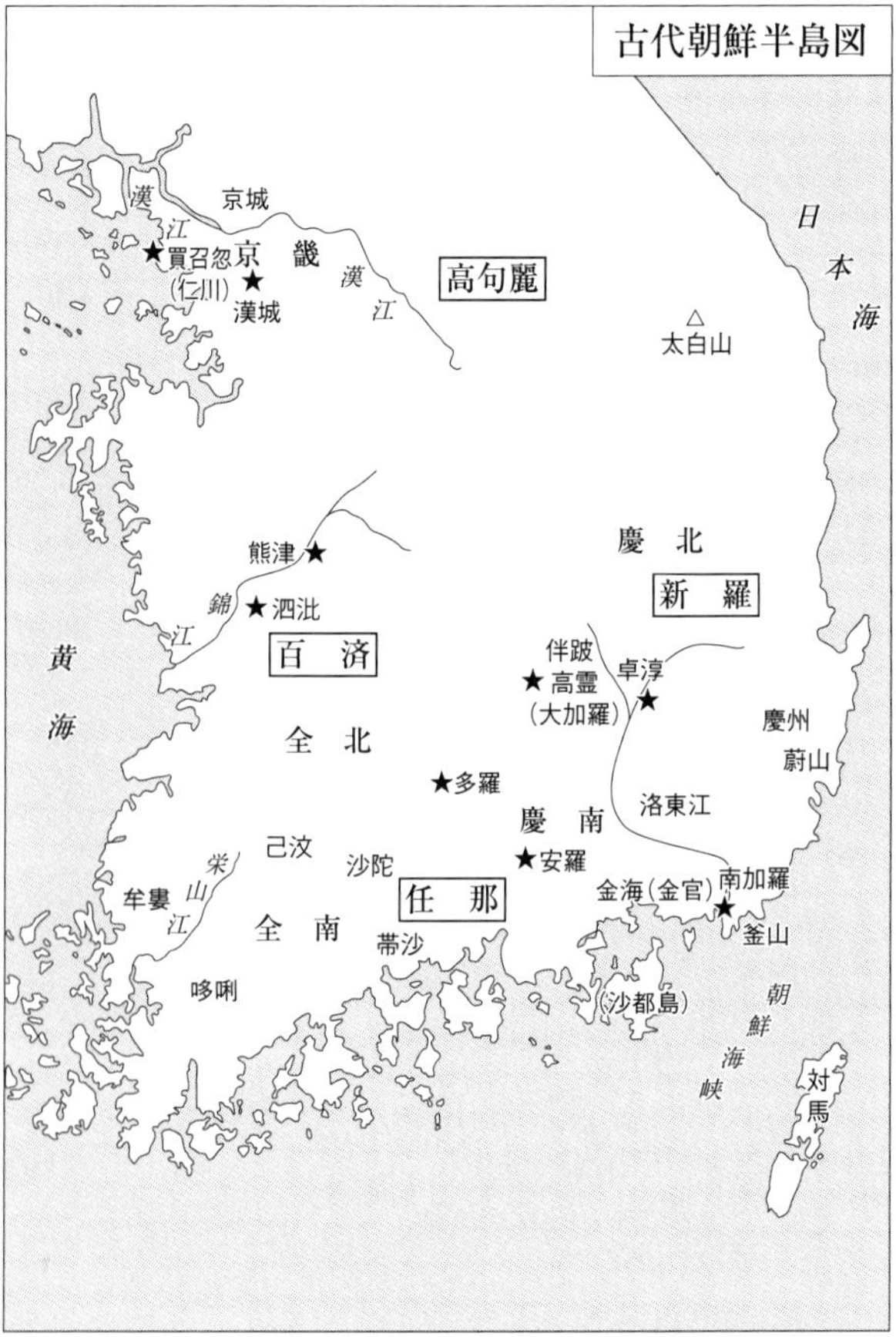
古代朝鮮半島図
漢江
京城
買召忽
(仁川)
京畿
漢城
漢江
高句麗
日本海
太白山
熊津
泗沘
錦江
慶北
新羅
黄海
百済
伴跛
高霊
(大加羅)
卓淳
慶州
蔚山
全北
多羅
洛東江
慶南
己汶
沙陀
安羅
南加羅
金海(金官)
栄山江
牟婁
任那
全南
帯沙
釜山
哆唎
(沙都島)
朝鮮海峡
対馬

古代天皇系図

○印は天皇代位　※印は同一人物

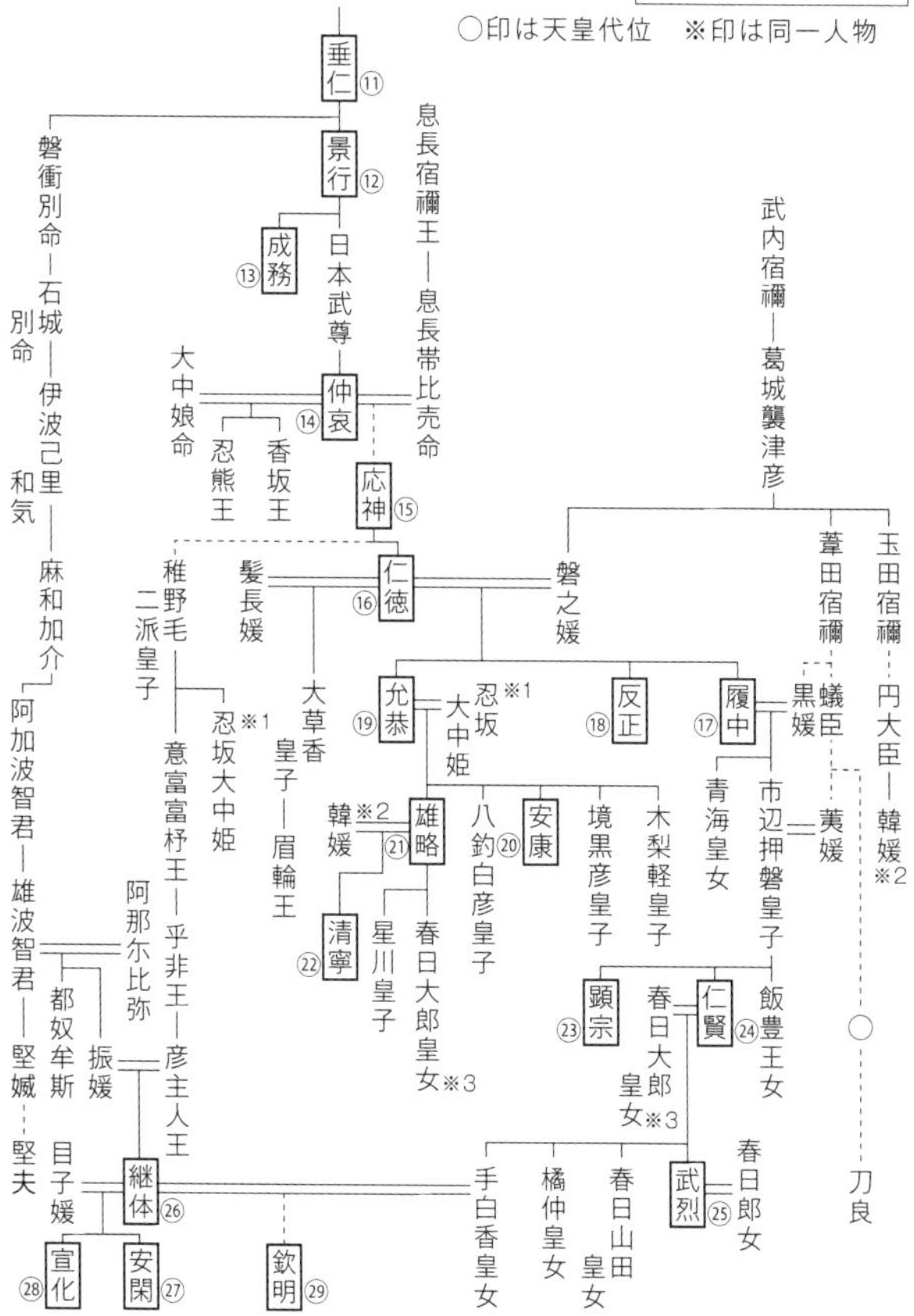

『継体大王異聞』　登場人物

※登場順に記載。実在とした人物は概ね『日本書紀』による。本書で創作した人物名は後に（※）をつけた。

また、本表の説明書きには理解しやすくするため、漢風諡号による「天皇」や「皇子」「皇女」を併記し、半島諸国の王名などは諡を用いた。

第一章「持衰」

男大迹《ヲオト（ヲホド）》――本編の主人公の諱（イミナ）、彦太尊（ヒコフトノミコト）、フト大王位に就き、後年、継体天皇と諡される

坂井致福《サカイノチフク》（※）――越前・三国の三尾氏の家臣、男大迹の出生以来側で仕えている

安羅子《アラコ》――河内馬飼の長の子、任那の安羅で生まれる、後に荒籠と称す

鵜野真武《ウノノマタケ》（※）――北河内の馬飼一族

斯麻《シマ》――昆支王の子（蓋鹵王の子との伝承もある）、百済の第25代武寧王

宗我馬背《ソガノウマセ》――後の宗我高麗（コマ）、祖先が任那出身の新興豪族

牟古《ムコ》（※）――――三国の住人、三尾氏の船の持衰を務める
安宅百魚《アタカノモモヲ》（※）――三尾氏の船頭

第二章　「越の鳳雛」

振媛《フリヒメ》――――――越前・三国の長の娘、任那生まれ、彦主人王の妃、男大迹の母
雄朝津間稚子大王《オアサヅマワクゴノオオキミ》―第19代允恭（インギョウ）天皇
三尾君堅槭《ミオノキミカタイ》――――越前・三国の豪族の首長、振媛の異母兄
彦主人王《ヒコウシノオウ》――――傍系王族、息長氏のもとで高島の地を治める、男大迹の父
木梨軽王子《キナシノカルノミコ》――――允恭天皇の太子、同母妹との不義で廃太子の処分を受ける
忍坂大中姫《オシサカノオオナカツヒメ》――――允恭天皇の后、雄略天皇の母
乎非王《オイノキミ》――――彦主人王の父（実名は不明）、男大迹の祖父
美沙目《ミサメ》（※）――振媛の侍女、男大迹の乳母
息長真手王《オキナガノマテノオウ》――――近江の大豪族の首長、男大迹の遠縁にあたる傍系の王族
三尾乎波智《ミオノオハチ》――――越前・三国の豪族の首長、堅槭や振媛の父

宗我満智《ソガノマチ》――任那の有力倭人氏族の長、後に大和に移住、宗我馬背の祖父
阿那尓比弥《アナニヒメ》――宗我満智の義理の従姉妹、三尾乎波智に嫁ぎ振媛を産む
都奴牟斯《ツヌムシ》――三尾乎波智と阿那尓比弥との子、振媛の兄
堅夫《カタフ》――三尾君堅槭の長子、『古事記』では「加多夫」と表記
角折磐足《ツヌオリノイワタリ》（※）――三尾氏の支族の長、三国の角折の地を治める
稚子媛《ワカコヒメ》――角折磐足の妹、男大迹の最初の妻となる
倭媛《ヤマトヒメ》――三尾君堅槭の娘、堅夫の妹、後に男大迹に嫁す

第三章　「邂逅」

昆支王《コンキオウ》――『日本書紀』では蓋鹵王の弟、倭国に渡来、斯麻の父
蓋鹵王《ガイロオウ》――百済の第21代の王、姓は余（ヨ）
丹生媛《ニウヒメ》（※）――息長真手王の娘、昆支王の妃となる
末多《マタ》――昆支王の第二子、母は息長丹生媛、百済の第24代東城王
麻績媛《オミヒメ》――息長真手王の娘、丹生媛の妹、後に男大迹に嫁す

本巣根王《モトスノネノオウ》——美濃国の豪族の長

広媛《ヒロヒメ》——本巣根王の娘、男大迹を慕う

尾張連草香《オワリノムラジクサカ》——尾張の大豪族の首長

凡比古《オオシノヒコ》——尾張連草香の長子

目子媛《メノコヒメ》——尾張連草香の娘、男大迹が尾張に滞在中に妻となり二子を産む

海部押足《アマベノオシタリ》（※）——尾張氏の支族の長、治水の任にあたる

太郎子《オオイラツコ》——男大迹と稚子媛の子、男大迹の最初の子　幼くして亡くなる

匂比古《マガリノヒコ》——男大迹と目子媛の長子、後に継体を継ぎ安閑天皇となる

高田比古《タカダノヒコ》——男大迹と目子媛の次子、安閑の後、宣化天皇となる

第四章　「鉄と巡拝」

誉田別尊《ホムタワケノミコト》——神功皇后の子、第15代応神天皇、品太彦

息長帯比売命《オキナガタラシヒメノミコト》——第14代仲哀天皇の后（神功皇后）、応神天皇の母

磐衝別命《イワツクワケノミコト》——第11代垂仁天皇の皇子、三尾氏の祖といわれる

坂田諸瀬《サカタノモロセ》（※）――近江の息長氏の支族、姉川付近を領し鉄の扱いを担う
出雲臣宮向《イズモノオミミヤムキ》――出雲国の大首長、出雲初の国造となる
出雲布奈《イズモノフナ》――出雲臣宮向の長子、男大迹と同年
意宇國安《オウノクニヤス》（※）――出雲の「杵築大社（出雲大社）」の禰宜
御間城大王《ミマキノオオキミ》――第10代崇神天皇
活目入彦大王《イクメイリヒコノオオキミ》――第11代垂仁天皇
佐佐宜郎女《ササゲノイラツメ》――男大迹と麻績媛の娘
出雲郎女《イズモノイラツメ》――男大迹と稚子媛の娘、後に出雲布奈の長子である布禰に嫁す
大鷦鷯大王《オオサザキノオオキミ》――第16代仁徳天皇

第五章　「治水」

鳴鹿為安《ナルカノタメヤス》（※）――三国の丸岡の地を治める三尾の部族長、治水の事業を司る
阿味定広《アミノサダヒロ》（※）――三国の角折の南側の地を治める部族長、石の採掘を司る
金津名取《カナツノナトリ》（※）――三国の北方の地を治める部族長、製鉄を司る

出雲布禰《イズモノフネ》――出雲布奈の長子、男大迹の娘の出雲郎女を娶る

吉備臣小梨《キビノオミオナシ》――高句麗に対抗するため、半島に派遣された将軍、安羅に駐在

椀子彦《マロコヒコ》――男大迹と倭媛の子、後に三国公の祖となる

大泊瀬幼武大王《オオハツセワカタケノオオキミ》――第21代雄略天皇

第六章　「倭の成り立ち」

文周王《ブンシュウオウ》――百済の第22代の王、蓋鹵王の子

意富富杼王《オオホドノオウ》――忍坂大中姫の兄、男大迹の曾祖父

足仲彦大王《タラシナカツヒコノオオキミ》――第14代仲哀天皇

武内宿禰《タケノウチノスクネ》――古代の伝説上の偉人、5代の天皇に仕える、諸豪族の祖

伊尸品王《イシヒンオウ》――金官加羅国の第5代の王（明王）

布牟知《フムチ》（※）――任那の多羅国の首長、伊尸品王の甥

葛城襲津彦《カツラギノソツヒコ》――第8代孝元天皇の裔、大和の豪族の首長、武内宿禰の子

息長宿禰王《オキナガノスクネノミコ》――近江の息長氏の祖、神功皇后の父

荒田別《アラタワケ》――東国・毛野の豪族、将軍として半島に出征
沙白《サハク》――多羅国の布牟知と神功皇后の子
稚野毛二派王子《ワカヌケフタマタノミコ》――品太彦の子、男大迹の祖

第七章「百済の騒擾」

長寿王《チョウジュオウ》――高句麗の第20代の王、姓は高（コウ）、百済の都漢城を落とす
好太王《コウタイオウ》――高句麗の第19代の王、領土拡大に努める
道琳《ドウリン》――長寿王の密偵、百済に派遣され蓋鹵王を籠絡し衰退に導く
木劦満致《ボクキョウマンチ》――百済の蓋鹵王の重臣
解仇《カイキュウ》――文周王の重臣、「兵官佐平」に任ず
物部麻佐良《モノノベノマサラ》――大和の豪族、百済派遣軍の将軍、麁鹿火（アラカヒ）の父
玄匡水《ゲンキョウスイ》（※）――百済の石工技術者の頭、男大迹の船で渡来し倭国で治水指導

第八章 「倭国のかたち」

坂井致郷《サカイノチクニ》（※）――致福の長子、父に続き男大迹に仕える

宗我韓子《ソガノカラコ》――宗我満智の子、高麗の父、将軍として半島に出征

文斤王《ブンキンオウ》――百済の第23代の王、文周王の子

穴穂大王《アナホノオオキミ》――第20代安康天皇、允恭天皇の次男

大兄去来穂別大王《オオエノイザホワケノオオキミ》――第17代履中天皇、仁徳天皇の長子

市辺押磐王子《イチノベノオシハノミコ》――履中天皇の皇子、大泊瀬幼武皇子に殺される

青海王女《アオミノヒメミコ》――履中天皇の皇女、市辺押磐皇子の妹

眉輪王《マヨワオウ》――大草香皇子の子、安康天皇が母を妃とし安康の義子となる

葛城円大臣《カツラギノツブラノオオオミ》――葛城氏本宗家の首長、娘の韓媛を雄略の妃に差し出す

白髪王子《シラカノミコ》――雄略天皇の太子、第22代清寧天皇

物部麁鹿火《モノノベノアラカヒ》――男大迹を推戴した物部の大連、大将軍として活躍

第九章 「王統の継承」

吉備《キビノ》稚媛《ワカヒメ》――吉備上道臣田狭の妻、乱後、雄略天皇の略奪で妃となる

大伴《オオトモノ》室屋《ムロヤ》――大和の大豪族の首長、雄略天皇時より大連を務める

平群《ヘグリノ》真鳥《マトリ》――大和の豪族、雄略天皇時より大臣を務める

物部《モノノベノ》目《メ》――大和の豪族、雄略天皇時の大連

物部《モノノベノ》木蓮子《イタビ》――物部氏の長、麻佐良の父、仁賢天皇時に大連となる

大伴《オオトモノ》談《カタリ》――大伴室屋の長子、若くして新羅遠征で戦死、金村の父

大伴《オオトモノ》金村《カナムラ》――大伴談の子、武烈天皇時に大連となり、男大迹の即位を薦める

星川《ホシカワノ》王子《ミコ》――雄略天皇と吉備稚媛の子、雄略の死後母とともに反乱

飯豊《イイトヨノ》王女《ヒメミコ》――市辺押磐皇子の娘、青海皇女の姪、億計・弘計の姉

山部連《ヤマベノムラジ》小楯《オダテ》――大和朝廷の臣、播磨に遣いし億計・弘計二王子を発見する

億計《オケノ》王子《ミコ》――市辺押磐皇子の子、第24代仁賢天皇

弘計《ヲケノ》王子《ミコ》――市辺押磐皇子の子、億計の弟、第23代顕宗天皇

第十章　「北の臥龍」

和珥臣河内《ワニノオミカワチ》——奈良添上の豪族、本宗家は「春日」氏と名のる
春日大郎女《カスガノオオイラツメ》——億計太子の妃、和珥臣河内の姪
荑媛《ハエヒメ》——和珥臣河内の娘、阿倍氏に嫁ぎ、後に男大迹の妃となる
阿倍大麻呂《アベノオオマロ》——越（富山地域）の豪族、男大迹の即位を支援し大和に進出
膳長野臣《カシワデノナガノノオミ》——若狭の豪族の首長、朝廷の食膳を管掌する、男大迹を支援
膳久知《カシワデノクチ》——膳長野臣の長子
坂田大俣王《サカタノオオマタノオウ》——息長氏の支族、南山背地域の豪族の首長
小泊瀬稚鷦鷯尊《オハツセノワカサザキノミコト》——仁賢天皇の皇子、第25代武烈天皇
茨田連小望《マムタノムラジオモチ》——渡来系秦氏の支族、淀川南岸を領し、治水に長けている
息長真戸《オキナガノマト》——息長真手王の養子で後を継ぐ
斯我《シガ》——斯麻王と佐佐宜郎女の子

第十一章 「混迷、そして即位」

近江毛野《オウミノケナ》――近江琵琶湖の南、野洲地域の豪族
筑紫君磐井《ツクシノキミイワイ》――九州北部の豪族、大和朝廷に反乱を起こす
平群鮪《ヘグリノシビ》――平群大臣真鳥の長子、武烈天皇に誅殺される
影媛《カゲヒメ》――物部麁鹿火の娘
巨勢男人《コセノオヒト》――大和南部、高市の豪族、武烈天皇時に大臣となる
春日郎女《カスガノイラツメ》――武烈天皇の后
手白香王女《タシラカノヒメミコ》――仁賢天皇の娘、継体天皇の后
真老《シンロウ》――百済の重臣、兵官佐平を務める
真雪《シンソル》（※）――真老の娘、武寧王の妃
余明《ヨメイ》――武寧王の次子、百済の第26代聖明王
淳陀《ジュンダ》――斯我が仏教に帰依した後の名

第十二章 「親政と後嗣」

関媛《セキヒメ》――――――茨田連小望の娘、男大迹の即位にあたり妃となる
広媛《ヒロヒメ》――――――坂田大俣王の娘、男大迹の即位にあたり妃となる
圓王女《ツブラヒメミコ》――――――和珥の荑媛の娘、男大迹の義子となる
倉持君《クラモチノキミ》――――――大和の豪族、役人として任那に渡る
広庭王子《ヒロニワノミコ》――――――継体天皇と手白香妃の皇子、第29代欽明天皇
葦田臣刀良《アシダノオミトラ》――――――葛城氏系の豪族、本宗家の衰退により主流になる
春日臣田作《カスガノオミタサク》――――――和珥氏系豪族の本宗家の首長
磐辺《イワベ》――――――春日臣田作の長子
東漢志拏《ヤマトノアヤノシナ》――――――東漢直氏の首長の次子、「坂上氏《サカノウエウジ》」の祖となる

第十三章 「半島と蘇我出現」

法師《ホウシ》――――――淳陀と百済渡来人との間の子、後に「和氏《ヤマトウジ》」の祖となる

穂積臣押山《ホヅミノオミオシヤマ》——百済への派遣大使、「哆唎」の守に就く

段楊爾《ダンヨウニ》——百済の五経博士、倭国に渡来

姐弥文貴《サミモンキ》——百済の将軍、半島の領地協議のために倭に来る

天照大神《アマテラスオオミカミ》——伝説上の皇祖神

蘇我稲目《ソガノイナメ》——宗我高麗の義子、蘇我と改姓し後に大臣となり政を執る

第十四章　「倭国創建への勾配」

春日山田王女《カスガノヤマダノヒメミコ》——仁賢天皇の娘、手白香皇女の妹、勾大兄皇子の妃となる

物部至至連《モノノベノチチノムラジ》——九州物部氏の末羅の首長、継体天皇の命で半島に出征する

漢高安茂《アヤノコウアンモ》——百済の五経博士、段楊爾と交替し倭国に渡来

厚王子《アツノミコ》——和珥の荑媛の子、近江息長の長になり「真手王」の名を継ぐ

秦宇志公《ハタノウシノキミ》——山背の秦氏の首長、葛野太秦に拠点

秦志勝《ハタノシカツ》——秦宇志公の弟、弟国の深草に拠点、継体天皇に宮地を提供

法興王《ホウコウオウ》——新羅の第23代の王、律令や仏教を取り入れて国を強勢にする

火君広石《ヒノキミヒロイシ》（※）――火国の南部地域（肥後）の豪族
尾張連《オワリノムラジ》佐《サ》迷《メ》――尾張連凡の後を継ぐ支族の首長
異脳王《イノウオウ》――大加羅国（高霊）の第9代の王、新羅に滅ぼされる
橘仲王女《タチバナノナカツヒメミコ》――仁賢天皇の娘、手白香皇女の妹、高田皇子の妃となる

第十五章　「西からの旋風」

河内馬飼御狩《カワチノウマカイノミカリ》――河内馬飼荒籠の甥、近江毛野臣の従者として任那に行く
石姫《イシヒメ》――高田皇子の長女、広庭皇子（後の欽明天皇）の妃
安曇倉《アズミノクラ》海《ミ》（※）――九州の海人族の長、那の津を拠点として玄海の海を制している
大伴磐《オオトモノイワ》――大伴大連金村の次男、筑紫君の乱の後、筑紫国を治める
大伴《オオトモノ》狭《サ》手《テ》彦《ヒコ》――大伴大連金村の三男、筑紫君の乱の後、任那に出征する
胸形《ムナカタノ》男《オ》波《ナミ》（※）――鐘崎の海人族の長、乱の後、安曇氏に替わり玄海の海を制す
筑紫葛《ツクシノクズ》子《コ》――筑紫君磐井の長子、乱の後、糟屋屯倉を献上し死罪を免れる
物部《モノノベノ》尾《オ》輿《コシ》――物部麁鹿火と同族の武人、後に大連となる

仇衡王《キュウコウオウ》――金官加羅国の第10代の王、新羅に滅ぼされる

第十七章　「終章」

王辰爾《オウシンニ》――百済系渡来人の裔、「船史」の姓を賜る。史書編纂に携わる

目次

目次

第一章　「持衰《ジサイ》」

なだらかな坂を登りきり峠に至ると、一気に視界が広がり、南に口を開けた入り江を囲む集落と、西陽に光り輝く海が眼に入ってきた。

「やはり任那《ミマナ》は良いなあ」

若者は声を上げながら右袖で額の汗をぬぐい、竹筒の水を一口ぐいっと飲むと、両手を高く挙げ腰を軽く伸ばした。この男、背が高く体躯もがっしりとしており顔も幾分厳《イカ》つく、そして長旅のせいか髯も伸び始めている。ただ、海を見つめている眼差しは涼やかでわずかに愛嬌も窺わせ、会う者をして親しみを感じさせる印象を与えている。その瞳は黒く輝き、人を魅入らせてしまうほど深く澄んでいた。

その時の出で立ちは、無冠で髪を真ん中で分け美豆良《ミズラ》を結って左右の耳下まで垂らし、上衣《ウワギヌ》も袴もゆったりとした白麻で手首と脚の膝下を紐で結んでいる。足には深めの革沓を履いていたが、長旅のせいか膝近くまで少し土色に染まっていた。首には管玉と勾玉とを交互につないだ御統《ミスマル》（頸珠《クビタマ》）と、それとは別に一回り大きな碧色《ミドリ》の勾玉を胸まで垂らし、左手首にも勾玉の輪を付けている。この男の風貌は倭人そのものであった。

男の名は『男大迹《ヲオト》』、この物語の主人公である。後ろから三人の従者が彼に追いついてきた。

時は丁巳《テイシ》の年（西暦四七七年）八月初旬、朝鮮半島も倭国も動乱の時代を迎えている。

彼を待ちかねたように前方の麓から、やや年配の男が近づいてきた。額の汗を拭きながら、

「太杜《フト》さま、ご無事で……」と声をかけると、男大迹は笑みを浮かべながら、

「おう、致福《チフク》、その後の手はずはどうか？」と尋ねた。致福と呼ばれた男はそれに応えて、

「はい、船の支度もはかどり、百済《クダラ》の者たちも変わりなくしております」

坂井致福《サカイノチフク》は越《コシ》の雄族である三尾《ミオ》氏の家臣で、次代の首長として期待されている男大迹の側に長く仕えている。このたびも男大迹の百済入りの伴として随行していたが、帰路の途

中の安羅《アラ》で別れ、一足早く帰国の手配のため船の待つ金海《キメ》に先行していた。

金海の地は夕暮れを迎えようとしていたが、まだ人出で賑わっていた。任那の内の伽耶《カヤ》と呼ばれるこの地は鉄の産地で、その湊である金海の鉄市には各地からそれを求めに人が集まってきている。このたびの男大迹一行の渡航の目的は百済の遷都後の新都「熊津《ユウシン》」の状況を確かめることにあったが、鉄の入手も目的の一つではあった。

集落の辻に差しかかると、脇の井戸端で四頭の馬とその世話をしている数人の男たちを見かけた。男大迹はしばらくその様子を興味深く見つめていた。馬の世話をしている男たちの中で一番年下と見える若者が、皆と同じように水につけた藁束で馬の背や腹をせっせと磨き上げている。上半身裸で汗が噴き出しているが若者の眼は活き活きと輝いている。一通り世話が済むと四頭の馬たちがその若者だけを囲み、頭を上下に振りながら若者の顔にすり寄せて舐めたり、尻尾を振りながら足踏みをして歓びを表していた。若者も笑いながら馬の頬《ホホ》や首を撫でてやっている。他の者たちには馬は見向きもしない。男大迹はその若者に何か不思議な魅力を感じた。年配の長《オサ》と思われる男がその様子を嬉しそうに眺めている。

　男大迹は男たちに近づきその若者に声をかけた。

「よく精が出ているなあ、汝《イマシ》は馬の言葉が分かるのか？　名は何という？」と笑顔で問うと、横から年配の長が若者に代わって応えた。

「はい、ありがとうございます。この子の名は安羅子《アラコ》、まだ未熟者でございます。私めは鵜野《ウノノ》真武《マタケ》と申します」

　若者は男大迹にはにかむように顔を向けた。

「これからどうする？」と年配の男に尋ねると、

「安羅子は倭の河内牧《マキ》の頭《カシラ》が任那にいるころに安羅でもうけた子で、このほど母が亡くなったため河内に呼び返して手元で仕込むことになり、私めが迎えにまいりました。三日後に船出する越《コシ》の船に馬とともに乗り込むことにしております」と、馬飼たちの事情を説明した。

　男大迹は一つ相づちを打つと、若者の顔を見つめ優しく声をかけた。

「そうか、我《ワ》が船でともに帰るか、楽しみだのう。安羅子とやら歳《ヨワイ》はいくつだ？」と問うた。安羅子は顔をほころばせながら、

「吾《ア》は、十五歳」と明るく応えた。その眼には力がこもっていた。

「そうか、我れは三歳で父を亡くし、十五の時に母も喪《ウシナ》った。十五ならもう大人ぞ」と、男大迹は力づけたが、心の中では「斯麻《シマ》（百済の王子）と同じ歳頃《トシ》か、健気だな」と、安羅子に不憫さを覚え、そして何かしらの縁を感じていた。


翌日、男大迹は金官国府《キンカンコクフ》に滞在していた宗我馬背《ソガノウマセ》（後に高麗《コマ》と名のる）を訪れて、都を遷して間もない百済の情勢を伝えて今後の対応について話し合い、さらに百済の石工たちを連れて帰国する手続きなどを済ませ、出港日の当日朝に金海の湊に戻ってきた。湊は船出の準備で慌ただしく人が動いていた。致福と鵜野真武が話をしている姿を見つけ、男大迹は近づき、

「船出の支度は大丈夫そうだな。安羅子はどこにいる？」と声をかけた。二人は一瞬、男大迹に振り向いたがすぐに顔を見合わせ口をつぐんだ。鵜野真武はうつむき、顔つきが沈み込んでいる。二、三拍おいて致福が重たい口を開いて話し出した。

「安羅子はこの度の帰国船の持衰を仰せつかり、昨夜祈祷を済ませ、今は役目のしきたりを受けているところでございます」と応えると、鵜野真武の顔がさらに青ざめた。

男大迹は驚いて致福に向かって問うた。

「どういうことだ。こちらに来る時に持衰の役目を務めた牟古《ムコ》はどうした。どうして安羅子が？」

致福はいくぶん言いにくそうに、

「牟古はこれまでの苦労が出たのか、我れらが百済を訪れている間に血を吐き臥せっております。もう役目は務まりません。そこで船頭《フナガシラ》の安宅百魚《アタカノモモヲ》が乗船する者の中で、まだ男《オトナ》になってない三人から神籤《ミクジ》で安羅子を選んだもので、神の御意志に応えるほかはありません」

「うーん」と男大迹はうなり、唇を噛みしめたまましばらく空をにらみ続けていた。

「持衰」とは、長い航海において災害を避けるために、全ての人の災いを一身に引き受け、飲食は与えられるが、身づくろいも許されず謹慎して船旅の無事を祈る役割を担わされる。他の人からはある種の敬いの対象にもなる。航海が無事に終われば相当の褒美が与えられるが、災害に遭えばその責を負い、神の怒りを鎮めるために海中に投げ込まれることもある。

古くは『魏志倭人伝』に記述されており、遣唐使船にも、そしてその後の時代においても行われていたと言われている。倭国独特の風習であった。

それから、男大迹は致福や百魚と船の積み荷や寄港地などの打ち合わせを済ませた後、「熊津では思いもかけぬ出来事で日数をかけてしまった。九月を迎えると天候も気にかかる。さあ船出だ。よき船旅を頼むぞ」と百魚の肩に手を置いて語りかけ、船に向かった。

船は、五年前に男大迹が半島との交易を任された時、百魚や船工らと工夫を重ねて造り上げた船で従来の船より一回り大きく、全長八丈（約二十五メートル）、幅は一丈余（約四メートル）ほど。船首と船尾に跳ね上げるように立てた波除板《ナミヨケイタ》と底の刳板《クリイタ》が海上で大きく口を開けた勇壮な鯨を連想させた。舷側にも波除板を設け、漕ぎ手は十六名。船のほぼ中央に粗末ながら屋根つきの小屋を設《シツラ》え、潮風を嫌う積み荷の保管と船主《フナヌシ》（男大迹）の居所としている。前後に帆柱を高く掲げ薄竹を網代に組んだ帆を用意しているが、当時の航海は陸地を確認しながらの手漕ぎ航海が主で、よほど安定した追い風でないと帆では進路を確保できなかった。風の具合を見定めるため船尾側の帆柱の先端には細長い旗を吹き流している。

男大迹は船に乗り込むや安羅子の姿を捜した。彼は艫《トモ》の舟底に端座して目を閉じていた。

男大迹は声をかけようと近づくが思いとどまり心の中でつぶやいた。

〈これより角鹿《ツヌガ》（現在の敦賀）までひと月余り、旅路の無事をそちに委ねる。頼むぞ〉

安羅子は人の気配を感じてか、眼を開け男大迹の顔をしばらく見つめていたが、また静かに眼を閉じた。男大迹の胸に不憫な想いがあふれてきたが、何も言葉をかけることもなくその場を離れた。


陽に輝く金海の入り江から男大迹の船は出航した。船尾の一段高い横板の上では、船頭の百魚が風の具合を見計らいながら水主《カコ》たちに手振りで指示を出していた。鵜野真武と安羅子が連れ帰る馬は、船の前後左右に設えた波除けの側板に一頭ずつ繋がれ、真武と数人の馬飼いが面倒を見ているようだ。航海は皆の願いを受けたようにすこぶる順調であった。対馬から一支《イキ》（壱岐）、そして那《ナ》の津《ツ》（現在の博多）で船泊りと潮待ちをして穴門《アナト》（現在の下関）では存分の酒食と休息で水主たちも英気を養い、その後の航海に備えた。

穴門から船は瀬戸の内海ではなく、進路を北に取り「北の海（日本海）」を目指した。越の男大迹の船であり角鹿そしてその先の三国湊を目指すため当然ではあったが、この時代の大船の航路としては、瀬戸の内海は荒れることは少ないが、島並を巡る潮の流れが急で浅瀬の難もあり、行き先にもよるが日本海航路が選ばれることも多かった。

安羅子の様子はといえば、十日ほどは姿勢正しく端座を保っており、近づく者たちには航海の無事を彼に託して敬うような仕種を示す者もいた。だが日を重ねる内に、持衰として顔や体も拭えず髪をくしけずることも叶わず、衣服も垢で汚れたままの姿で座している。日ごとに体力も徐々に衰えていき、端座に堪えられなくなり体を横たえるようになってきた。そして死人の如き姿と異臭で彼に近づく者もその内いなくなった。

船は相変わらず順調に航海を続け、船泊りを重ねながら出雲も過ぎ、二十日余りで丹後半島の西の付根にあたる久美浜《クミハマ》に到着した。この度の航海もほぼ最終段階を迎え、これからは半島伝いに迂回し泊りを重ねながら宮津を目指す。後は若狭湾を陸伝いに船を進め一気に角鹿に向かえばよい。ただ半島巡りは「北の海」の中でも最も難しい水路ではある。二日の潮待ちと十分な休息を得て船はいよいよ出航した。

ほどよい南風に帆を活かしながら、しばらくは気持ちよく北上している。男大迹は船中の者たちに励ましの声をかけ、皆の様子に満足げに船尾まで足を運んだ。そして艫の安羅子のそばに近づき屈みこんで顔を覗いた。安羅子はここ数日と同じように膝を抱えるように曲げて体を横たえていた。男大迹は顔を近づけ囁くようにつぶやいた。

「よく今日まで辛い日々を務めてくれた。あとしばらく耐えてくれ、頼むぞ」と声をかけた。

　すると安羅子の瞼がピクリと震え、静かに眼を開いて男大迹に応えている。その瞳に微かに笑みを見つけ、男大迹は安堵を胸にその場を離れた。


　船はちょうど半島の北端を過ぎ、その進路を東に切ったところである。次の寄港地である伊根《イネ》は南に回り込めば夕暮れ前には十分着ける。

　その時、船尾に立つ百魚は右頬にさっと冷ややかな風を感じた。振り向くと黒い雲がむらがって船に追いつこうとしていた。嫌な予感がよぎり帆柱に眼をやると、旗が方向を定めず踊るような勢いでたなびきだしている。百魚は天候の急変に対応するため、

「すぐ帆をたため、左舷は力一杯漕げ！」と叫び、自身は一段と長い櫂《カイ》を海に突っ込んで、船の舵取りをしようとするがままならない。瞬時にして黒雲は船を覆い周りはたちまち昏

くなる。その時真上で稲妻が鋭い刃を一閃した。同時に旋風が襲い船は大きく揺れる。船首が抑えつけられ船尾が高く波の上に浮き上がる。船は荒波に翻弄されながら北東に流され伊根の鷲岬《ワシノミサキ》がみるみる遠ざかっていく。そして、強風をまともに受けた左舷船尾の側板が嫌な音とともに裂け上半分が海に放り出された。側板に鉄鎖でつながれていた馬もその前半身が船外に投げ出され後ろ脚で激しくもがいている。すぐそばで繰り広げられている光景を安羅子は狂おしく凝視していたが、体に力なく横たわったままで両肘を踏ん張り肩をもたげるのがやっとの様子であった。男大迹も事態に気づき駆けつけるが船の揺れで思うように近づけず、馬が海に引き込まれるのを目の当たりにしても、その場に呆然と屈みこむしかなかった。安羅子も肘をくずし両手で顔を覆いうずくまった。

その時である、男大迹は吹き荒れていた風が幾分和らいだように感じた。

「持衰をすぐに海に放り投げろ。海の神を鎮めろ！」と、船尾で百魚が何度も叫んでいるが、すぐに持ち場を離れられる者はいない。

「待て、今少し待て！」と、男大迹は大声をかけ、百魚に慌てて近寄ると両手で肩を抑え、「少し待て、西の空を見てみろ。微かだが陽が射し波風も少し凪《ナ》いできている」と告げた。

確かに徐々に風は収まってきており、しばらくすると先ほどまでの嵐が嘘のように天候が回復してきた。秋も深まる季節の変わり目には時として起きる現象のようだ。すぐに船の損害を確かめると、雨を伴わず短時間で収まったためか積み荷の損傷は避けられたが、左舷の側板と帆の半分がひきちぎられていた。そして馬一頭。

安羅子は疲れた意識の中で、〈馬が吾《ア》の身代わりになり神を鎮めてくれた〉と憐れみ身悶えていた。一方、男大迹は自分が久美浜を出航後に気が緩んで安羅子に声をかけたことで、『持衰』の務めを妨げ神の怒りを買ったに違いないと、心の奥底で激しく自分を責めた。

嵐はやんだが船は東に流され、伊根にも宮津にも寄れず、一昼夜、右舷の遠くに陸地を見定めながら漕ぎ続け、やっと若狭湾の半ばにある小浜に着くことができた。小浜で疲れ切った体を癒すために二日を過ごし、その後は特に難もなく角鹿に到着することができた。金海を出航してから三十五日の航海だった。

安宅百魚が角鹿で下船する者や荷下ろしの指図を終えて、男大迹に話しかけた。

「太杜さま、持衰への罰はいかほどに？」と尋ねた。男大迹は親指と人差し指の腹で鼻先をつまんでしばし考えていたが、

「百魚、この度に失ったものは彼の者の馬だけだ。罰はそれでいいだろう」と返した。

百魚は何か言いかけたが口をつぐんだ。

鼻をつまむのは、男大迹が何かを思案するときなどによく見せる彼の癖である。


南に向かう道の角に馬飼いの者たちが佇んでいた。男大迹は近づき鵜野真武に問うた。

「この先、安羅子は大丈夫か?」

「はい、ありがとうございます。馬の背で休ませながらゆるりと帰ることにします」

安羅子は男大迹に目を合わせたがまだ立てず座り込んだままでいる。

「安羅子よ。辛い旅をよく耐えたな。馬のことは申し訳なく思っている。これは我が心だ」と詫びながら、細い皮ひもを通した碧色の勾玉を一つ首から外し差し出した。

安羅子はどうしていいのか躊躇したままだ。

「これは我れの国の北にある姫川から採れた青玉(ヒスイ)だ。これを我れとの絆の印と思ってくれ」と、男大迹は言いながら首にかけてやった。安羅子は男大迹と目を合わせたまま右手でそっと石を握りしめた。その手に力と眼に喜びの光が感じ取れた。

男大迹はそれを確かめると致福に命じて、安羅子一行に付き添って送らせることにした。

併せて大和まで足を延ばさせ、半島より無事に帰還した旨と、自身は百済からの石工たちを三国まで連れて行き、必要な手配を済ませたのち、十二月までには参上する旨を伝えるために向かわせた。

「達者に暮らせ、またいずれ会おう」と男大迹は安羅子に声をかけ、湊の方に引き返した。


その後、無事に三国湊で男大迹は下船し百魚と話し込んでいる。

「太杜さま、何とか無事に帰国でき、我れも肩の荷を下ろしました。しかしこの船も年に一度は韓《カラ》までの長旅を重ね、この度の嵐にも遭いかなり傷んでおります」と百魚は告げた。

「そうだなあ、まずはこの船を高麗津《コマツ》（現在の小松）に回して修理し、来る年には新しく船を設えて韓行きに備えるか。さらに大きく堅固な船を造ろう」と男大迹が応えると、

「畏まりました。太杜さま、すぐさま手配に取りかかります」と勢いよく船に乗りかけた。

その後ろ姿に男大迹は微笑みながら、航海中に考えてきたことを大声で叫んだ。

「そうだ、『持衰』の要らない船を造ってくれ！」

後に倭の大王となり、後世の史書に「継体天皇」と諡《オクリナ》される人物である男大迹。百済と倭国の今後の成り行きも気になるところだが、まずは男大迹の出生からこの物語を始めよう。

第二章　「越《コシ》の鳳雛《ホウスウ》」

振媛《フリヒメ》にとっては、辛く侘しい帰路の旅であった。険しい峠に達し輿から前方に眼をやると、外は冷たい雪が舞っており、越《コシ》へ続く道の先はまだ遠かった。

時は、雄朝津間稚子大王《オアサヅマワクゴノオオキミ》（允恭天皇《インギョウ》）の晩年、壬辰《ジンシン》の年（西暦四五二年）十二月のことである。

五年前、琵琶湖西の高島三尾の長《オサ》が、宗家筋にあたる越前三国の首長である三尾君堅槭《ミオノキミカタイ》を坂中井《サカナイ》の館に訪れた。その際に君の異母妹「振媛」の美しさに感心し、近江に帰国するや、主人にあたる彦主人王《ヒコウシノオウ》にその旨を伝えると、王はすぐに使者を送って切に望み、越より近江の高島に妃として迎え入れたのである。

近江は古《イニシエ》より大王家につながる息長《オキナガ》氏が威を張っており、長く誼《ヨシミ》を通じていた三国の三尾氏の支族に湖西の差配を任せていた。そして、その地を支配するために大王家の裔《スエ》で息長氏とも血縁のある彦主人王が高島の「別業《ナリドコロ》（枝《エダ》の拠点）」において治めていたのである。

王は非常に治政に優れ、北は角鹿《ツヌガ》の湊にまで勢力を伸ばして半島との交易も差配して繁栄を誇ることとなる。しかし、彼の父親は昔、雄朝津間稚子大王の太子である木梨《キナシノ》軽王子《カルノミコ》の不祥事に連座の咎で大和を憚り、一時、妻の実家である美濃の牟義都《ムゲツ》に逼塞していたが、大王の后妃、忍坂大中姫《オシサカノオオナカツヒメ》の甥にあたる縁で、実家の近江の坂田に引き取られる身となっていた。没後はその名も通称の「乎非王《オイノキミ》」としか伝わっていない。

その子である彦主人王は幼い頃から聡明で治世の才にも長けており、成人後は湖西の三尾氏を導いてその地の経営にあたることになったのである。

二年後、振媛は身ごもり、産月が近づくと高島の水尾神社《ミオノカムヤシロ》に産所を設け出産に備えた。

明くる庚寅《コウイン》（西暦四五〇年）二月。

大変な難産ではあったが、元気で大きな男児が産まれた。振媛は産後しばらく臥せっていたが、ようやく床上げがかなうと彦主人王は子の名を「男大迹《ヲオト》」と名づけて大いに祝った。産所の脇に大きな槻《ツキ》（欅《ケヤキ》）の樹がそびえており、周りの者からはその神木に因み親しみを込めて「太杜《フト》」と呼ばれるようになる。

その後、男大迹は母の振媛をはじめ、乳母の美沙目《ミサメ》や輿入れ以来仕えている坂井致福《サカイノチフク》に見守られながら、すくすくと育ってきている。

彦主人王も、男大迹のあどけない仕草の中に時として非凡なところを認め、このまま成長を遂げれば自分の後を継ぐ者にしたいと望んでいた。

そうして男大迹が三歳を迎えた秋、彦主人王が突然の病を得て倒れる。容態は深刻で高島の寝所に臥せったままである。振媛は側を離れず看病し、男大迹も横に控えている。

数日たって、彦主人王は自身の最期が近いのを悟り、振媛に顔を向けて静かに話し始めた。

「男大迹のことは後を頼むぞ。この子を産んだとき、そなたは苦しみで気を失っており、その後も臥せっていて覚えがないと思うが、実は三つ子であったゆえあれほどの難産であったのだ。男大迹は幸いにして元気に産まれたが、兄の二人は憐れにも育てるのに覚束ない態で、残念ではあったが命を保つことがかなわず密かに葬るに至った。全てはそなたの気持ちを慮って今まで隠していた。許せよ、許せ」と細い声で打ち明けると、力なく眼を閉じた。

衝撃的な話を振媛は息をつめて聴くや、しばらくは胸の震えが収まらず涙があふれてきた。

それでもか細い体つきに似合わず気丈な振媛は、口を引き締めて涙をぬぐい、亡くした二人のことは不憫で身が引き千切られるように辛いが胸の奥に閉じ込めようと決心した。そして、生かされた男大迹を見つめ確《シカ》と抱きしめた。男大迹は訳が分からず小さく歓声を上げる。


明くる朝、その後意識を戻すことなく、彦主人王は息を引き取った。

振媛はもう一度男大迹を抱きしめ、この子に数奇な運命を感じ、たくましく育てると誓った。

〈男大迹は、はからずも二人の兄の血肉を分けもらい生を受けた。そしてその命までも……。この子はその見返りに、とてつもなく過酷な試練を背負って生きていかなければならぬ定めとともに産まれてきたのか。おのれに責のない償いを果たしながら……。それを乗り越えて強く生きねばならぬこの子を、我れが確と育てねばならぬ〉と、我が子の行く末を案じた。

彦主人王の殯《モガリ》と葬儀を終え振媛は、男大迹を自分の手で育てるために、知り人の多い里の三国に帰ることを決めた。

〈このまま正月を迎えて坂田を訪れれば、おそらく男大迹の行く末について部族内で議せられ、息長氏の中での立場を巡り危惧する者もあろう。確かに大切に育てられると思うが、男大迹に課せられた道とは異なると思う。やはり故里である三国の地で我がもとで育てよう〉

振媛は正月を待たずに高島を出発した。美沙目や致福など十人ばかりが従者として従う。坂田からも息長の若き首長である真手王《マテノオウ》をはじめ、氏族の長も数人が見送りにきて、それなりに別れを惜しむ言葉をかけてくれたが、中にはほっとした表情をうかがわせる者もいた。振媛は三国への帰国の決心が間違っていなかったと感じた。

振媛の一行は雪の中を北に進んでいく。輿の中で男大迹は母の膝を枕にしばらくまどろ

んでいたが、輿の揺れで眼を開き母の顔を見つめた。振媛は目覚めた男大迹を気遣って、

「寒くはないかえ？」と問うと、

「ううん、母さまの膝温かい」と応え、また眼を閉じた。

振媛は輿の中から若い致福に声をかけ、先を急ぐよう伝えた。


ただ振媛の胸には懸念があった。それは彼女の出自に関わることである。

その昔、父親である三尾の首長平波智《オハチ》が任那《ミマナ》の金官国府《キンカンコクフ》の司《ツカサ》として滞在していたときに、当地の有力者であった宗我満智《ソガノマチ》から彼の義理の従姉妹にあたる、阿那尓比弥《アナニヒメ》を薦められ娶った。比弥は百済《クダラ》王族の裔ともいわれるが、数代前から任那の洛東江《ラクトウコウ》の南に移り住んでいた。任那の地では普通のことではあるが、倭人や新羅人の血も混じっている。比弥は気品高く美しい容貌と勝ち気な性格を持ち、平波智との間に金官加羅《キンカンカラ》国で振媛とその兄都奴牟斯《ツヌムシ》を儲けた。

平波智の任が終えるとともに三国に帰国したが、本拠の坂中井には正妻である妃と後継ぎがすでにいた。阿那尓比弥はそれを憚り、東方にはずれた地の高向《タカムク》に居を決めたのである。そして平波智が亡くなると、幼い振媛を新しく三尾の首長となった堅械に託し、都奴

牟斯を連れて北の加賀に渡り、湖沼に囲まれた地で半島からの渡来人が多い「江沼《エヌマ》」に移り住み、その地で百済人とともに開拓に勤《イソ》しむ暮らしを選んだ。その母も十年も前に亡くなり、兄の都奴牟斯も三国には未練なく江沼の地で生きている。

そのような境遇で振媛は三国に帰ろうとしているのであり、たとえ兄の堅槭君が温かく迎えてくれようと、周りとの軋轢は避けねばならないと思っていた。


暮れに三国に到着した一行は、すぐに坂中井の首長の館に迎えられ、堅槭君からも労わりの言葉をかけられ、ともに暮らすことを勧められたが、振媛は道中で考えてきた通り、本家と距離を置いた地で自らの手で男大迹を育てたいと思い、

「母のゆかりのある高向に住みたいと存じます。どうかお許しを……」と堅槭君に願いを通し、正月早々、帰国時の従者の内で主だったものを供にして、高向に移っていった。

本拠の坂中井とは一定の距離を置いた生活を続けていたが、堅槭君の計らいであろうか、支族の三尾角折《ミオノツヌオリ》の長からの厚い支援もあり、特に暮らしぶりに困ることもなく日々を過ごしていた。

次の年の正月、振媛は五歳を迎えた男大迹を連れて久しぶりに坂中井を訪れ、三尾の首長である堅槭君をはじめ主だった親族に新年の挨拶を済ませ、元日の一日を少なからず気兼ねしながら過ごした。

男大迹といえば、広い館と大勢の人の中でいつになく落ち着きのない表情をしていたが、それでも嬉しそうにあちこちと動き回っている。広間の脇の控えの間を覗くと、男大迹より少し年上らしい男の子が、妹と見える二、三歳の幼子の前で何かをして遊んでいる。先ほど年賀の挨拶をした際、首長の横にいた長男で後取りの堅夫《カタフ》であった。普段、高向では同年輩の子供と触れ合うことはなく、ともに遊びたいと思い部屋に入った。

堅夫が手にしていたのはこぶし大の木を紡錘型に削って先に円い棒の柄を付けたもので、その柄を手でひねれば床の上でしばらく回っている。高句麗から任那を経て伝わった玩具ゆえ「コマ（高麗）」と言われている。堅夫の膝の前には色違いの物が三個ほど転がっており、男大迹も同じように遊ぼうと、堅夫に笑顔で会釈しながらコマを手に取ろうとしたところ、

「吾《ア》のものに触るな、太杜。高向のよそ者は近寄るな。さがれ！」ときつい言葉を発した。

堅夫は大柄の男大迹とほぼ同じ体格だが二つ年上の七歳になる。気の強い性格で首長の長

子であるという立場がそうさせているのか周りに対し少しわがままである。堅夫の叱責に男大迹は一瞬戸惑うが、仕方なく鼻に指を添えながら部屋を出て母のもとに戻った。ただ、ともに遊びたいという子供ながらの想いは残ったままであった。

その後も正月には坂中井に出向くが、堅夫の男大迹に対する態度は少しずつ大人びてきてはいるものの相変わらず素っ気なく、互いの位置関係は変わらなかった。

それに比べて、坂中井より遠方ではあるが角折の館へ行くのは楽しみであった。三尾角折君の長子の磐足《イワタリ》は男大迹より五歳年上、娘の稚子媛《ワカコヒメ》は二歳年上で、訪れた際にはいつも三人仲良く過ごした。特に稚子媛は姉気取りで何かと世話を尽くしてくれる。

将来、磐足は十七歳で先代の後を継ぎ三尾角折君となるが、年を経るごとに領地での度重なる水害を訴え、治水の大切さを男大迹に話しきかせるようになってきた。角折も坂中井の地も長年にわたり川の恵みを受けるとともに、毎年のように水害にもさらされていた。

十歳になると、母の振媛は男大迹に稲の作付けや手入れの仕方を教え、ともに田畑で働き始めた。高向は少し高台にあり稲作は低地に下りて栽培していたが、梅雨や台風の時期で大雨に見舞われると九頭竜川《クズリュウ》はあっけなく氾濫し、幹から四方八方に枝を張るように水が流れ出し、さらにひどくなると三国湊まで一面が湖水となってしまう、その都度、稲は大きな被害を受けることになる。致福らと土手のごとき堤防を築くが、技術が拙く水流が強くなれば途端に崩れ去ってしまう。そのように水との戦いを繰り返しながら年を重ねていく。

十五歳を迎えた小正月に、男大迹は成人への神事を受けることとなった。三国では十五歳になった男子に大人になる覚悟を確かめる儀式として、いつの頃からか、「神の天柱《テンバシラ》（今の東尋坊）」の崖からの逆さづりに耐えることでその証しとしていた。認められれば一人前として扱われ嫁取りも許された。

この年は三尾氏一族の五人がその対象となっていた。男大迹は袖幅が広く足首を縛った白装束の姿で首からは母から授けられた勾玉と管玉《クダタマ》を連ねた御統《ミスマル》（頸珠《クビタマ》）を胸に下げ、禊《ミソギ》を受けた後に逆さづりに挑む。支える綱を持つのはここ最近に神事を受けた若者三人で、男大迹には三尾の堅夫が前を受け持つこととなった。男大迹は会釈してお願いすると、「我れは二年前、三丈（約九メートル）まで耐えたぞ。まだ誰にも超えられてない。汝《ナ》はそこまで我慢することはないがな。もうだめだと思ったらさっさと手を挙げろよ」と笑いながら言った。男大迹はもう一度礼をし、御統を首からはずして母に預けて崖に向かう。三尾の堅械君も角折の磐足も控えている。振媛は脇で眼を閉じて祈り続けており、乳母の美沙目や致福も祈りながら固唾をのんで見守っている。

男大迹は崖の縁に膝をつき、足首の綱を確かめて堅夫に笑みを浮かべて合図を送ると、やおら崖から身を逆さに降ろしていった。その頃から風が吹き始め例年に比べ状況が悪くなってきている。その中を男大迹の体は沈んでいく。一丈そして二丈と。その間にも風はますます強くなってきたが、三丈近くまで沈み続ける。周りからは「もう十分ぞ！」と声がかかる。その内に一昨年に達した三丈の印が先端で綱を持っている堅夫の眼に入った。

「太杜！　もう手を挙げろ！」

自分を超えるのに我慢がならず堅夫は叫んだが、男大迹は聞こえないのか手をまだ挙げない。その瞬間である、西からの突風が崖を襲い男大迹の体は大きく右に揺れ、その後左に戻り、また右に揺れ始めたときに最前よりさらに強い風が吹き、堅夫が握りしめていた手から綱が離れ、先ほどより大きく男大迹は右に振れた。その瞬間、後の二人も耐え切れずに綱を離さざるを得ず、なぜか足首の綱も解け男大迹は完全に宙に投げ出された。後は海中か崖下の岩に叩きつけられるばかりだ。周りで見守っている皆からは悲鳴の声が上がり、振媛は顔を両手で覆い、

「神よ！　我が命に代えて……」と叫んで、男大迹の御統を手に握りしめたまま倒れ伏した。

堅夫は崖下に落ちていく男大迹を震えながら見つめ、

〈我れが綱を耐えきれなかったのは風の強さのせいか、それとも、男大迹に自分を超えられるのに我慢がならなかったためか？〉と瞬時に思いを巡らせていた。

その間も男大迹の体は風に煽られながら遠く東に落ちていくように見えた。その腕を真横に伸ばし広げた袖に風を受けながら飛ばされている。ただ海に落ちない。風のもたらす不思議か、海面より高さ十丈あたりで滑空している。崖の上から見守っている人々からは、まるで白鳥か鳳凰が飛んでいるように見えた。多くの者が、

「おお、神よ！」と口にした。それは、神に男大迹の無事を祈ったのか、それとも男大迹自身を指して声を出したのか……。

堅夫は前にも増して全身で震えながら眼の前の信じがたい現象を見つめていた。だが、その目にもう力は残っていなかった。

男大迹はそのまま空を滑るように、半里ほど北東にある雄島《オシマ》の林の中に吸い込まれていった。それを認めると致福を先頭に数人の若者が走り出し雄島に向かった。振媛は男大迹が空中に投げ出されたときに意識を失ったままで、周りの介抱を受けている。若者たちは舟も使い半刻近くかけて雄島に着き、山頂の祠の脇に横たわっている男大迹を見つけた。不思議なことに体に傷一つない。この奇跡に驚かない者はいなかった。

男大迹は、雄島に至る寸前に体が眩い光に包まれる感覚とともに気を失い、痛みを感じることもなく島の頂き付近に堕ちたが、目覚める直前に頭の中で響く声を聞いた。

《男大迹よ、汝《イマシ》に新しい生を与えよう。その命に適《カナ》う務めを果たせ、苦しい道に光を求めよ！》

確かにその声を頭に刻み意識が戻る。ただ、男大迹はこのことは誰にも話せないと思った。

男大迹は無事に生還したが、元通りの境遇には戻れなかった。

振媛は意識を取り戻し、息子の無事を心より喜んだが、あの時の心労からか、体の衰弱で立ち上がれず床に就いたままの状態が続いている。また、堅夫は強烈な怯えでまともに口も利けず心を失った模様で、坂中井の館の奥に引き籠っていると聞いている。

かの奇跡は瞬く間に国中に広がり、男大迹に希望を見る声が高まり始めた。さらに噂は国を越えた。逆に、三尾本家で今まで堅夫の側に仕えていた者たちは男大迹に対して複雑な感情を抱く者もおり、男大迹もそんな空気を肌で感じて考え込む日々が続いていた。

振媛の容態は一進一退を繰り返し、その年の秋を迎えたある日、若くして三尾角折の長を継いだ磐足が見舞いのために高向を訪れ、病床の振媛に優しく問うた。

「我が妹の稚子を太杜の嫁として迎えてはくれないか？」

振媛は申し出に喜んで承諾した。男大迹も幼馴染の稚子媛を好ましく思っていて母の勧めもあり、磐足に向かって頷いた。

だがこの佳き話にもかかわらず、その後は振媛の容態は悪化が進んできた。そして、男大迹は母が万が一の場合、このまま三国に留まってよいのかと心は揺れ動いている。

そのような気持ちを抱き、男大迹は坂中井に三尾の堅楲君を訪ねて本心を包みなく話して相談した。母の病状を伝え、堅夫を気遣い、角折との婚姻、そして万一に母が亡くなればば三国をしばらく離れたい旨を告げた。堅楲は三国を出て何をするのかを尋ねると、男大迹は、

「まだ確とは決めかねておりますが、そう、まずは治水の技を学ぶこと。さらに自分が何者になろうとしているのか、他の力を頼らずに生きる苦しみの中から自身を見つめ直してみたいと存じております」と、咄嗟に思いついたことを口に出した。

〈そう、治水で水害を防ぐことができれば、確かに民は喜び三国も豊かになる〉

男大迹は話を交わしながら『治水』という具体的な目標を得ることができ、細いながら先に一筋の光明を見出したことを感じていた。

堅楲は少しの間腕を組み考え抜いたあと、

「太杜よ、話はよく分かった。しばらく時をくれ。汝の望みがかなう道を考えてみよう」

と応えた。

坂中井から帰って五日後、振媛の容態が急変した。男大迹は傍らにつききりで看病す

るも、すでに望みの持てない状態であった。

病状を聞きつけて堅械君が駆けつけ、寝所に横たわっている振媛の手を握り、男大迹にも聞こえるように、こう声をかけた。

「しっかりせよ、我が娘の倭《ヤマト》を太杜に嫁がせ、のちには我が後を任せようと思っている」

振媛はその話を聞き、かすかに笑みを浮かべ静かに眼を閉じた。そして、堅械は男大迹に向かって、

「しばらく三国を離れることを許す。ただ必ず帰って来よ。我れも倭も待っているぞ」と告げた。

男大迹は堅械の眼を見つめ、そして深く頭を下げて感謝した。

そのまま二人に看取られながら、その夜更けに振媛は安らかな顔で息を引き取った。

〈我れは崖から投げ出されたとき、天から新たな生を授けられた。母の命、堅夫の心まで奪って生かされている。今後、天は我れに試練を与え生きるに適う務めを強いてくるだろう。道が分かれた時は、より厳しく辛い道を選んで進み、己の正しい定めを試そう〉と心に堅く決め、男大迹は新しい道を目指すことにした。

晩秋が訪れた越の空は昏い雲に覆われ肌寒い日であった。

第三章 「邂逅《カイコウ》」

母が亡くなった翌日、男大迹《ヲオト》は一日中「神の天柱《テンパシラ》」の崖の上に立ち続け、「雄島《オシマ》」を見つめていた。

喪屋《モヤ》で母振媛《フリヒメ》の殯《モガリ》を務めあげ、身の回りの整理を済ませると、男大迹は坂井致福《サカイノチフク》を連れて三尾角折《ミオノツヌオリ》君の館に身を寄せることにした。致福は振媛が近江に嫁ぐときにも従い、男大迹が生まれてからはそのまま側に仕えている。

角折では三国を離れるための準備を進めているが、何をすればいいのかは決めかねていた。

いずれにしても年が明ければ三国を離れ、自から試練を求めて自分自身の定めを見極めていこうと心に決めている。そのようなある日、三尾角折君の磐足《イワタリ》が男大迹に、こう話しかけた。

「太杜《フト》よ、三国を離れるにあたっては先に坂中井《サカナイ》に赴き、堅槭《カタイ》君に身の振り方を尋ねよ。必ずそなたにとって良き道を示してくれよう。それと、稚子《ワカコ》はあらたまったことは控えているが、そなたの嫁ぞ。三国を発つ前にどうか労わってやってほしい。媛を頼む」

男大迹は坂中井に赴くことは心積もりをしていたが、稚子媛については、幼馴染の感覚だけで、妻としてどう接すればよいのか戸惑いの表情を見せていた。

角折に暇をとる日の近づいた暮れの二日間、男大迹は周りの勧めで稚子媛と共に過ごした。媛とは幼いころから親しく過ごしてきたが、媛は年上で少しばかり勝ち気な性格だった。初日は二人ともぎごちない会話を交わすだけで時を過ごしたが、二日目は年上の稚子媛の拙い誘いに任せ初めて夫婦としての夜を過ごした。男大迹十五歳、稚子媛十七歳。まだ若い二人であった。

雄略九年、乙巳《イッシ》（西暦四六五年）元旦。

年明けの挨拶を済ませ、旅立ちの支度を整えると、男大迹は角折君の磐足と稚子媛に見送られながら、致福とともに角折を発ち坂中井に向かった。稚子媛への愛おしさは覚えたが、どのようなわけか分からぬが特に未練は感じなかった。

三尾の館において、年初の寿ぎ《コトホ》を述べる男大迹に向かい堅械君は、

「太杜よ、いよいよ三国を出るか。それならば、まずは息長《オキナガ》の真手王《マテノオウ》を訪ねてみよ。息長はそなたにとって三国の外では得難い身内であろう。真手王には我れからそなたの身の振り方について良き導きをすでに頼み込んでいる。そして、治水の技を修めたいとの願いも伝えてある。王の計らいを頼ってみよ」

「ありがとう存じます。坂田に赴き息長の王にお目にかかり、我が望みをつぶさに話すことにします。ここを発つ前に堅夫《カタフ》さまにお目にかかりたいと存じますが、その後、お加減はいかがでしょうか?」と、男大迹は申し出た。

「そうか、堅夫を見舞ってくれるか。あれからどうも意識はあるものの心を失っておる様子で、自室から出てこようとはせぬ。堅夫のことは身内にしか知らせておらぬ。そうだ、妹の倭《ヤマト》がそばに控えておろう。年を経て三国に戻ってきた折には、そなたに娶らせると約

した身。一言、声をかけてやってくれ」と、堅械君は頷きながら言った。

男大迹は館の奥まった堅夫の居室を訪れた。内を覗くと彼は褥《シトネ》の上に胡坐を組んで座り込み、何かつぶやいていたが言葉にはならず、その目はうつろであった。倭媛が側に付き添い、兄のつぶやきに頷きながら甲斐甲斐しくその背をさすっていた。倭媛は男大迹を見とめると兄への手を離し、座ったままで後ずさりして座を譲った。その顔は恥じらいで赤く染まっている。

堅夫がその気配に気づき、男大迹に眼をやるとしばらく見つめたあと、恐怖におののく表情をするなり瘧《オコリ》に襲われたように身を震わせ褥の上にうずくまってしまった。倭媛はどうしてよいのか分からず兄を心配そうに見つめていたが、男大迹はその肩に優しく手を置き、

「我れが顔を見せたのが悪かった。済まないことをした。我れはすぐに去ろう。媛はこれからも兄者の世話を頼むぞ」と話しかけ腰を上げた。倭媛は何か口にしようとしたが言葉にはならず、頷くだけで見送った。男大迹は堅夫の姿を見て胸に後悔の思いが沈み込んだ。

あくる日坂中井を辞すると、男大迹は致福を供にして近江へ船で向かった。角鹿《ツヌガ》で船を降り峠を越え、琵琶湖を右に見ながら進み二日後に坂田に着いた。息長の真手王は待ちかねたように男大迹を出迎え、

「おお、太杜よ大きくなったな。汝《イマシ》の噂は耳にしておるぞ。神に与えられた命だ大切にな」と声をかけた。男大迹は少し戸惑いながら顔を伏せるが王は続けて、

「これを機に近江で我れとともに暮らしてはどうだ？　先にはそちの父王が治めていた湖西の高島を任せてもよいと思っている。そちの治水を修めたいとの望みも聞いてはいるが……。どうかな、我れとともに過ごしてみないか？」

男大迹はその申し出に対してこう応えた。

「お言葉ありがとうございます。ただしばらくは己で決めた道を進んでみたいと存じております。いずれ機会が来た折には、父の地にもまいりたいと思っております」

真手王は残念そうな様子を見せながらも、

「良く分かった。この地ではそなたの治水の望みをかなえるのは覚束ない。しばらく時をくれ。手立てを考えてみよう。その間、ここでゆっくりしておればよい」と申し渡したあと、しばらくして思いついたように、

「そうだ、我が屋敷に先年百済《クダラ》から渡来してきた王族の昆支王《コンキオウ》が滞在しておる。大和朝廷では昔から百済の人々が多く住む河内の安宿《アスカ》の地を、王に任せようと備えを進めているとのこと。その間、息長で世話をしているのだ。良い機会ゆえそなたも縁をつないでよかろう」と、真手王は勧めた。

屋敷の離れに特別に設えた館で昆支王は暮らしている。男大迹は真手王に連れられて訪れた。館ではあらかじめ先触れがあったのか、昆支王を中にして家族と思しき人々が並んで待ち構えており、真手王からそれぞれ引き合わされた。男大迹の見たところ昆支王は一回りほど年長で、気品のある面持ちながら少し線の細さを感じさせていた。王は男大迹からの挨拶を受けてこう応えた。

「しばらく、この坂田で息長氏の世話になっている」

王の右手には幼な子が確と両手を膝に当て、男大迹に物怖じもせず礼をした。名は「斯《シ》麻《マ》」といい四歳とのこと。渡来の途中に筑紫の各唐島《カカラ》で生まれたので斯麻と名づけられた。昆支王の実子だが、母が蓋鹵王《ガイロオウ》から弟の昆支王に下賜された婦人であったため、表向きには百済王である蓋鹵王の王子とされており、倭においてもそれなりの微妙な扱いを受けている。その母はすでに死亡していた。

王の左には乳飲み子を抱いた妃が寄り添っていた。妃は「丹生媛《ニウヒメ》」という。真手王の娘で昆支王を坂田に迎えたときに娶らせたとのこと。抱かれている赤子は斯麻の弟にあたり「末多《マタ》」と名づけられている。その脇に丹生媛の妹の「麻績媛《オミヒメ》」が控えていた。まだ十三歳になったばかりの可愛くつぶらな目をした媛であった。後年、麻績媛は「麻績郎女《オミノイラツメ》」として男大迹の妻として迎えられるが、その話はまだ先のこと。

一通りの挨拶を終え、男大迹が引き下がろうとした時、斯麻がスクッと立ち上がり男大迹のもとに近寄ると、その手を握り庭を望む縁にいざなうと、一本の庭木を指さしてニコッと笑顔を見せた。五尺に満たない草木で、春を待ちかねるように黄色の可憐なつぼみを膨らませ、花を開き始めていた。男大迹は見たことのない花であったが、『レンギョウ』という花で、昆支王が百済の縁《ヨスガ》として苗木を携えて渡来し、ここに根づかせたとのことだった。

「斯麻もその由来を知り、その花に祖国を見ているようだ」と、真手王から話を聞いた。

そのような背景を聞かされた上で、男大迹は斯麻のしっかりとしたもの腰と聡明そうな眼を見て、その瞬間、なぜか不憫と思う感覚とは別に、同じような重荷を背負いながら生涯をともに歩める相手だと感じた。

十日後、男大迹は真手王に呼ばれ、

「汝《イマシ》の望んでいる治水の技を修めるには、尾張に学ぶが良いと思うが、我れには直《ジカ》の手づるがない。そこで、汝の祖父の『乎非王《オイノキミ》』が大和を憚り妃の里である美濃の牟義都《ムゲツ》にしばらく潜んでいたことを思い出した。その後、息長に迎えることとしたが、その縁もあり、今美濃を治めている本巣《モトス》の『根王《ネノオウ》』に汝のことを頼んでみた。王なら尾張とつながりがあり、このほど、引き受けてもよいとの使いがまいった。尾張への手はずを整えてくれよう。二月になって少し水が温《ヌル》めば、日を見て美濃へ向かうがよかろう。男大迹よ、治水の件の目処が立てば、必ずまた坂田に戻ってきてくれ、我れにはそなたへの願い事があり、娘の麻績と斯麻も汝を慕っているようだ」との話を聞かされた。

男大迹は王に感謝し、素直に従うことにした。

坂田を致福とともに発ち、本巣には伊吹の山の南麓を東に抜け二日で着いた。

根王はこころよく男大迹を迎え入れてくれ、早速尾張への手配を整えてくれた。本巣ではあまり日を過ごすことなく、根王が先導して尾張へ向け出立した。男大迹の噂はこの地まで届いており、一族の主だった者がこぞって本巣の里境《クニザカイ》まで見送ってくれた。そこには後に男大迹を慕う幼い「広媛《ヒロヒメ》」の姿もあった。

一行は三日間をかけ、国を統べる「尾張連草香《オワリノムラジクサカ》」のいる年魚市《アユチ》に到着した。すぐ近くに熱田社《アツタノヤシロ》が鎮座している。尾張は土地も広く、男大迹の知っている越《コシ》や近江に比べて人も多く物なりも豊かであった。広大な屋敷の奥の館で草香は男大迹の一行を迎えた。本巣の根王より挨拶を行い、男大迹からも礼を述べると、草香はいかにも大人《タイジン》の風貌を漂わせて、
「遠くからよう来た。尾張は鄙《ヒナ》であるが存分に楽しまれよ。治水の技を学びたいとのことであるが、我々も命がけで取り組んでいる。大いに骨の折れる仕業ぞ。しっかりと見て学ぶがよかろう」と言うと、相好をくずしながら受け入れてくれた。

その横から、男大迹よりは五歳ばかり年上と見える長子の「凡比古《オオシノヒコ》」が、これも珍客を迎える喜びを顔に浮かべて、
「越の空を飛んだのはそなたか？『神の子』の噂はこの尾張まで届いているぞ。我れもその技を会得したいものだ。機をみて頼むぞ」と悪気なく笑いながら声をかけた。

男大迹はそのことに触れられるのを面映ゆく感じており、

「いえ、あれは風のいたずらで……」と恐縮しながら応えると、
凡比古の脇に行儀よく控えていて男大迹と同年代と思われる媛が、

「兄さまはまた、そのような戯れを、せっかくのお越しなのに困っておられますでしょう」と、男大迹に助け舟を出した。聡明そうで美しく輝く瞳を持つ可愛い媛で、幼いころから「目子媛《メノコヒメ》」と呼ばれている。

その後、男大迹は尾張の館で豪勢な振る舞いを受け、三国での暮らしや母振媛の生涯、そして三尾の倭媛と角折の稚子媛との関係なども話しながら時を過ごした。

男大迹のために用意された館に落ち着いた頃、目子媛が現れてこう持ちかけた。

「越の太杜さま、兄の凡は国の仕置きを父とともに担っており手が離せません。尾張の治水は西方の支族の長で『海部押足《アマベノオシタリ》』と申す者がその任に当たっており、父より手はずを申し渡しております。また、このように幼く拙い身ではありますが、吾《ア》も国を潤わせる手立てに力を尽くしたく、ともに努めたいと存じます」と申し出た。

男大迹は一瞬とまどい、いつもの癖である鼻を指でつまみ考え込むが、媛の可愛い顔に

似合わずしっかりとした表情と後に引かない物腰に押され、

「あい分かりました。くれぐれも無理のないように、ともに学び励もうか」と、男大迹は受けざるを得ず、神妙な顔で応えた。

半月ばかり各地を巡り治水事業の様子を見てきたが、揖斐《イビ》川、長良川そして木曽川の三大河川が流れ込む濃尾平野は見渡す限り広く、一面の田畑も川の恩恵を受けているように思えた。同時に、一旦川が暴れだすとその水害はとてつもなく、三国の九頭竜《クズリュウ》川の比ではないとすぐに感じとれた。

目子媛はその間ともに行動しているが、男大迹と同じように作業用の衣を身にまとい、女の身ながら泥の汚れを気にもせず甲斐甲斐しく働いている。男大迹は以前に母の振媛とともに田で精を出していたころを思い出し、目子媛を異性ではあるが、ともに歩んでいける〈同志〉のごとき存在と感じ始めていた。女性にこのような感情を抱いたのは初めてで、男大迹は日を追うごとに媛とともにいるのが嬉しく、そして今の時がこのまま長く続いてほしいと願うようになってきた。

治水としては、特に三川の流れが最も相寄る美濃と伊勢との国境が交わる海津《カイツ》あたりが一番の難所であった。大雨のたびに合流と分流を繰り返し、広い流域に甚大な被害を及ぼしている。それへの対策として、水流の弱まっている時期に川底を掘削して、その泥を両岸の堤に積み上げる。水勢を弱めるために石を詰めた竹蛇籠《タケジャカゴ》を丸太を使って川底に固定させる「牛《ウシ》」と呼ばれる仕掛けを川筋に沿って何個も設置する。大河のため砂州も大きく広い。その中の集落を守るために、この地特有の堤囲いも講じている。治水の技は進んでおり学ぶことは多いが、それでも暴れ川を降伏させるには至らず、自然との闘いは果てしなく続いている。

ある日、堤の補強のため川筋に沿って植樹の作業を行っていた。

男大迹はともに働いていた目子媛に声をかけ、

「目子よ、川沿いの斜面は危ういから近寄るでないぞ」と注意した。

「はい分かりました。気を付けてなします」と媛は応え、二人して作業を続けていたが、まだ地盤の弱い所があったか、目子媛の踏ん張った足元の土が少しずれ落ちた。その反動で媛は「あっ」と声を上げるなりもんどりうって川に落ち込んでしまった。

男大迹は手を出すこともできず川中の目子媛に眼をやると、媛は川面に顔を出しながらも流されていく。男大迹は必死に堤の土手上を走り、やっと媛を追い越すとその下流に向かって飛び込み、流れてくる媛の体を片手で抱きとめた。媛は両腕でしっかりと男大迹の腰につかまり意識は確かで男大迹の顔を見つめたあと、彼の助けを信じてか安心した表情をするとすぐに眼をつむり、彼の泳ぎを妨げないよう手足の動きを止めた。その時である。男大迹の頭に神の啓示が走った。

《最も大切な者も守れずに、天が求める務めが果たせようか?》

男大迹は目子媛の体を左手で抱え、懸命に流れに逆らって泳ぎながら、

〈我れは目子が愛しい。これからも共に生きていきたい〉と心の底から悟った。

それは稚子媛や倭媛を好ましく想う気持ちを超える違った感情であった。

河が大きく蛇行し曲がり角の瀬に、何とか抱きついたままたどり着いた二人は、ずぶ濡れのままでしばらく見つめ合い、男大迹は大きな息で胸を上下しながら、目子媛に向かい、

「目子! 我が妻《め》になれ! もう危うい思いをさせるな。我れと共に生きよ」と叫んだ。

目子媛は男大迹の目をしっかり見つめ、一瞬笑みを浮かべると、

「はい!」と応えると、その後すぐに泣きじゃくり、もう一度男大迹に抱きついた。

明くる朝、男大迹は目子媛に、三国の稚子媛や倭媛の存在も改めて話し、その上で媛の気持ちを確かめると、ともに尾張連草香に会い、詳らかにいきさつを告げ二人の婚姻を願い出た。

「目子よ、良い話だ。もう治水の危うい所に行くことは控えよ。海部押足からも慎んでほしいとの願いがきているぞ。これからは夫に仕えよ」と草香は大いに喜び、館にいる親族の皆を呼び言祝《コトホ》いだ。兄の凡も、

「おお目子よ、そなた、神の后《キサキ》になるか」とおどけながら祝ってくれた。

「兄さまは、またお戯れを……」と目子媛は言いながら顔を赤く染めうつむいた。

草香は屋敷内に二人のために新しい館を建てて住まわせた。男大迹はその後も致福とともに海部押足などに教わりながら、治水工事の習得に向け精力的に取り組んでいき、川堤の強度を増して、増水時にも水流を弱める技などを学び取っていった。

目子媛は親の言いつけを守って川には出向かず、内で甲斐甲斐しく男大迹の世話をすることを楽しんでいる。

尾張での月日は経ち、その年の冬十一月に近江の坂田から使者が来て、三国の稚子媛が先月に男児を無事出産したことを知らせた。男大迹はそれを聞くと、初めての子に慶び、「そうか、遠い所からご苦労であった。稚子にはくれぐれも体を労わるよう伝えてくれ。そして子の名は『太郎子《オオイラツコ》』と名づけるよう」と伝えた。

男大迹には稚子媛に男児が授かれば、その行く末にある心積りがあり、その決意を胸に秘めて北の空、越の方を見つめ、子の健やかな成長を祈りつつしばらく立ち続けていた。

明くる年の初夏を迎えるころ、今度は目子媛との間に男児を授かった、名前は二人が難を免れ、将来を誓い合った河の曲がり処に因み、「匂比古《マガリノヒコ》」と名づけた。年魚市の族中の皆も歓び、揃って熱田社に詣でた。

治水の技も一通り学び終えた次の年、次男が産まれる。名は「高田比古《タカダノヒコ》」とした。長子の時と同じように皆が祝ってくれた。

「神の天柱」の出来事から三年の年月が過ぎた。この短い間にいかにさまざまな人と巡り会い、多くの地に縁ができたことか。苦労も経験したし、嫁も後取りにも恵まれた。尾張での日々の生活は穏やかで、周りの人々も温かく幸せである。だが、定めの務めを果たすためには今の境遇に留まってはならないという声が聞こえる、それは、

《備えはまだできていない》と告げる声だった。

男大迹も、三国の件もあり治水の事業はまだまだ続くであろうが、それとはまた別に身につけるべきことがあると感じている。ただ、男大迹にはまだ頭の中でその絵が描けていない。自らの足で求めていくほかはないだろう。

〈一時、この尾張を去るべき時が来ているのか。最愛の目子はどうする？　そして幼子たちは……〉と、自問自答するが答えの見つからないまま日が過ぎている。

ある日思いあまって、男大迹は目子媛に自身の胸に抱いている想いを打ち明けた。目子媛は即座に、

「太杜さま、汝兄《ナセ》は心置きなくご自身のなさりたいことをまずは全うなされませ。我れはそれを心から祈って我が子たちをここで育みながら、汝兄の帰りをお待ちいたしております。我れが恐れておりますのは君のなされることの妨げになることとです。どこにおられようと我が心は常に君とともにあります」と、男大迹の定めをよく理解して、夫の行く末がさらに大きく開くことを期待して気丈に答えた。そして、左手で幼子の高田比古を胸に抱

き、横に座っている匂比古の肩を右手で引き寄せ、寂しさを堪えて笑顔で頷いた。
男大迹は目子媛の心情に深く心を打たれ、母子ともども両手で抱き、一旦は離れようとも、生涯守っていくと誓った。

この年、雄略十一年、丁未《テイビ》（西暦四六七年）。男大迹はまだ十八歳であった。
帰路の途中、男大迹は美濃本巣の根王の元に立ち寄り、王の館脇に自己も好む山桜の苗木を手ずから植えて、尾張への案内《アナイ》の謝意を表わし、根王との絆の証《アカシ》とした。

その後も、男大迹は各所で縁を求められて身寄りが増えていく。その関わりが彼をさらに大きく育て、そして今後の彼を支える強い後ろ盾となっていくのである。

第四章　「鉄と巡拝」

時は、雄略十一年、丁未《テイビ》（西暦四六七年）十一月。

男大迹《ヲオト》は近江の坂田にある息長《オキナガ》氏の館で真手王《マテノオウ》と相対していた。従者である坂井致福《チフク》とともに尾張を引き上げ、越《コシ》の三国に帰る途中である。

尾張では治水の技を覚え、妻を娶り二人の子にも恵まれた。だが、いまだ自身の行く末を見定めきれていない。ただ、自分に課せられた務めを果たすためにはまだ多くの試練を経験せねばと感じていた。

目子媛《メノコヒメ》と子たちは尾張の長で義父である尾張連草香《オワリノムラジクサカ》の元に留まることとなった。男大迹

には未練があったが、目子媛の方から一時尾張を離れることへの許しを得て、

「悪いが、しばらくの間は我儘を許してくれ」と感謝の気持ちを伝えた。

　確かに尾張の地で妻子や草香たちに囲まれて暮らしていくのは心安いとは思うが、それを続けるのは自分の道ではないと確信していた。そして目子媛に対しては初めて会ったときから感じていた、女や妻というよりも、ともに目指すものを持つ同志的な感情をあらためて覚え、末には必ず親子ともに暮らそうと誓い男大迹は尾張を後にしたのである。


　近江で久しぶりに男大迹を迎えた息長真手王は、

「尾張ではご苦労であった。三国でも汝《イマシ》を待ちかねておろうが、実は湖西の高島の民たちは、汝の父彦主人王《ヒコウシノオウ》の時代が忘れ難いようで、また汝の噂も耳にして待ちかねている様子だ。長く留まれとは申さぬが、父王の治めた地で縁もあろう。しばらくは高島の治めと民たちを導いてはくれぬか？　それに斯麻《シマ》もどういうものか汝を慕って会いたがっておる」

と斯麻を呼ぶように合図した。

「相分かりました。角折《ツヌオリ》の妻子のこともあり、まずは三国に参りたいと存じておりますが、長く留まることなく近江に戻って参ります。しばらくはこの地で我が行く末を探ってみた

いと存じております」と、男大迹は応えた。

斯麻が館に入ってくる気配がした。男大迹が振り返ってみると、麻績媛《オミヒメ》が斯麻の手を引いて体を庇いながらともに入室し並んで座った。斯麻は六歳、麻績媛は十六歳になっていた。昆支王《コンキオウ》はすでに領地として与えられた河内の安宿《アスカ》に赴いており、斯麻は十歳になるまで、丹生媛《ニウヒメ》や末多《マタ》とともに坂田で預かるとのことだった。

「斯麻よ、汝が待っていた男大迹が帰ってきたぞ。覚えているかな?」と真手王が問うと、

「はい、お待ちしておりました」と、斯麻は目を輝かせて嬉しそうに応えた。

「麻績はどうかな?」と声をかけると、麻績媛は顔を赤らめながらも、

「はい、吾《ア》も同じく……」と、にこやかな笑顔としっかりとした視線で男大迹を見つめた。

真手王はその様子を見て何かを思いついたように笑いながら一つ頷いた。

男大迹は斯麻の声を初めて耳にした。涼やかながらしっかりとした声音であった。二年前に会ったときから、なぜか生涯をともに歩める縁を感じており、

「斯麻よ、しばらくぶりであったが、大きくなったな」と声をかけた。途端に斯麻は胡坐座りの背をスクッと伸ばし体を固めた。でも、その表情は歓びが溢れるようであった。男大迹はまた、麻績媛にも笑顔でひと声かけた。媛は赤い顔のままで今度はうつむいた。

斯麻と麻績媛が部屋を下がり二人だけになると、真手王から重ねて次のような話があった。

「汝も知っていようが、我が息長は大王家から分かれた氏族であり、鉄の扱いで成り立っている。しかし、すでにその技も古いものとなってしまい、ますます鉄を必要としている時代に備えるためには新しい仕組みが求められている。治水にもさらに鉄具が必要となろう。男大迹よ、近江でそのことも担ってはくれまいか」

「鉄」は他の素材に比べて圧倒的に優れており、稲作が始まってより性能の良い農具として、また武具としても国を富ませるためには為政者に欠かせないものとなっていた。

遠い昔には、畿内への供給は「丹波」や「淡路島」の鍛冶工房が担っていたが、任那《ミマナ》に本拠を持つ天孫族が列島に進出して以来、半島の「伽耶《カヤ》」からの鉄材を独占的に入手し、畿内で加工し、それを各地の有力者に配布することによって権力を強めてきていた。それが大王家のヤマト王権である。

息長氏は大王家に連なる氏族であったが、遠い昔に伽耶から鉄づくりに長けた集団を連れて列島に渡ってきて、一時は河内に蟠踞《ばんきょ》していた。しかし当時の倭では鉄鉱石を見出すことができず、主に半島からの鉄素材の加工や、使い古した鉄片を焼きなおして再利用する鍛冶の技で成り立っていた。ところがある時期に、九州勢力による妨げで瀬戸内経由の鉄素材の入手が滞る事態になり、北の海の利用も図るため、近江に本拠を移していたのである。

「聞くところによると、出雲あたりでは山の岩を細かく砕き、そこから鉄をつくりはじめているとのこと、そのあたりのこともよく調べてみてくれ」と王から求められた。

三国に帰国するにあたり、息長の朝妻津《アサヅマノツ》から湖水を渡り高島を訪れた。見送りに真手王や麻績媛、そして斯麻も媛に連れられて同行していた。高島では事前に知らせが行ったとみえ、近郷の邑の主だった者たちが男大迹に一目でも会いたくて集まっていた。男大迹は皆を前にし、

「高島は我が故里、これから三国に参るがすぐに戻ってくる。そうすればともに励もうぞ！」と力強く声をかけ、集まった皆の顔に歓びを認めると、大きく頷き、王以下の見送りの人たちにも謝意を示して別れを告げ、船の待つ角鹿《ツヌガ》に向かった。

角鹿からは二日をかけて三国湊へ向かう。男大迹は横に控えている従者の坂井致福に、

「致福よ、三国は二年ぶりだのう。常に我れについてきてくれてありがたく思っているぞ」と感謝の意を伝えた。

「太杜《フト》さま、我れはあなたさまの側にいるのが嬉しいだけで、決して辛い務めとは思っておりませぬ。これからもどうぞ供をさせて下さいませ」と、致福はそれに応えた。男大迹は笑顔で致福の肩に手を置き、ともに船の行先に眼をやった。

二日目の昼前に船は越《コシ》に近づき、前方に「神の天柱《テンバシラ》」を望んだ。その先に「雄島《オシマ》」を確認すると、男大迹は鼻に指を添えて、しばらく感慨深げに見つめていた。そうこうしている間に船は大きく右に舵を取り三国潟の湊に滑り込んでいく。

湊では三尾角折君《ミオノツヌオリノキミ》の磐足《イワタリ》と稚子媛《ワカコヒメ》が幼子を胸に抱き迎えてくれた。男大迹は笑顔で迎えの皆に近づくと、稚子媛から幼子を受け取り、初めて我が子を両手で抱き上げると、

「太郎子《オオイラツコ》か、元気に育てよ！」と優しく声をかけてやったが、思っていたよりも軽く顔色も幾分くすんでおり、口には出さぬが胸に一抹の不安を覚えた。

年が明けて元旦に、一同揃って坂中井《サカナイ》の三尾君堅槭《カタイ》の屋敷に赴き、男大迹は年初と帰国

の挨拶をした。館では堅槭君と倭媛《ヤマトヒメ》が男大迹を迎え、三国の馳走で和やかな宴を催してくれた。だがその場に堅夫《カタフ》の姿はやはりなかった。堅槭君は待ちかねたように、

「男大迹よ、随分としっかりしてきたな。だが汝《イマシ》の求めている道はまだ半ばとのことか。あと幾年待てばよいのかのう。倭はもう十六ぞ。待ち兼ねていよう、のう倭よ」と、娘の顔を見ながら言った。

　倭媛は顔を赤らめてうつむき、端にいた稚子媛は分かっていながらも少し表情を硬くした。

「申し訳ございません。しばらくは三国に留まり、治水などの様子も見たいと存じますが、まだまだ身につけていかなければならないものも多く、恐れ入りますが今しばらくの我儘をお許し願います」と乞うた。


　明朝、揃って坂中井の鎮守社に詣で、男大迹は胸の奥で危ぶんでいた太郎子の健やかな成長と、その行く末に関わる想いの成就を心から祈願し終えると、磐足に託して稚子媛親子を角折に帰らせた。

　男大迹自身は致福一人を連れて、雄島に向かった。

「致福よ、我れが気を失い横たわっていたのはここだな」と島の頂に鎮座する小さな祠の

前に立った。あの時、奇跡によって男大迹が再生した場所であった。男大迹は自分の進むべき先を求めて、あらかじめ用意してきた小剣を祠にある供え用の平たい石の上に柄を左にして置いた。ところが手を離すと同時に剣はぐるりと回り刃先を男大迹の左脇に向けた。何かの拍子に動いたと思い再度柄を左にして置いたが同じように自然に回った。と同時に男大迹は頭の中で、

《男大迹よ、大きくなれ。さらに苦難を経て強くなれ！》という声を聞いた。剣の刃は南西に向いている。その方向に進めとの神意を感じていた。

男大迹はふた月ばかり三国に滞在し、九頭竜川《クズリュウ》や角折の足羽川《アスワ》、日野川などの流域を隈なく歩き、自身が直接手を下さなくても可能な治水の手配りを済ませた。稚子媛や太郎子ともしばらくの日々ではあったがともに過ごし、その間、太郎子にできる限りの愛情を注いだが、胸の不安は残ったままであった。そして二月半ばを迎えた頃に三国を後にした。

角鹿の湊に着くと、男大迹はすぐに「気比神社《ケヒノカムヤシロ》」に詣でた。本殿に向かう参道の入り口の左右に大きな丸木柱を立て、その上部に注連縄《シメナワ》を渡して神域との結界を示している。「鳥居」というらしい。この社は自分の祖にあたると聞かされている「誉田別尊《ホムタワケノミコト》（応神天皇）」、

そして、その母の「息長帯比売命《オキナガタラシヒメノミコト》（神功皇后）」を祀っている。社殿に向かい男大迹は自身の進むべき道を誓い、そして太郎子の無事の成長を祈念した。

坂田では息長真手王に会う前に斯麻が飛び出してきて、大柄の男大迹の脚にまとわりついてきた。丹生媛は末多の世話で斯麻まで手が回らないらしい。この日はどういうわけか麻績媛も顔を見せていない。真手王は男大迹に向かい、

「しばらくは近江の国を見て回り、高島を治める工夫を重ねることで民を導く力を養うがよい。鉄づくりの技を修めるための出雲行きの手はずはその内に整えよう」と言った。

「ありがとうございます。この地でできる限りのことを試し、おのれの力を確かめていく所存です。我れに懐《ナツ》いている斯麻のことも気になります。ともに過ごして我れの務めも果たし、時が来れば昆支王の元に我れが送り届けましょう」と、男大迹は告げた。

「そうか、斯麻が十歳になるまで三年か、短いのう。まあそれまではここに居てくれるということか。せいぜいお互いに楽しく過ごそうか」と王が応えると、側にいた斯麻が嬉しそうに男大迹の手を握った。

三月も近くになり吹く風に温みを感じるころ、男大迹は致福とともに高島に渡り、まず

は水尾神社《ミオノカムヤシロ》に参拝した。ここにも気比社よりも小ぶりだが鳥居が設えてあり、その左右に鳥居に覆いかぶさるように、男大迹が幼いころから好んでいる山桜の大木が満開の花を誇り、そよ風に載せて何片か花びらを浮かべていた。

この社は、その昔湖西の高島あたりから越《コシ》まで拓き治めて、三尾氏の祖となった『磐衝《イワツク》別命《ワケノミコト》』を祀り、その本殿の脇に産屋を設えて振媛《フリヒメ》が男大迹を出産した。だが男大迹が三つ子の末子という出産の秘話は知る由もない。

神司《カムツカサ》に導かれた男大迹は社殿の前にある、母の振媛が産屋に移るにあたって身を預けたと聞いている「もたれ石」に手を置いて、懐かしい母を想い頭を下げて祈った。その刹那、肩にふと重みを感じた。男大迹は母の霊と受け取り、

〈いずれ機会をとらえてこの社《ヤシロ》に、母の霊を祀ろう〉と誓った。

神司はその様子を見て、男大迹に噂通りの神威を感じたのであろうか、社殿の奥から古びた桐箱に収められた巻物を恭しく取り出して見せ、

「これは『秀真伝《ホツマツタエ》』といわれ、磐衝別命がこの地で生涯を閉じるときに、倭国開闢《カイビャク》以来の経緯《イキサツ》を綴ったもので、神宝として大事に伝えてきたもの」と明かした。

五巻に綴られており、書かれている文字は男大迹もある程度見知っている中国渡来の漢

字ではなく、簡単な模様か記《シルシ》のような字で綴られていた。男大迹は丁寧に箱に納めて返し、母の「振《フリ》」と自分の「男大迹《ヲオト》」の音にあたる字を二枚の木片に一字ずつ記してもらい、母のそれは奉納して祈祷を託し、己のものは自ら携え神司に謝して社を後にした。

その後は高島の各邑を巡り長たちの話に耳を傾け、是々非々でできることから手掛けることとした。邑人たちは、若いながら雄々しい姿と優しい心根を併せ持つ男大迹に、敬意と親しみを感じるようになってきている。

秋を迎えたある日、真手王から使いが来て坂田に呼び戻された。

坂田の屋敷に出向き奥の館に入ると、真手王と斯麻、そして麻績媛が控えていた。真手王が、

「男大迹よ、高島では望んでいた以上にうまく進んでいるとのことだが、様子はどうかな？」と問いかけてきた。

「以前から務めている息長の司《ツカサ》たちもよく働いてくれており、任せておいても十分に治めていけると存じます。ただ、高島の地はここ坂田と比べ田畑に使える平地が狭く、豊かにするには新たなものづくりが必要と思います。お指図の鉄への工夫もその一つだと感じて

おります」と、高島の地をひと通り観た上での率直な想いを伝えた。

「そうか、これからも確《シカ》と頼むぞ」と真手王は言い、続けて、

「今日、汝に来てもらったのは折り入っての話があったからだ。どうじゃ男大迹、我が娘の麻績を娶ってはくれまいか。実はここしばらく娶らせるための備えを進めておった。近江で身の回りの世話をする者も必要だろう。是非ともそう願いたいが、いかがか?」と勧めてきた。

麻績媛は顔を染めてうつむいている。男大迹には予想された申し出であった。麻績媛の気立ての良さは好ましく感じており、今まで広く世間を知り、縁を育てるために各地で妻を娶っているが、本拠ともいえる近江で妻を迎えるのはこの先良いことだと思った。

そう感じながら男大迹は斯麻の顔を見つめ、

「斯麻よ、我が甥になるか?」と突然に問うた。

麻績媛の姉の丹生媛は昆支王の妃であり、この度の婚姻で義理ではあるが斯麻は男大迹の甥にあたることとなる。斯麻はその経緯が分からず、ただ男大迹との絆が太くなることで歓び、目を輝かせて、

「なりとうございます。是非とも!」と即答した。

真手王に向かい男大迹は、

「媛のことは我れも好ましく思っておりました。このたびの話、我れの方からお願いいたします」と応えた。皆がこぞって歓ぶ中でこの婚姻はなった。

その後、男大迹は息長の領内の隅々を見て回り、各地の物なりや民の様子を確かめていった。傍にはいつも斯麻がおり、男大迹は事あるたびに物の名や倭のしきたりを教え込んだ。時には域外ではあったが、湖南の安《ヤス》（野洲）の地では鉄の鍛冶が盛んと聞き足を運んだが、息長のそれと比べて少し大きめの地面を掘った炉を一か所に数基並べてはいるが、仕組み自体は近江や越の炉と変わらず、やはり新しい工夫が必要であった。むしろ鉄素材の入手に苦労しているようで火の入っていない炉も見受けられた。

そして、出雲行きの準備のための手配で忙しく動いている間に時は進んでいく。

年が明け雄略十三年、己酉《キユウ》（西暦四六九年）となった。

春三月になり、いよいよ男大迹は出雲に向け出発することとなった。

このたびの供には致福と、息長氏の支族で北部の姉川流域の長で、鉄の扱いも差配している「坂田諸瀬《サカタノモロセ》」が同行する。諸瀬は男大迹より若干背は低いが精悍な体つきと機敏な動きを身につけている。話を交わすと真面目さがうかがわれ心強い同行者になろう。四十歳で致福と同年輩であり二人ともすぐに打ち解けた様子である。

一行は角鹿から船でまず宮津を目指した。南に陸地を確認しながら航行し、一日目は小浜の湊で一泊し、翌朝早く宮津に向かった。西向きの舟入りは常に潮が逆行しており、櫓に頼る難しい航行となる。

二日をかけて宮津につき、ここで下船し丹波の鉄づくりの地を訪ねるために西の山を目指す。船は丹後半島を迂回させ久美浜で待たせることにしている。宮津では天下に名高い「天橋立」を見るために、海岸線沿いの道から山に登り北に向かって眺めた。まるで海面を龍が泳ぎ渡っている様《サマ》に皆見入っていた。三国の「神の天柱」の荒々しさに比べ、こちらの優美な景観に、何か神の業の不思議さを感じた。

天橋立で一服すると、一行は峠を越えて西方の山の中に分け入り、竹野川沿いに奥に進み「峰山」という集落にたどり着いた。そこは丹波でも有数の鉄づくりの地で近江では見かけない箱型の炉を数基並べていた。出雲の仕組みを取り入れており粘土で作った箱の底の片方に熔《ト》けた鉄を取り出すための小さな口を設け、反対側には鹿の皮で作られた「鞴《フイゴ》」と呼ばれる袋で炉の底から風を送り込んでいる。炉にはまず底に木炭を積み、その上に鉄の素材を載せて高温で溶解させていく。近江などで見られる炉は地面を浅く掘り、まず底に鉄素材を敷きその上から木炭を積み重ねて燃やし、火力は主に自然の風と火吹き筒や上からの煽りに頼っているので十分な高温は得られない。

従来の炉より効率的だが、鉄の素材は出雲から入手する限られた量の「砂鉄」や使用済み鉄片の再利用が原料で、丹波地元での鉄素材の発掘は進んでいない。やはり出雲まで行って学ぶしかないと思った。

男大迹の一行は久美浜で待たせていた船に乗り込み、今回の目的地である出雲に向かう。三日かけて「稲佐《イナサ》」にたどり着き、その足で出雲国の首長である「出雲臣宮向《イズモノオミミヤムキ》」の屋敷を訪れた。息長よりあらかじめ依頼があり、出雲側は快く迎えてくれた。宮向は穏やかな表情の中に、大和の大王家をも凌ぐ古い家系の長としての威厳を備えていた。歳は六十に近い。その昔、雄朝津間稚子《オアサツマワクゴ》大王（允恭《インギョウ》天皇）のときに「出雲臣」の氏《ウジ》と姓《カバネ》を賜り、古くから治めていたこの地を宮向は初めて「国造《クニノミヤツコ》」として統べている。

「遠く近江からよく来られた。また三国の君は越の育ちとか、この出雲は遥か古《イニシエ》には越とも交わりを持っており誼《ヨシミ》を感じておる。鉄づくりを学びたいとのことだが、はなはだ難しい仕業で、どこの国でもできるとはいかぬと思うが……。山奥の鍛冶邑に入る前にここでしばらく過ごせば良い。山にはここにいる息子の『布奈《フナ》』に案内させよう」と、長は傍らに座っていた若者を見た。男大迹とは同じ歳であるとのこと。そして思いついたように、

「そうじゃ、はるばる出雲まで来たのだから、まずは『杵築大社《キツキノオオヤシロ》（出雲大社）』に詣でよ。倭の国一の社ぞ」と勧めた。


翌朝、男大迹らは布奈に連れられて杵築大社に参拝した。とてつもなく高い社で出雲の一族で禰宜《ネギ》である「意宇國安《オウノクニヤス》」の言うのには、社の高さ十六丈（約四十八メートル）、鳥居のある拝所から社まで登る階段は三十二丈（約九十六メートル）あるという。まさに雲を突き天にも至る社である。國安は続けて、

「はるか昔、出雲は倭の国を広く治めていたが、西から来た天孫族の『御間城大王《ミマキノオオキミ》（崇神天皇）』の凄まじき武力に屈し国を譲る仕儀になった。後を継いだ次王の『活目入彦大王《イクメイリヒコノオオキミ》

（垂仁天皇）』が征服された出雲の霊を鎮めるためにこのような厳かな社を建て、出雲の長に祭主と国の治めを任せている。我れは祭主に代わり社にいて日々の務めをなしておる」と話した。

出雲の長の館に五日ほど滞在して、男大迹たちは布奈の案内で鉄づくりの里を目指した。斐伊川《ヒイガワ》に沿い山を登って行き、その晩は「木次《キツギ》」の邑に泊まりを決めた。木次は吉備や安芸の国につながる要地であり、北に抜ければ宍道湖《シンジコ》そして玉造に至る。木次にも玉造で産出した出雲石（青めのう）を加工する工房があり、勾玉や管玉《クダタマ》をつくり各地との交易に資している。

翌朝早くからさらに山を進み、「掛合《カケアイ》」の地にある「たたらの里」に着いた。「たたら」とは製鉄法の仕組みのことであり、丹波よりもさらに大きい箱型炉の左右両底から、これも大型の鞴《フイゴ》を交互に足踏みで送風し効率を高めている。斐伊川上流の山からは磁鉄の含まれた花崗岩が取れ、細かく砕き何度も川に曝すことで砂鉄を取り出し製鉄の原料としているとのこと。

これまで鉄はすべて半島の伽耶《カヤ》に頼っており、この地域では吉備に定着した渡来人による技術で、半島からの鉄素材に頼り製鉄を行っていたが、この地で採れる花崗岩から手間はかかるものの鉄素材をつくり出すことができ、ようやく倭の国内で製鉄のできる兆しが見えてきている。だが砂鉄からの品質はまだ不十分で、刃物などの鋼《ハガネ》や武具への加工にはいまだに半島からの「鉄鋌《テッテイ》」と呼ばれる舶来の鉄素材に頼っている。

砂鉄の取り出しから、炭焼き小屋、何基もの炉、鍛冶場、そして鋳造施設など邑全体が鉄生産の工房となっている。しかも「一代《ヒトヨ》」といって、これまでにない高温のため一回の製鉄で粘土づくりの炉は痩せて廃棄せざるを得ず、また膨大な木炭を消費するため一年でひと山の木を切り尽くし、その都度、たたらの里を別の山へ移動させなくてはならない。鉄工房の邑は吉備の山中まで及んでいる。

「これほどのものを果たして近江や越でつくることができるであろうか？」と、男大迹は坂田諸瀬と致福に向かってつぶやいた。諸瀬は、

「国中、磁鉄の取れる所を探してみます」と応じた。致福からは、

「三国では砂鉄での鉄づくりは難しいと存じます。だが鞴を使った炉はつくれると思います」と応え、三人ともしばらく腕組みしてため息を漏らした。

〈三国ではやはり治水が先か〉と、男大迹はまた鼻に指を添えながら胸の中で思い至った。

長である出雲臣宮向に世話になった礼を述べ、男大迹の一行は帰還の途についた。

すでにその年の秋を迎えようとしていた。

角鹿で船を降り坂田に向かった。息長の奥の館では真手王と斯麻、そして麻績媛が迎えてくれた。王が男大迹へねぎらいの言葉を口にする前に、斯麻が、

「叔父上、お帰りなさいませ」と大きな声をかけた。

「おお、斯麻よ、元気でいたようだな」と返し、次いで、真手王も、

「男大迹よ、ご苦労であった。これからも頼むぞ」と続けた。

「ありがとう存じます。出雲の有り様をこの近江でどこまで活かせるか励んでみます」と応え、その後麻績媛に顔を向けたが、二人とも気恥ずかしさが先に立ったか何も口に出せず、笑顔で頷くだけであった。

翌、雄略十四年、庚戌《コウジュツ》（西暦四七〇年）。

男大迹は正月を三国で迎えていた。坂中井で三尾君以下の主だった者に挨拶を済ませると、角折に滞在し、稚子媛親子と久しぶりに静かに過ごした。太郎子への心配は消えなかったが、顔には出さずに日々を重ねた。

三月に近江に戻り、坂田諸瀬とともに鉄の素材を求めて近江の山々を駆け巡り、高島の治めにも時をさき、あっと言う間に一年が過ぎようとしていた。その間も斯麻はついて行ける所へはともにし、男大迹も斯麻の利発さに感心しながら一緒に過ごすのを楽しんでいた。麻績媛とも坂田にいるときにはともに過ごし、真手王も微笑みながら二人を見守っていた。

残念ながら近江では良質の「真砂《マサゴ》」は見つからず、火山の多い倭ではよく産出する「赤目《アコメ》砂鉄」を、純度はかなり落ちるがある程度の量を確保できる目安がついた。諸瀬と相談し、今までの平炉を効率の良い鞴を備えた箱型炉に順次切り替えていくこととし、鉄素材の安定した入手のために出雲との関係を深め、そして半島との交易を増やすことにも力を注ぐことにした。

その年の七月に麻績媛との間に女児が誕生した。ちょうど産屋の脇で育てていた「ささげ」が薄紫の花を美しく咲かせていたのに因み、「佐佐宜郎女《ササゲノイラツメ》」と名づけた。

真手王も大いに歓び、そして、歳の近い末多よりも斯麻の方が自分の妹のように可愛がってくれた。どうも末多は勝ち気な面も見せているが、男大迹とは少し距離を置いているようだ。

年の瀬十二月のある日、坂田の館に三国より使者が訪れ、稚子媛に女児が産まれた嬉しい便りが届いた。男大迹は媛の名を、鉄への望みを託し「出雲郎女《イズモノイラツメ》」と名づけ、真手王から賜った祝いの品とともに三国に届けた。媛は後年のことではあるが、名の通り出雲に嫁ぐことになる。

年が明けて、雄略十五年、辛亥《シンガイ》（西暦四七一年）を迎えた。

正月に男大迹は、一旦三国に戻り、坂中井で三尾君堅槭に新年の挨拶を済ませると、角折に駆けつけ稚子媛親子に会いに行った。

「おお、この子が出雲か、可愛いのう」と優しく抱き上げ声をかけてやった。稚子媛は一年ぶりの夫との再会に嬉しさを隠せない様子であった。だが、母の隣にいた太郎子は年明けて数えで七歳になるが、ひ弱で頼りなく、声をかけても微かな返事をするばかりで表情も精彩が見られなかった。男大迹の胸の不安は消えない。

三月になり、近江に帰らなければならず、

「一か所に落ち着いておれぬ我れを許せよ」と稚子媛に謝し、

「親子のことを今後とも頼みます」と恐縮しながらも義兄の角折磐足に託して、男大迹は三国を離れた。

男大迹は二十二歳になった。そして斯麻は十歳になり、安宿にいる昆支王の元に送り届ける年になった。この三年、斯麻とともに過ごし、ともに育ってきたと思う。知っていることは全て伝えてきた。己の考えを押し付けることをせず、できうる限り自分で見て確認し自分で物事を決めさせるようにしてきた。だが残念なことに、

〈斯麻の故国である百済のことは、我れもまだ訪ねておらず伝えることができなかった。機会を見て渡ってみたいとは思うが、さしあたりこれは昆支王に委ねるしかないか〉と、男大迹は胸に収めた。

五月初旬、近江でのやるべきことを済まし、男大迹は致福を供にして斯麻を連れて、琵

琶湖の朝妻津から船出した。見送りには息長真手王、麻績媛、そして丹生媛と今年七歳になる末多、ついこの間までともに働いた坂田諸瀬と高島の主だった長たちも、別れを惜しんでくれた。男大迹は船に乗り皆に礼を述べるとともに再会を約して岸を離れた。

琵琶湖から淀川に入り、流れのままに船は進み「難波の津」で上陸した。津は南北に延びた砂州にできつつあった水路を、さらに千歩《ブ》（約千五百メートル）ばかり東西に掘り拡げて海へ通し、船の行き来をしやすくしていた。そして、台地の西側の河口近くにある南入り江に舟泊まりを設けて湊にしている。

そこには外海にも耐える大きな船が数艘繋留されており、男大迹は興味深くいろいろな角度からしばらく眺め、船頭《フナガシラ》たちにも船の構造を尋ねた。

近くに「坐摩社《イカスリノヤシロ》」があり、男大迹の祖ともいえる「息長帯比売命」が建てたとされていて水を司る神を祀っている。社殿の前にある所縁《ユカリ》の「鎮座石」に手を置き、遠くつながる祖と三国の治水に願いを込めて額ずいた。

翌朝、また船に乗り込み淀川を下り間もなく「茅渟《チヌ》の海」に出て、陸を左に見ながら南に進め、夕刻に「墨江津《スミノエノツ》」に着いた。この夜はここで泊まり船旅の疲れを癒すことにする。

明け方早く、三人は「住吉大社《スミヨシノオオヤシロ》」に参拝した。ここも「息長帯比売命」の創建とされ

ていて、自身とも深く関わりのある神々を祀っていると聞き及んでおり深く頭を下げ行く末を祈願した。その刹那、

《さらに励め！》と男大迹の耳だけに神の声が聞こえた。

参拝の後は「丹比道《タジヒミチ》」を進み、南に今の大王家を大きく拓いて「聖王」と呼ばれた『大《オオ》鷦鷯大王《サザキノオオキミ》（仁徳天皇）』の巨大な御陵を仰ぎながら、ただひたすらに東に歩いていく。日暮前に羽曳野《ハビキノ》の邑に着き泊を求めた。

安宿はもう近い。最後の夜になるため、ゆっくりと心ゆくまで話しながら過ごした。

最後の日は、すぐ近くにある男大迹の直接の祖と言われる「誉田別尊（応神天皇）」の大きな御廟《ゴビョウ》に詣で、その後、「二上山《フタカミヤマ》」の麓に位置する「安宿の里」に向かう。石川を越えたあたりからなだらかな登り道になり、急な山道になる手前に安宿はある。邑に入るとやはり百済人の集落らしく、倭とは違った趣のたたずまいで賑やかな邑であった。斯麻も興味深くあたりを見回し、少し興奮気味の様子をしていた。

邑の中ほどに、それと分かる大きな館があり、そこに昆支王が居を定めていた。王は一同を認めると飛び出してきて館に招き入れ、下部《シモベ》に指示し百済の馳走で歓待してくれた。斯麻の成長を歓び、男大迹の働きを誉め、そして安宿の拓けぶりを言葉を尽くして話しか

けてきた。その夜は更けるに任せて歓談しながら楽しい時を過ごした。

翌日、男大迹は致福と二人で二上山を越え大和を目指す。斯麻は竹内峠《タケノウチトウゲ》までともにした。二上山の山道に松とは違った大木の林が続いていた。真っ直ぐ円錐形に伸びた姿は神々しく、斯麻が枝先の針を広げたような葉をもぎると、なぜか心が落ち着くような薫りが広がった。

「斯麻よ、この木は『本槇《ホンマキ》（高野槇《コウヤマキ》）』という神木で、王者の棺にも使われておる」

「この薫りに包まれて眠りにつきたいものです」と、斯麻は目を輝かせて大木を眺めた。

そして峠まで見送ると、大きく手を振りながら別れを惜しんだ。

大和に入ると、古《イニシエ》より磐余《イワレ》と河内を結ぶ東西の大道を進み、三輪山の南麓にある大王の「泊瀬朝倉宮《ハツセ》」のすぐ南に位置する「忍坂宮《オシサカノミヤ》」に落ち着いた。この宮はその昔、「忍坂大《オシサカノオオ》中《ナカツヒメノミコト》姫命（允恭天皇《インギョウ》の后）」が造営し、その後も息長氏の大和における本拠となっている。世話をしてくれる刑部《オサカベ》の民もおり、男大迹は三国に帰るにあたりしばらくはここに滞在し、初めての都の様子など見ておきたいと思っていた。

ここ四年ほど、男大迹は任された務めを果たして行くかたわら、各地の所縁ある神社《カムヤシロ》を巡り、自身の先の有り様を問うてきた。神に近づくにつれ、〈より厳しく辛い道を選び、おのれの定めを試そう〉という誓いをあらためて固めていく。

大和に入ってまだ何も動けていない二日目に、坂田の息長より使者が来て、三国にいる男大迹の長子である太郎子の訃報を知らせてきた。

男大迹は知らせを聞くなり天に向かって悲しみのあまり大きくうなった。

胸の内に秘めておいたが、太郎子が成長したあかつきには本人の意向を確かめた上で、病で臥せったままになっている堅夫の養子《ヤシナイゴ》とし、三国の長にしたいと男大迹は密かに願っていた。

〈それが堅夫への我が責だろう〉と思っていた。太郎子の病弱な様子に不安を抱いてはいたがこのような仕儀になるとは……。

男大迹は心の中で悲痛の叫び声を上げた。

〈神よ！　我れにまだ試練を与えようとするのか！〉

第五章　「治水」

雄略十五年、辛亥《シンガイ》（西暦四七一年）六月。

男大迹《ヲオト》は大和を離れ、子を失った悲しみを胸に越前の三国に急いだ。供の坂井致福《チフク》も主人の気持ちを察して無口のまま後に続いている。

三国に着くと、坂中井《サカナイ》ではなく角折《ツヌオリ》の磐足《イワタリ》の館へと向かった。出迎えた稚子媛《ワカコヒメ》は憔悴しきっており、その横に娘の出雲郎女《イズモノイラツメ》は父親とも分からず硬い表情で控えている。

悔やみの声をかけてくれる磐足に、

「義兄上、何から何までお世話を掛け、申し訳なく存じております」と深く頭を下げ謝した。

三尾角折氏の墓地に埋葬されている「太郎子《オオイラツコ》」の墓前で男大迹は、「太郎子よ、父は汝《イマシ》に何も与えてやれなかった、済まない。我れの胸の内では汝の行く末に夢を抱いていたが、それもかなわぬままこのような仕儀になってしまった。御霊よ安らかに……」と額ずき心から悔やみ、そして詫びた。

その夜は、稚子媛の体を両手で庇うように抱き、これからはともに三国で暮らすことを誓い、少しでも元気を取り戻すよう力づけた。

翌日、男大迹は坂中井の三尾君堅槭《カタイ》を訪れ、帰国の報告をするとともに、「我れが側にいてやれなかったばかりに、太郎子を亡くすことになってしまい悔やんでおります。長《オサ》には心配とお世話を掛け心より……」と詫びを述べると、堅槭は言葉尻の終わらない内に悔やみの言葉をかけ、

「男大迹よ、しばらくは静かに過ごし、稚子の痛みを癒してやってくれ。その内にこの三国のために汝の力を頼む時もくる。それまで体を休めておけ」と優しく慰めた。

男大迹は礼を述べて館を辞した。この度は倭媛《ヤマトヒメ》にもそして堅夫《カタフ》にも顔を合わさずに坂中井を離れた。まずは角折の親子に心を寄せねばと思っている。

角折の館で努めて静かに過ごしていた七月の末に、越前を強い野分が襲った。一昼夜吹き荒れた風と雨により、あっけなく今年も川は氾濫し三国平野は湖水となった。日野川が足羽川《アスワ》と合わさり、さらに九頭竜川《クズリュウ》と合流する地域は例年の如く田畑まで冠水していた。

角折の被害がひどく、磐足や男大迹の親子たちは、このような事態に備えるために、すぐ西にある丹生山《ニウ》の中腹に構えた館に一時避難していた。山から望むと一面が湖《ウミ》の如くになっており、北の方、坂中井の屋敷は少し高台に設えており水浸しからは免れていた。幼いころに育った東の高向《タカムク》も山手にあたり助かっている。それにしても被害は広範囲に及んでおり、角折の磐足が若いころから訴えていた治水の大切さをあらためて思い知った。

このように九頭竜川の氾濫による被害は甚大で、この地では「崩《クズ》れ川」とも呼ばれていた。

男大迹は例の通り鼻に指を添えながら、子を失った悲しみを乗り越えるためにも、ここは皆と力を合わせ治水に全力を尽くそうと決断した。

二日後にやっと水が引き、三国各地の主だった長が坂中井の屋敷に呼ばれ、奥の堅械君の館で治水に向けての話し合いが行われた。最初に堅械君が口火を切り、「この度の大水はひどいものであったが、皆の無事な顔を見て安堵した。まずはそれぞれの民への手当を先に行い心安めてくれ。それにしてもこの暴れ川を治めぬ限り災いは繰り返す。幸いここに控えている男大迹は皆も承知の如く、ここ数年の間、各地を巡り治水の技などを学んで帰国したばかり。我れはすでに五十路を迎え無理のできぬ歳となった。これからはこの男大迹の導きに従い暴れ川を治める業に励んでくれ」と申し渡した。「我れはまだ若輩で心もとなく思う者もあろうが、暴れ川を抑えて、この国を豊かにするため皆の力を貸してくれぬか」と、男大迹からも頭を下げた。

皆は男大迹の帰国を待ち望んでおり、先には国の長として期待していたため、「一同、太杜《フト》さまの指図のままに従う所存。是非ともお導き願います」と同様の返事をし、真剣な眼差しで男大迹に応えた。

早速、男大迹は数人の長たちを角折の館に呼び、治水の進め方について協議した。最初に「鳴鹿為安《ナルカノタメヤス》」は九頭竜川が山手から低地に流れ出る丸岡の地を治めている長である。高向も領地に含まれていたため男大迹も以前からよく知っており、三年余り前に三国を離れる際に、尾張での治水の技を伝えていた。洪水でよく決壊する箇所や治水工事で必要な道具類の調えなどを託していた者で、今回の治水の頭として期待を寄せている人物であった。

そして「阿味定広《アミノサダヒロ》」。角折の西方丹生山の南山麓を含む地を領している長で、今回は川堤や蛇籠《ジャカゴ》などで必要となる石の採掘を担ってもらおうと考えている。男大迹にはすでに採石の地の目処はついていた。

三人目の「金津名取《カナツノナトリ》」は東北部を治める長で、三国の鉄づくりの中心の地である。治水には鉄製の工具が大量に必要とされ、国中の平炉を出雲などで見てきた鞴《フイゴ》付きの箱型炉に順次切り替えるとともに、鉄素材の入手に努めるよう指示をした。

最後に男大迹は側に控えている「坂井致福」を三人に引き合わせて、

「この者は我れが幼いころから仕えている者。我れと同様と思い接してくれ。頼むぞ」と申し渡した。

あとは皆で治水に励むことを誓って酒を酌み交わしながら一夜を過ごした。

翌朝、一同は男大迹に連れられて足羽川沿いに南に進み、すぐ近くにある小高い丘ともいえる「足羽山《アスワ》」に登った。途中、阿味定広に向かい、

「もう気づいていると思うが、この山の西側で良い石が採れる」と男大迹は囁いた。

「承りました」と、定広は応える。

山頂に達すると、男大迹は携えてきた弓矢を構え、

「これは暴れ川を退治するにあたっての、儀式ぞ」と言って大きく弓を引き絞り北に向かって強く放った。矢は空を切り裂き、一瞬、朝陽に照らされた鏃《ヤジリ》が光を発して遠く海に届くほど飛んで消えた。

「さあ、これから忙しくなるぞ」と大きく声をかけて、男大迹は皆とともに山を降りた。


治水作業に取りかかるにあたり、氾濫を起こしやすい箇所を確認してみると、九頭竜川が山から低地に流れ出す「鳴鹿《ナルカ》」付近で水の勢いが増し堤を破りやすい。さらに困ったところは「九頭竜」「足羽」「日野」の三川《サンセン》が合流して北に方向を変える「角折」の北方。少しでも増水すると堤を乗り越えて出水する。一旦あふれ出すと水流は網の目のように気ままに走り回り、さらにひどくなると平地を湖に変えてしまう。

まずやらねばならないことは、水とともに運ばれてきて川底に溜まる土砂を掘削し、その土砂で堤を高く強固に築き、安全で確かな筋に本流を導いてやることだ。

早速、野分が終わり雪の降りだす前の水位の下がる時期に、民をも動員して先ほどの二か所から川底の掘削を始めた。山手から低地に移り川底の角度が変わる所、そして三川合流で増水した流れが突きあたる堤付近など特に力を入れて作業し、そのほかの場所も及ぶ限り手を尽くしたが、やはり作業のための鉄具や石も量が足りず、雪が降りだす頃に一旦終了して、翌年にその成果を確かめてみることにした。

来年の治水作業までには十分な工具を用意する必要があるが、鉄素材の不足は深刻である。男大迹は、苦労を伴うであろうが、ここは自分が直接半島に渡り伽耶《カヤ》から鉄を入手する道を開くことに決め、致福を使いにやり三国の船頭《フナガシラ》で船造りの技も備えている安宅百魚《アタカノモモヲ》を呼び、半島への渡海の可否を問うた。

「太杜さま、今の手持ちの船では陸伝いに那の津（博多）までが精々で、遠く海を渡り伽耶や百済まで参るには、さらに大きく強い船が要ります」と、百魚は応えた。

男大迹は頷き、以前に難波津で見聞きした大船の様子や構造を百魚に伝え、致福と三人で新しい船造りについての打ち合わせに長らく時をかけた。

「百魚よ、この通りの船を高麗津《コマツ》において造ってくれ。来年の夏が近づく前に船出したい。

急がせてすまぬが頼むぞ」と、男大迹は百魚の肩に手を置き言った。

「高麗津」は半島の高句麗や新羅が越《コシ》との交易のために、時折ではあるが九州を経由せずに直接来航する湊で、船造りもこの地で行うことが多い。三国湊は九頭竜川からの土砂で水深が十分でなく越に来る大船は避けている。

同時に男大迹は出雲にも使いを出し、ともに半島に赴きたい旨の申し入れを行った。


年明け早々に、男大迹は五年ぶりに尾張に向かった。年魚市《アユチ》にある尾張連草香《オワリノムラジクサカ》の館では一同が出迎えてくれ、新年の挨拶と無沙汰の詫びを済ますと、目子媛《メノコヒメ》と子らが住む館でふた月ばかり静かに過ごした。目子媛は長い留守を少しも責めることもなく温かく迎えてくれ、その心根に胸が打たれる思いがした。匂比古《マガリノヒコ》は七歳、高田比古《タカダノヒコ》は六歳になっている。物心のつく前に尾張を離れた父親の顔は当然分からなかったが、男大迹は尾張にいる間は常に家族とともに過ごした。そして、その年の春を迎えた。

「今年は、治水の優れた技を会得するために百済に渡るつもりだ。三国の治水がなれば必ずまた参るから」と男大迹が話すと、

「なすべきことをなして、また無事にお戻りください。我れはいつまでも汝兄《ナセ》をお待ちし

ております」と、目子媛は気丈に応えた。男大迹は久しぶりに会った妻が、子育てを通してさらに自信を深めたか、その落ち着いた物腰と思いやりに心より感謝するとともに、最愛の妻とかくも離れていなければならない身を責めながら、尾張を離れた。

三国では、昨年に手当てした川堤は雪解けの増水には耐えてくれて一息安堵したが、桜の過ぎた頃に襲ってきた春嵐に三川合流地点の堤が決壊し、昨年の苦労も泡と消えた。確かにまだ十分ではないと思ってはいたが、これからも長く苦しい闘いを覚悟せざるを得なかった。水の引くのを待ちかねて堤の手直しと、その補強のため土手に植樹していくことを進めた。

四月に入り高麗津の百魚から新造の船がなったとの使いが来て、男大迹は致福とともに駆けつけた。船は急がせた割には立派に出来上がっており、

「百魚よ、汝には無理を申したが良くしてのけてくれた。ともに任那に渡ろうぞ」と心から礼を述べ、致福には陸路で南に位置する江沼《エヌマ》に向かわせ、

「そこは我が伯父の都奴牟斯君《ツヌムシノキミ》が五十路近いが長として治めている。伽耶で鉄を購うために北の姫川で採れる『青玉（ヒスイ）』の入手を頼んでいるので、受け取りに行ってくれ」

と指示し、自らは船出の準備を進めた。

五月を迎える前に、百魚を船頭にして高麗津を出航した。途中、三国湊に寄り、致福と合流するとともに、必要な人員や物資を積み込み西に進んだ。航海は順調である。

「良くできた船だ。海を滑るように気持ちよく進んでいるのう」と百魚を褒めると、

「ありがとうございます。太杜さまのお指図をもとに船造りに長けた者たちとも知恵を絞りながら仕立てました。この度が試しの船出でございます」と嬉しそうに応えた。

十日をかけて出雲に着いた。事前に申し合わせしていた通り、この国の首長である出雲《イズモノ》国造《クニミヤツコ》宮向《ミヤムキ》の長子である布奈《フナ》たちが二艘の船を仕立てて合流した。布奈とは三年前に出雲の鉄炉の案内で世話になり、同じ歳ということでそのときから気の合った間柄になっていた。

男大迹は彼に先年の礼を述べ、そしてこう申し入れた。

「国を豊かにするために、これからも出雲と誼《ヨシミ》を深めていきたいと思っております。実は、我れに三歳になる娘がおり、先を考えて名も『出雲』と名づけています。無事に育てば、将来この地に嫁がせたいと思っていますが、君に思いあたる相手がおられようか?」と尋

ねた。

「ありがたいお申し出です。我れにも四歳になる長子がおります。名は『布禰《フネ》』。十五歳までに確《シカ》と育てばこの話を進めましょう。これは先が楽しみです」と布奈は応え、二人は笑顔で話しながら、それぞれの船に乗り込んだ。

三艘が並んで心強く出雲を出航し、西の方向の「任那《ミマナ》」に向かう。

航海は順調に進み、那の津では体を癒すため少し日を過ごしたが、高麗津を出て三十二日目に任那の金海《キメ》に入港した。

男大迹は初めての任那であり、休む暇なく主要な所を訪れていたが、「安羅《アラ》」で長らく周辺諸国の抑えとして駐在している将軍の「吉備臣小梨《キビノオミオナシ》」を訪ねたところ、最近百済に向け攻勢を強めてきている高句麗への対抗策を講じるため、百済の王都である「漢城《カンジョウ》」に出向くことを聞き、都の様子を観る良い機会と思い同行を願い出た。

あらかた手配は済ませているが鉄素材である「鉄鋌《テッテイ》」の買い入れなど、後は安宅百魚に託し、致福とともに漢城への船に乗り込んだ。金海から七日をかけ船は漢城の外港である「買召忽《メソホル》（現在の仁川）」に入港した。その足で都に向かい、漢城には将軍の日程に合わせ十日滞在した。その間、高句麗への備えであろうか、都城の大規模な作事や漢江《カンコウ》の治水普請などの工事を盛んに行っており、これからの三国で役立つだろう事業をくまなく視て回った。

百済では城や河川の普請に、いずれにおいても石を硬く積み補強している。この巧みな技は三国、いや倭国内でもまだ見かけない。男大迹は工夫たちの石積みの様子を真剣な眼差しで眺め、近くの石工にも幾度も石積みの方法を尋ね、頭の中で治水への工夫を思い描いていた。

任那そして百済で見るものは十分に見て、男大迹は帰路についた。

八月も終わる頃、無事に三国湊に着き男大迹は安宅百魚に快適であった航海の礼を言って上陸し、船はそのまま高麗津に回送させた。

男大迹は坂中井に寄らずに急ぎ角折の館に戻り、昨年に亡くした太郎子の悲しみの癒えない稚子媛の首に、任那で購ってきた瑪瑙《メノウ》の管珠《クダタマ》を連ねた御統《ミスマル》（首飾り）を架けてやり優しく慰めた。媛の膝に抱かれていた幼い出雲郎女が嬉しそうに手を伸ばして、その御統を無邪気に引っ張って喜んでいる。

九月に二度の野分に襲われた。二度目の被害が特にひどく鳴鹿とその下流地点ともに昨年の工事をあらかた崩してしまい、また一からやり直さざるを得ない状況となってしまった。

男大迹は今年の治水工事に間に合うように命じていた足羽山からの砕石を急がせ、金津名取には伽耶から入手した鉄鋌を鍛冶打ちして鉄工具を整えさせた。また使用済みの鉄具や鍛冶で生じた鉄片などを新しい炉で焼き直し、鋳鉄の生産を進めるよう指示した。

十月を迎えるとすぐに工事に着手した。鳴鹿では落差の大きい地点から新しい川筋を開削し、北に半里ほど迂回させて本流に合流させる分水路をつくり、水位の低くなる時期を見計らって堰堤《セキテイ》を築いて本流の水を堰止めて分水路に流し、本流の川底を徹底的に深く掘り進め、その土砂で両側の堤を高く補強していった。一定の工事が終了すると堰堤の南半分を崩し、水を二筋に分けて流して水位を抑える工夫をした。この工事には四か月を要した。

一方、足羽川と日野川が合流する角折地区の工事も同じころに開始した。さらに合わさった水流が北に向かい九頭竜川に直角にぶつかる地点の堤がいつも耐え切れずに決壊を繰り返していた。そこで堤の南岸に「出し《ダ》」と呼ばれる補助堤を竹蛇籠《タケジャカゴ》に石を詰めて設置し、水流を西方に誘導し正面の堤の打撃を少しでも軽減する工夫をし、またその北側の堤もより高くして傾斜をつけ、そして川底から足羽石を張り付けるように積み上げ補強していった。そしてその他の堤も高くして桜木などを植樹し、その根を張らせることで堤を強化し、万全と思われる工事を行った。

雄略十七年、癸丑《キチュウ》（西暦四七三年）三月。

やっと思うような治水工事を雪解けの増水期を迎える前に完了することができた。
男大迹は工事が終了した後も、歩き巡って堤の状態や水流の強さなどを確認しながら、「このたびは思い至る全ての手当は講じた。まず大丈夫だろう」と同行している治水普請の主だった長たちを労った。一同も満足げな表情で応える。ただ、男大迹の胸の奥には、このたびの石積みは百済で見た技には遠く及ばず、自然の脅威の前に耐えられるのか一抹の不安があり、言葉や表情には出さぬが心の中では常に無事を祈っていた。
四月の終わり頃に季節外れの大雨が降った。風もそれなりに強く皆は水害を心配したが、川の堤で決壊や損傷した箇所は一か所もなく、治水に携わった者は自信を深めた。

その後は穏やかな日々が続いて、稲の作付けもその後の成長も順調で豊作が期待された。民たちも皆明るく励んでおり、男大迹の姿を見かけると口々に感謝の声をかけた。

そのような日々が続いていたある日、男大迹は坂中井の三尾君堅械に招かれ、屋敷の奥の館で労いの饗応を受けていた。

「よくぞ治水を仕上げてくれたな。これで稲の実りも願いがかなうし、また鉄づくりや石の取り出しも盛んになりこの国を潤してくれようぞ。男大迹にはどれほど礼を言っても言い足らぬわ」と、堅械の君は大いに褒めた。

「ありがとうございます。皆が励んでしてのけたもので、我れ一人の働きではございませぬ。ただ、これで暴れ川が治まれば何よりの次第です」と、男大迹は恐縮しながらも笑顔で応えた。

ここで男大迹は以前から心中である想いを描いており、一区切りの機会がくれば申し入れようとしていた話を切り出した。

「三尾の長、太郎子《オオイラツコ》のこともあり、控えておりました倭媛を我れに娶らせていただくこと、有り難くお受けいたしたいと存じます」と願った。

「そうか、媛をもろうてくれるか。嬉しいのう。これでやっと汝《イマシ》と親子になれるわ」と、堅械は手放しで喜び、あらためて杯を交わした。そしてすぐに倭媛をこの場に呼び寄せ嬉しい話を聞かせた。

「お受けいたします」と倭媛は満面を朱に染め、長い間待ちわびた気持ちを一言で表した。

翌朝、堅械はすぐに近江の息長《オキナガノ》真《マ》手王《テノオウ》と尾張連草香のもとに婚姻の報せを遣わした。

角折には男大迹が直に話すつもりだ。稚子媛がどのような表情をするか一瞬頭をよぎり、やおら鼻に指を添えた。

その後、男大迹は自分の育った高向に居を移し、そこから坂中井や角折に通うことにした。


八月の半ば、まだ暑さが残っている日にかなり大きめの地震が越を襲った。男大迹はすぐに主だった者を動員し堤を見回った。特に石積みを施した堤をこまめに確認したが、崩れやズレなどは見受けられずまずは安堵した。

その翌朝、微かな余震で目が覚めると、男大迹は朝にもかかわらず辺りの昏さに胸騒ぎを覚え空を見上げると、西から湧いてきただろう黒雲がすでに真上まで達していて、今にも天空いっぱいを覆うように広がろうとしている。その上風も強まってきており嵐を予感した。

角折に主だった者を呼び集めている間にも、嵐は強まり今まで経験もしなかった規模の暴風雨が三国一帯を襲ってきた。男大迹は致福に皆が集まれば追ってくるように声をかけるやいなや駆け出し、無謀にも暴れる川に飛び込み、近くの竹蛇籠の崩壊を必死で防ごうと悪戦苦闘する。しかし自然の猛威の前には手の施しようもなく命も危険にさらす状況となる。

ようやく集まってきた者たちが男大迹を助けるために川に飛び込もうとしたが、その様子を見た男大迹が濁流に堪えながら叫んだ。

「やめろ！　もう遅い！」

その時である、川上より猛烈な旋風《ツムジカゼ》が襲ってきて、彼を空中に巻き上げた。崩れた竹蛇籠の残骸とともに三丈（約九メートル）ほども体を回転させながら吹き上げられた。その光景を堤に伏していた皆はなす術《スベ》もなく茫然と見送り、その後、顔を手で覆い悲嘆して呻《ウメ》いた。

男大迹は川から吹き上げられた時から意識を失っていたが、頭の中で神の声が響いた。

《男大迹よ！　まだなすべきことがあるぞ！》と。

その瞬間風が止み、彼は両手を広げた直立の姿でゆっくり回転しながら、堤上に静かに着地した。体は雨でずぶ濡れではあったが、傷一つない姿で立っていた。

その奇跡を目撃した皆は、無事を喜ぶとともに男大迹の姿に『神』を認めた。致福はすぐに駆けつけるやいなや彼の足元に涙を流しながら跪《ひざまず》く。男大迹は優しく肩に手を置いて慰めた。


暴風雨は一昼夜荒れ狂ったあと、去っていくと三国の空は何事もなかったように晴れ上がり、男大迹たちはすぐに堤防の被害を確認するために駆け回った。

鳴鹿では堰堤の損傷はわずかで補修すれば大丈夫であり、分水路の効果は大きかった。

しかし、三川合流地区の被害は甚大で、「出し《ダ》」の竹蛇籠も石積みを施した堤も含め広範囲で跡形もなく崩れ去っていた。三国平野は水浸し状態で昨年の苦労は無に帰していた。

その上、この度の水害で三人の民が命を奪われたとの知らせを受け、男大迹はたちまち顔を曇らせ天を仰いでうなった。

「我が拙い技で、あたら尊い命を奪ってしまった！」

男大迹は工事を再開するまでの三日間、高向の館の奥に籠りきりで考えを巡らしていた。

その後、まず手を下さなければならない角折の現場に出向くと、主だった者たちはすでに参集しており、これからの工事に思いを巡らしているのか皆が思案顔をしていた。治水の工事頭の鳴鹿為安が男大迹を認めると口火を切った。

「太杜さま、治水の業を成し遂げるため、ここは『人柱』を立てて神の加護のもとで工事を進めたいと存じます。皆とも話し合い決めた策でございます」と、悲痛を窺わせる表情をして申し出た。それを聞いて男大迹は咄嗟にある考えを思いつき、即座に、

「それは許さぬ。我れらは何のためにこれほどの苦労をしているのか。すべて民たちの幸せを願うためであろう。どうしても『人柱』でなければならないと言うなら我れが人柱になろう」と言い放った。側にいた全員が愕き慌て、致福が大きな声で、

「太杜さま、それはなりませぬ。大事なお立場ゆえ、決してそれはなりませぬ」と、必死の形相で迫った。男大迹は穏やかな口調に戻して、悲痛な顔をしている周りの者に向かい、

「わかった、わかった。我れが言いたいのは『人柱』という他の力に頼る道を選ぶより、

難しくとも辛くとも、己の知恵と力を出し切って務めようと決めたまで」と話し、続けて、「皆が思い極めた申し出も分かるゆえ、我が『名』をもって人柱に替え、神への願いを託そうと思う」と言い、足元に転がっている人の頭ほどの石を三個拾わせ、以前、近江高島の水尾神社《ミオノカムヤシロ》で見た『秀真伝《ホツマツタエ》』から教わってきた自身の名前の『男』と『大』そして『迹』の音にあたる神代文字を一字ずつ三個の石に鏨《タガネ》で刻ませ、堤の脇に穴を掘って埋めさせたあとで、亡くなった三人の霊を弔い、男大迹は己の命に治水の成功を誓った。

自身の行動を見守っていた長たちに、男大迹は大きな声で、「さあ、治水の工事を始めようぞ」と言い渡し、三日間考え抜いた治水の仕組みを示し皆の考えも聴いた。それは壮大ながら大きな苦難を伴う工事とすぐに皆の頭に浮かんだが、再度の失敗は許されぬと覚悟して取りかかることに決した。

三川の合流地点の普請では、水流が強く当たる箇所の堤を中心にしてできるだけ幅広く石積みを二重に張り、その上に籠目に編んだ竹をかぶせ、最後に二丈（約六メートル）ほどの長さの丸太を等間隔で川底に突き刺して石積みを保護していく。そして各所に「聖牛《ヒジリウシ》」と呼ばれる、流れに負けないように丸太を立てて固定した竹蛇籠を設置し、水勢を弱めて堤に当たる打撃を軽減させた。
さらに大がかりな普請として合流地点から少し先の堤を土手上から一間ほどを敢えて切り、そして堤の後ろの低地を遊水地として広く掘り込むことで、一定以上水かさが増した場合に、そこに出水を誘導して堤全体から水があふれて決壊することの防止を目指した。さらに遊水地から数か所の用水路を設けて、農地の灌漑用に利用し、今までのように一旦出水すれば気ままに流れ出し手に負えなくなることを防ぐことにした。
今まで行ってきた川底の掘削や堤のかさ上げ、そして植樹なども並行して施工し、一定の完成を見るまでには、年を越え半年の月日を要した。

雄略十八年、甲寅《コウイン》（西暦四七四年）四月。

男大迹にとって真に嬉しい出来事があった。高向の北方近く椀貸山《ワンカシヤマ》の麓の産屋で備えていた倭媛に元気な男児が産まれた。親である三尾君堅槭も大いに祝ってくれたが、男大迹にはそれ以上に感慨深い喜びがあった。太郎子を亡くして三年。彼は三国への責を果たすべき希望を見出し、名を生地に因んで「椀子彦《マロコヒコ》」と名づけ、我が子の健やかな成長を心から祈った。

出産の祝いを坂中井の三尾君堅械の館にて内輪で行った翌日、治水に携わった主だった者たちが招かれ労わりの饗応を受けていた。その場で男大迹は皆に向かい、

「皆の働きによって、我れが想い描いてきた治水の普請がようやくかなった。皆の懸命な励みに心から礼を述べる。ただ、どの程度の野分に耐えられるものか確かめねばならず、年ごとの補修や増設も必要であろう。本来の石積みならばそれだけで耐えられるものを、今の技ではまだ拙く新しい技や人を待たねばならぬ。これからも皆、我れとともに励んでくれ！」と、喜ぶとともに気を引き締めていた。

その年も夏から秋にかけて、何度か規模の大きい野分や大雨に見舞われたが、川の決壊などによる被害はなく、治水の工事は補強や新しい聖牛の設置などを進めた。

その次の年も何事もなく春を迎え、今まで大雨のたびに水に浸かってかなわなかった土地も田畑として利用が可能になり作付けが始まった。秋には今までには想像できないほどの収穫が見込まれた。ますます男大迹に民たちの人望と期待が高まることになる。

また次の年も九頭竜川の暴れは抑えられ、田畑はさらに広がり、男大迹は知らぬことながら、おそらくこの時点では三国平野の稲の収穫量は倭国全体でも一、二位を争う豊かな地となっていた。

男大迹たちは堤の石積みの範囲を広げるとともに、石の抑えに使用していた竹籠や木材を順次新しいものに取り換えて補強していき、川の治水と並行して三国潟の開拓にも力を注いでいった。数年前までは平野部に大きく入り込んでいた潟も、川から流れ込んでくる土砂の活用と積極的な埋め立てでさらに広い耕地も得られ、近い将来には外海に面して湊を設けられる目安がつくようになった。

雄略二十年、丙辰《ヘイシン》（西暦四七六年）夏。

三国の開発に大きな成果をもたらした男大迹であったが、本格的な石堤と河口堰や三国湊の開削には新たな技術がどうしても必要と感じていた。

「うーん、これまでか。のう致福」と、ためいきとともにつぶやき、また鼻に手をやった。

いつも男大迹の側にいる致福はその労をねぎらう言葉を返したが、あれ以来毎年の如く鉄を求めて任那へ行っている安宅百魚の新造船で、男大迹はまた半島に渡る夢を馳せていた。

この年の秋、三尾君堅槭のもとに大和より再度の出仕の要請が来た。当時の大和朝廷は地方豪族の首長の子弟を一定期間呼び寄せ、役目を務めさせることで朝廷の運営と全国支配を強めていたのである。

二年前に最初の使者が来た時は、堅夫の症状もあり猶予を許されていたが、この度は大《オオ》泊瀬《ハツセ》幼武大王《ワカタケノオオキミ》（雄略天皇）が男大迹の世評を耳にして名指しの要請であった。男大迹は二十七歳になる。

「男大迹よ、大和に行ってくれ」と、堅槭は三国の首長として言い渡した。

「仰せとあればかしこみて……」と応え、続けて男大迹はこう尋ねた。

「堅夫さまはいかがでございます」と。それに応えて堅槭は周りを憚るように、

「汝も知ってのとおり、あの有様ではのう」と、後は口を閉ざした。

堅夫は三国の長である三尾君の後継者としての存在であったが、その昔、あの事件がきっかけで心を亡くした状態に陥っていたのだ。

「分かりました。都にまいり湊づくりの新しい技も探ってまいりましょう」と、男大迹は

心よく承り、大和に赴くことを納得した。

これを機に、男大迹は大和を中心とした新たな時代を迎えることとなる。

第六章　「倭の成り立ち」

雄略二十一年、丁巳《テイシ》（西暦四七七年）正月。

男大迹《ヲオト》は大和朝廷に奉仕するために前年の暮れに大和にやって来た。通常ならば地方から出仕する者は、直属の兵を督する役や租を司る大蔵の役など、朝廷の職を一定期間務める役目が普通であるが、男大迹は遠くではあるが大王家につながる身であるためか、または彼に備わっている神性と三国での実績ゆえか、大泊瀬幼武大王《オオハツセワカタケノオオキミ》（雄略天皇）の直命により、大王に近侍する舎人《トネリ》として仕えることとなった。

正月の華やかながら慌ただしい朝賀などの儀式がひと通り終えたある日、男大迹は大和の泊瀬《ハツセ》朝倉宮に伺候し、宮の奥の御座所で大王と対座していた。初の対面であった。今の大王が倭国における王権の伸張に果たした事績は承知しており、それ以上に、大王家に忌まわしい紛争があったとはいえ、自身一人に権力を集中させるために王位継承権を持つ近親の王子《ミコ》たちの命を多く奪い、また、これまで王権を脅かしてきた有力豪族を手段を選ばずに排除してきた辣腕ぶりに脅威を覚えてきた存在であった。

それにまた、側に仕えている者の話では、大王が地方から奉仕のために都まで来た者に、このように他を近づけずに二人きりで長い時を過ごそうとしているのは例がないとのこと。それなりに男大迹は身構えて相対した。

しかし向き合ってみると、大王は年が明けて六十路を迎えた年齢によるものか、またこれまでただ一人で力の限り疾走してきた疲れがようやく現れてきたのか、その表情には深い疲労の色が窺われていた。

大王は特に威を張ることもなく、ただしっかりとした口調で話を始めた。

「男大迹よ、汝《ナンジ》の三国での働きは耳にしておる。よく参った。この宮で予の傍にいて働いてもらいたいが、汝も聞き及んでいよう、先年、高句麗の侵攻により百済の王が死に都の漢城も落ちた。王子が南に遁れ『熊津《ユウシン》』に新都を定め文周王《ブンシュウオウ》として即位し、国の立て直しを図っている。昨年の春に倭に留めていた王の叔父にあたる昆支王《コンキオウ》とその子斯麻《シマ》を百済に帰し、国の再興に努めさせているが、その行く末が気にかかっておる。義理ではあるが汝は昆支王とは兄弟にあたり、特に斯麻は甥としてしばらくはともに過ごし世話もしてきた仲であろう。熊津にまいり国の様子も併せて確かめつぶさに報せてくれ。安羅《アラ》には任那《ミマナ》の抑えとして長年勤めている将軍の吉備臣小梨《キビノオミオナシ》もいるが、このたびは国の乱れを整えるために百済とも縁のある宗我馬背《ソガノウマセ》（高麗《コマ》）を汝とともに赴かせるよう指示している。

汝には予の傍で励んでほしいと都に呼んだが、予は汝の人となりを確かめた上で、先に期待するところがあり、このたびはまず百済に渡り、半島の様子を任那も含めて広く己の眼で視てきてほしい」と告げた。

男大迹は大王の話を畏まって聴いていたが、一息ついたところで尋ねてみた。

「恐れ入りますが、大和はなぜそこまで百済に力を注がれますか？」

大王はそれを受けて、やおら口を開いた。

「もちろん、任那の倭人のことも気にかかるが百済への思い入れには深い意味がある。倭の国づくりにも関わりがあり、長い話になろうが付き合ってくれ」と次のような話を聞かせた。

その話の内容とは、

はるか昔、中国が多くの国に分かれて戦乱が果てしなく続いた時代に、戦いの難を避けるために、また国が破れたために多くの民たちが中国を離れて各方面に流亡していった。その内、江南の「呉」や「越《エツ》」の地に暮らしていた『倭族』の祖となる民たちは、大陸のさらに南に遁れたり、北へは遠く東北の夷狄《イテキ》の地に遁れ着いた。稲作を主とした民は朝鮮半島南部に安住の地を求める者たちや、また漁労に長けた海の民は島伝いに我が列島の南部各地域に渡り住み着いた者たちもいた。一方、華北や中原からの他の種族の亡民も中国の東北や半島に遁れてきた、とのこと。

それぞれの地域では、先住の民を力で駆逐したり、逆に争いを避けて住み分けたり、またともに混住し同化していった。いずれにしても進んだ生活文化を持ち込んで地域の暮らしに変化をもたらしていく。中国の騒乱は周辺社会に大きな影響を与えた。その後も中国を統一した「秦」の圧政から遁れるなど、民族や文化の各地への流出は続いていくことになる。

大王は一息ついてまた話を続けた。

遠き昔に、中国の東北の遠く化外《ケガイ》の地で、その地に以前から住んでいた「濊族《ワイ》」や「貊族《ハク》」などの種族がその固有の習俗に、中国からの亡民の文化を取り入れ新たな部族をつくり上げた。そして、漢の時代に繁栄を誇る「扶余《フヨ》」と呼ばれる国を建てた。その東方の海岸地域に集落を構えていた倭族は、中国の江南からこの地まで率いてきたある氏族が、北の地で神意や天啓を受ける神性をいつしか身に帯び、他の倭人を導く立場となった。そして天孫始祖神話を形づくり、『天《アメ》』姓を名のり倭族の首長となる。しばらくは隣国の扶余の恵みにも預かり安穏に営みを続けていた。

しかし、西方の騎馬民族である「鮮卑《センピ》」の軍事的圧力を受ける時代になると、扶余の南部地域を領していた「高《コウ》氏」と称した大支族が国を割り、朝鮮半島の北部まで支配下にして「高句麗《コウクリ》」を建国する。武を重んじ一時は鮮卑も破り、さらに母国である扶余をも圧迫する勢いであった。彼らは半島に進出するにあたり自ら「韓族」と名のるようになる。

一方、稲作に適さない北方に暮らしている倭族は、半島南部に倭人の地があることを知り、移動を望むが高句麗に妨げられてかなわず難渋していた。一部の倭人たちは直接北の海を勇敢にも渡り、出雲や丹後、そして「越《エツ》」からの流民がさらに北の地に流れ着き、男大迹の故郷である「越《コシ》」に落ち着いたという。その後「出雲族」はこの大和も含め、列島の中心部まで勢力を広げていった。

同じ時期に扶余族で高句麗の祖にもつながる一支族が半島を南下する動きを見せると、倭族もそれに従って移動することで、半島南端の同族と合流することがかなった。扶余族はその後半島の西部で「百済《クダラ》」を建国し、紆余曲折はあるものの倭人と長く誼を通じ合える間柄となる。半島の東側には長らく韓族による小国が蟠踞していたが、遅ればせながら「新羅《シラギ》」を建国し、朝鮮半島はお互いが牽制し合う『三国時代』を迎えることとなる。

後に「任那《ミマナ》」と呼ばれるようになる半島南部には先住の倭人もすでに定着しており、一部の部族はさらに南の海を渡り、物なりの良い九州に移り住むものも出てきていた。北からの倭人は天氏《アメ》が「天孫族」として任那全体を束ねようとするが先住部族の力も強く、また、韓族の民も多く混住しており、任那を統一することがかなわず、集落ごとに小国をつくり、東の洛東江《ラクトウコウ》流域の伽耶《カヤ》地域に拠点を置いた天孫族の「金官加羅国《キンカンカラ》」を盟主として倭族の諸国連合の形をとった。西は栄山江《エイザンコウ》流域まで倭人が住んでいたが、統一された国ができなかったため、隣国の百済や新羅人、一部には高句麗人も移住して混住の小国が乱立する状況で、任那一国としてまとまらない状態が続いている。その後も倭人は新しい知恵や技を、そして民を治める仕組みや人までも隣国に頼り、特にこれまでの経緯《イキサツ》から百済の働きが大きく、かの国を「兄」のごとく見習い、列島の倭国も徐々に力をつけることができるようになった。

このような経緯を話した上で、大王は男大迹に力を込めてこう言い渡した。

「それ『任那』の地は倭人の尊い故地として、倭族の本体が列島に移った今も、そのつなぎとして金官加羅国に『府』を置き、諸国との連携など任那の調整役として大和より官を派遣している。任那は守るべき聖地なのだ。そして恩のある百済にはいざというときには力の限り支援を尽くさなければならない。この倭国の成り立ちにはそういう歴史が厳としてあるのだ。

今回の百済の南への遷都に対する支援もその一環である。分かったかな？　男大迹よ」

大王は一気に語り、さすがに疲れたのか大きく一息つくと、人を呼び食膳をと声をかけた。

すぐに高坏《タカツキ》に盛られた炙った鹿肉と酒、そして少量の果物が二人の前に用意された。

「男大迹よ、さあ遠慮なく食え。まだ話は続く、そしてこれからが大事な話となる」と言って、自らの力を取り戻したいかのように肉をほおばり始める。男大迹は今までの話についてはある程度知ってはいたが、任那への郷愁を改めて強くし、百済への接し方には思いを新たにした。そして大王に続き遠慮しながらも静かに肉を手にした。

ひと通りの酒食を終え、大王がまた話し出した。

「それでは、これからはこの列島における国づくりについて予が伝え聞いたところを話そう。これは予の母『忍坂大中姫《オシサカノオオナカツヒメ》』の兄、つまり予の伯父、そして汝の曾祖父にあたる『意富富杼王《オオホドノオウ》』から主《オモ》に聞いた話である」と前置きした話の内容とは次の通りだった。


出雲族が北の海を渡ってきて列島の広い範囲でその勢力を伸ばしてはきたが、半島からはやはり地理的に近い九州北部への進出が早かった。いくつもの部族が小国をつくり、中国を広くまとめた「漢」に使いを出して冊封《サクホウ》を認められる国もあった。その後、半島南部の「天孫族」の支族も渡ってきて各地に蟠踞し、九州北部の物なりの良い地に定着してそれぞれ国を建てた。その内の「伊都国《イト》」が周辺諸国の盟主として勢を伸ばす。しばらくして東方にもさらに豊かな地が広がっていると聞き、伊都国の首長は自国の主力と、周辺諸国の兵をも率いて大和に向かい、その地を支配していた出雲を駆逐していく。そしてこの三輪山麓を拠点として威を張り、大和を中心とした国づくりはこの王朝から始まり今に至っているという。

一方、盟主としての立場を退いた伊都国の抑えを失った九州は、その後国々が相争う時代が長く続き、相極まって諸国は神性を備えた一老女を共立して、その神意に従うことで争いは収まることとなった。母国の伊都も女王国に従う立場となり大和としては不本意ではあったが、女王国は九州北部の諸国をまとめ、中国で新しく建国した「魏」に使いを出して冊封を受け、大和に対抗するまでの勢いを示すようになった。

女王の死後、大和からの攻勢もあり、時代を経て九州北部地域も一応大和政権の勢力下には入るが、直接支配するまでには至らず、南部はそもそも九州に渡ってきた経緯が異なっており、人柄や生活の仕方も特異なままで中央と一線を画した存在でいたとのことであった。

話の一区切りを打った大王はしばらく思案顔をしていたが、突然表情を引き締め再び話し出した。その話は、いよいよ肝腎な内容に触れるものであった。

時代が過ぎ、「足仲彦大王《タラシナカツヒコノオオキミ》（仲哀天皇）」の終わりの年、九州南部の「熊襲《クマソ》」が反乱を起こしたとの知らせを受け大王は親征するが、強い霊威を備えていることで新しく后《キサキ》とした「息長帯比売命《オキナガタラシヒメノミコト》（神功皇后）」は自身が創建した越の「気比社《ケヒノヤシロ》」へ戦勝祈願に出向いており、角鹿《ツヌガ》から別路で九州に向かうこととなった。

九州の「香椎宮《カシイノミヤ》」で落ち合い、将軍の「武内宿禰《タケノウチノスクネ》」とともに熊襲征伐の話し合いを行っているときに、任那の金官加羅《キンカンカラ》国の「伊尸品王《イシヒンオウ》」の使いとして、王の甥で西方にある多羅《タラ》国の首長である「布牟知《フムチ》」が宮に訪れ任那の急変を告げた。高句麗の南侵が急で新羅はそれに追随して任那の北部を侵し、同様に百済も仕方なしに栄山江《エイザンコウ》南岸に進攻しているとのこと。急ぎ救援軍を請う使者であった。布牟知は天孫族の精悍な武人であり、その凛々しさから一目で非凡さが窺われた。

早速、后が席をあらため「誓約《ウケイ》」を行うと《熊襲より、まず金銀に富む新羅を討て》との託宣を得たが、大王はそれを信ぜず本来の熊襲討伐に赴くことにした。しかし、その矢先になぜか崩じてしまう。后は〈神に逆らったためだ〉と嘆いたが、軍を励まし三か月かけて熊襲を討ち大王の遺志に奉じた。遠征中のため密かに殯《モガリ》を済ませ、大王の遺体を武内宿禰が単独で長門の「穴門豊浦宮《アナトノトヨウラノミヤ》」に移して葬った。その後、直ちに香椎に立ち返り、託宣に従うべく后と布牟知とで行われている新羅討伐の協議の場に加わる。その間十日。宿禰が窺うにどうも皇后の様子が変わっていた。布牟知に対する態度に女性らしい物腰が見え隠れするようになっている。

半島遠征の準備を進め、熊襲征伐で疲れの見える大和や筑紫の兵の代わりに、豊《トヨ》や火《ヒ》の国の兵も招集し精兵を送る手配にひと月ばかり日が過ぎた頃、后が身籠ったことを明かした。武内宿禰は訝しく思ったが、先ずは后の体調を案じ半島への親征は思いとどまるよう説得した。そこで、后とともに今後の進退について神に伺いを立てたところ、《住吉大神《スミヨシオオミカミ》の啓示なり。腹の子は男児なり。半島での戦勝後、無事に産まれれば大王になる》との神意を得た。后は任那の窮地は我れが自ら救う。新羅を攻め、そして多羅にも行ってみたい、と頑として肯んじ得なかった。

宿禰はしばらく思案したあと、后の決意を了解し将兵を鼓舞するように大きく声を上げ、「これは真にめでたいこと。まさに亡き大王が残された御児、無事に凱旋されるまで産み月を延ばすために、『鎮め石《シズ》』を御腹に巻いて出陣なされませ」と進言し、今後は常に后の側を離れず支えていかねばと心に決めたという。

一気に秘事を打ち明けた大王は一息置いて続けた。それはさらに驚くべき内容であった。勇んで出陣した后はじめ、親征に意気の上がる九州や任那の兵たちの勢いは凄まじく、瞬く間に新羅を破りその王都まで攻め込み心服させた。その後、高句麗軍と直接戦闘を交えることとなるが、その騎馬隊を主体とした戦法に苦戦し一進一退するも、任那への侵攻を排除することには成功する。百済はもともと戦意に乏しく兵を引くとともに、高句麗対抗への支援を倭国に求めることになる。

布牟知の治める「多羅国」は本来軍事を主体とする国で、このたびの恩に報いるため后への思い入れか、後に大和では『大伴』と呼ばれる軍事氏族を倭国への凱旋の伴として供した。併せて倭国での武具などの鉄づくりを進めるために、鉄鍛冶の民たちも渡来させた。

九州に戻った后は無事に男児を産み『品太彦《ホムタノヒコ》』と名づける。しかし、大和に残っていた亡き大王の遺児たちが次の大王位を狙い、后一行の凱旋を拒んでいた。后はその情勢下、神の託宣の通り我が子を大王にすべく東征の準備を進めていく。出陣の地「宇佐《ウサ》」に社《ヤシロ》を設け、このたびの半島での軍功のあった大和を始め九州、任那諸国の軍旗八基を立て、戦勝を祈って軍船《イクサ》を出した。（これが後世、軍神として全国に広がる「八幡社」の由来とされる）

畿内では亡くなられた大王の腹違いの二王子が激しく抵抗したが、后の強い霊威と武内宿禰や大伴の兵の奮闘、そして以前より大和において軍事で威を張っていた「物部氏《モノノベ》」らの協力で激戦を勝利し、今だ幼子の王子に代わり息長帯比売命が大后《オオキサキ》として倭国を治めることになった。大和に「磐余稚《イワレワカ》 桜《ザクラ》 宮《ノミヤ》」を構えるが、新王朝の活動拠点は主に河内に置いて、軍事的な国づくりのための馬や武具生産、そして鉄の入手などに地の利のある河内を開発していくことにした。河内の在地勢力はこの王朝の強力な支持地盤となる。

半島とのその後の関係は、新羅も百済も一時期は倭国に朝貢することもあったが、依然として高句麗の強勢は脅威となり何度か大后が親征の兵を出した。

最初の出兵から五年後にまた新羅との諍いがあり、先に武内宿禰の子である「葛城襲津彦《カツラギノソツヒコ》」を派遣したが、後に大后も親征し収めることができた。その時に多羅国にも訪れ布牟知との間にまたも子をなす仕儀となる。

その間も、大后は国づくりや半島対策に奔走していたが、期待の品太彦王子《ミコ》は二十歳を過ぎ、子も成すまでになったが人となりが定まらず、大王への即位もかなわなかった。その居も都ではなく大后の亡き父「息長宿禰王《オキナガノスクネノミコ》」がその昔、河内から近江に拠点を移した坂田の地に親子ともども人知れず逼塞していた。

そのようなときにまた新羅の反抗があり、東国の毛野《ケヌ》の豪族である「荒田別《アラタワケ》」らを将軍として派遣するが新羅の勢いは強く、またもや大后が親征することとなった。大后は半島に着くと任那諸国や百済にも将兵の支援を受け新羅にあたった。その将の一人に多羅国から駆けつけた若き将「沙白《サハク》」も含まれていた。大后の前で額ずき礼を示した後に彼が打ち明けた話は、沙白は十八年も前に大后が産んだ子とのことであった。まだ若いにもかかわらずその戦いぶりは勇猛で各将たちが目を見張るほどで、また状況判断も的確で賢明であった。その表情と目の輝きに大后は大いに喜ぶとともに、自分に授かった神性が、品太彦ではなく沙白にこそ受け継がれていると感じた。

今回の騒動も各将兵の懸命な働きで収まり、任那の七国を奪還し、また西の栄山江北岸を含む四か所の邑も、百済人が多く住む地域だったが任那の支配することとなった。その地は九州からの将兵が交替で駐屯して鎮めることにした。

すべてが片づき、大后は沙白とともに多羅国に向かい久しぶりに布牟知と再会した。その夜、二人きりで長時間にわたって深刻な話し合いが行われた。布牟知にはほかにも腹違いの年長の後取りがいたが、話の内容は沙白の行く末のことであった。難しい表情で二人は話を続けていたが、最後には布牟知の方が折れ、大后の申し入れを承諾した。

大后は晴れやかな顔をして帰国への船出をしたが、その横にはなぜか沙白の姿があった。船が角鹿に着くと、大后は気比社に祈願して沙白に「去来紗別《イザサワケ》」の名をいただき、その上で彼だけを留め置き、自身は急いで宮のある大和の磐余に向かった。そしてこのたびの遠征にはその老いのため従わせずに、国の守りを託していた武内宿禰を呼び、事の次第と使命を告げた。宿禰は大いに驚き幾度も固辞したが、

「これまでの経緯を知りながら、全てをその胸に納めてくれている長老の汝にしかこの役目は務まらぬ」と、大后は最後に武内宿禰を承服させた。

武内宿禰は辛い使命を帯びて角鹿に向かう。途中近江の坂田により、品太彦王子に会い長い時を費やして説得すると王子を連れて角鹿に急いだ。

角鹿の気比社にて合流した三人は神の前に鎮座し、「誓約」を行って決して互いに違わ

ぬと神に誓いをかける。その内容は『品太彦』と『去来紗別』の名を交換し、その上、人も入れ替わるという驚くべきことであった。

　これは、「息長帯比売命」が悩み考え抜いた末にたどり着いた、倭国の行く末と神とのつながりを絶やさぬという、天孫族である大王家の責務を全うするための唯一の答えであったのだ。

　兄の品太彦は名を弟に託し、そのまま角鹿から船出して遠く「多羅国」を目指した。弟の沙白は「品太彦王子」となって大和で待つ母である大后の元に出向き、三年の後に大王位を継いで『誉田大王《ホムタノオオキミ》（応神天皇）』となる。近江に残されていた兄の子は大王の王子とされたが、そのまま息長氏に引き取られ、出自に因み『稚野毛二派王子《ワカヌケフタマタノミコ》』と呼ばれるようになった。

　そのような話を語り、大泊瀬幼武大王は最後にこう告げた。

「男大迹よ、この二派王子こそが汝の祖だ。かたや新しい大王は今の予につながっている。その意味では、汝は誉田大王というより息長帯比売命の裔というべきだろう。それはそれで尊いことと予は思うぞ」

　長い大王の話はこれで終わりを告げた。

男大迹は大王の話をしっかりと聴き取り、そして全てを胸に納め最後に大きく息を吐いた。

あらためて大王は、

「今の話を頭に置いて、任那や百済を己の眼で視てきてくれ。倭は決して半島の他国を侵そうとは思っておらぬ。ただ任那は故地であり今も我が同胞《ハラカラ》が住んでおる聖地である。それを守るには全力を尽くすほかはないであろう。確《シカ》と視てきてくれ。その上で、予の胸の内にはまだ汝に託したい大事を秘めておる。無事に帰ってきてくれ」と、話を結んだ。

男大迹は大王の館を出て、しばらく腕を組みながら西の空を仰ぎ、半島への想いを馳せた。

第七章　「百済の騒擾《ソウジョウ》」

乙卯《イツボウ》の年（西暦四七五年）九月、百済の王都「漢城《カンジョウ》」は、高句麗《コウクリ》軍によって落城した。

高句麗の長寿王《チョウジュオウ》は、祖国を強国に導いた好太王《コウタイオウ》の長子であり、「国内城」に父の顕彰碑を建て、さらなる国威の高揚を誓った。まず中国の華北を統一し勢力を伸ばしつつある「北魏」に朝貢することで北からの脅威を取り除き、その後王都を南の平壌《ヘイジョウ》に遷都して百済侵攻への圧力を強めた（西暦四二七年）。

それに対抗して、百済の蓋鹵王《ガイロオウ》は倭国や新羅との連携を強め、北魏にも支援の依頼を要請したが、北魏はすでに高句麗と通じていたため断念せざるを得なかった。その間にも高句麗の攻勢は進み、さらに長寿王が遣わした密偵の僧、道琳《ドウリン》に蓋鹵王は籠絡され、国力の増進をとたぶらかされて必要もない大事業を重ねていき、その出費で財政が疲弊する。そうして治政のタガが外れるように国が揺らぎ始めていった。

その機を逃さず長寿王は三万の軍勢を率いて百済に侵入し漢城を攻めた。蓋鹵王は籠城し、太子に重臣の木劦満致《ボクキョウマンチ》らを供につけ、支援を求めるため新羅に向かわせた。しかしその間も高句麗の攻めは激しく、蓋鹵王は耐えきれずに城を抜け逃亡を図るが、ついに捕われ殺害されてしまう。太子は新羅の援軍一万とともに漢城に戻ってくるが、すでに落城し王も殺害されたと知った。やむなく抗戦を諦めて南へ逃れ、群臣によって推戴され文周《ブンシュウ》王《オウ》として即位する。そして錦江《キンコウ》の中流域の「熊津《ユウシン》」を新しい都と定め、その「公山城《コウザンジョウ》」において百済の復興に着手することにした。

王は翌年、高臣の解仇《カイキュウ》を兵官佐平《ヘイカンサヘイ》（軍務大臣）に任命して防衛を図り、倭国にも復興に向けての支援を求める使者を出した。

翌年の雄略二十年、丙辰《ヘイシン》（西暦四七六年）三月。

大泊瀬幼武大王《オオハツセワカタケノオオキミ》（雄略天皇）は、高句麗に圧迫されて南に退いた百済を救援するために、

倭国に留め置いていた百済の昆支王《コンキオウ》を召し、

「汝《ナンジ》、直ちに斯麻《シマ》とともに帰国して甥の文周王を助け百済の再興に努めよ。北から逃れてくる民に必要とあらば、任那《ミマナ》の内栄山江《エイザンコウ》の右岸、『牟婁《ムロ》』の地に住まわせることを許す」

昆支王は少し不安げな表情を浮かべたが、承諾して頷いた。雄略はその意を察してか、

「汝には、将軍の物部麻佐良《モノノベノマサラ》をともに行かせる。また、汝の治めている河内の安宿《アスカ》は、汝の子である末多《マタ》を主とし、祖父にあたる息長の真手王《マテノオウ》に後見を任せればよかろう」と申し渡し、すぐに渡航の手配を指示した。


その頃男大迹《ヲオト》は、ここ五年余り三国平野の開拓に勤しんでいた。度重なる氾濫に悩まされていた九頭竜川《クズリュウガワ》の治水には一定程度の成功を収め、新田も増えて国もさらに豊かになるも、最後の河口堰とその先の三国湊の開削に苦心していた。残念ながら今の持てる技術ではこれ以上は覚束ない状況ではあった。

「うーん、これまでか。のう致福《チフク》」と、男大迹は腕を組みながら控えている男につぶやいた。

「太杜《フト》さま、よくここまでなされました。暴れ川も治まり、民も喜んでおります」と致福

はその労をねぎらう。

「そうかのう、さらに湊を整え、物の行き来を豊かにしたいものだが」と、またつぶやいた。

ただ、男大迹の今までの功績や、それにも増してその神性と人柄の良さに衆望も高く、三国の首長である三尾君堅械《ミオノキミカタイ》も今では実子の堅夫《カタフ》を差し置いてでも、男大迹を後継ぎにと考えていた。

しかし秋になり、三尾君堅械のもとに大和より、大泊瀬幼武大王が男大迹を名指しで朝廷に出仕せよとの要請があった。

男大迹は堅械の願いを受け入れて、大和行きをこころよく承諾したのである。


雄略二十一年、丁巳《テイシ》（西暦四七七年）正月。

泊瀬《ハッセ》朝倉宮の奥で、大泊瀬幼武大王は男大迹を前にして長らく話し込んでいた。聞き及んでいた半島諸国と百済の窮状や倭国の成り立ちについての驚嘆すべき話をつぶさに伝えると、

「男大迹よ、物部麻佐良を遣わしておるが、今の百済がどのような様《サマ》か憂いておる。また、昨年に帰国させた昆支王とは義理ではあるが汝は兄弟にあたり、特に斯麻は甥としてしばらくはともに過ごしてきた仲であろう。熊津にまいり国の様子も併せ確かめてつぶさに報せてくれ。安羅《アラ》には将軍の吉備臣小梨《キビノオミオナシ》もいるが、国の乱れを整えるため百済に縁のある宗我馬背（高麗）をともに赴かせよう」

男大迹の大和での役目は、本来大泊瀬幼武大王に近侍する舎人の役回りであったが、半島対応への大王命を受けて、まずは百済行きが任務として与えられた。

三月になるのを待ちかねて男大迹は、三国より乗りなれた越《コシ》の持ち船を坂井致福とともに呼び寄せ、角鹿《ツヌガ》（現在の敦賀）から宗我馬背を連れて乗り込んだ。

船は北の海を航行し、常に陸を確認しながら船泊まりを重ね、約ひと月かけて四月の上旬に任那の金海に到着した。以前に漢城を訪れたときは、その外港の買召忽《メソホル》（現在の仁川）まで船を進めたが今は高句麗の支配下にある。このたびは宗我馬背とともに安羅にいる吉備臣小梨と会見し、高句麗に対する軍の備えと、増えるだろう百済からの難民の対策などを打ち合わせて、その後は陸路で熊津を目指すことにした。

安羅において派遣将軍たちの役割などの打ち合わせも済ませ、男大迹一行は西への旅を重ね栄山江流域近くまで来ると、任那の内ではあるが百済人の姿の方が多く見受けられた。

さらに九州各地から派遣されてきた倭の軍人も大勢駐在しており、政情不安の下、殺伐とした雰囲気に包まれていた。

そして、長年にわたりこの地を守護し治めてきて、生涯を終えた倭の将軍や司《ツカサ》たちの墳墓が江付近に何基もつくられていた。それらの墓は倭独特の壺形とも見える形をしていた。

栄山江を越えて今度は北に進み、幾たびかは夏の暑い強風による黄砂に悩まされながらも、一行は熊津に至り公山城に入城した。すでに五月の中旬になっていた。


男大迹はすぐに昆支王の館を訪れ二人の様子を窺った。王は、男大迹との再会と倭からの心強い支援を受けて、その顔に笑みを浮かべながら、

「我れはつい先月、文周王から『内臣佐平《ナイシンサヘイ》（首相格）』に任命され、今は国を繕うのに大わらわだ」と話すが、王の笑顔の裏には心身の疲労が見える。男大迹は、

「くれぐれもお疲れのなきよう」と労りの声をかけ、その後に斯麻に顔を向けた。

「叔父上、お久しぶりです」と斯麻は元気に応え、男大迹はホッとひと安心するが、すぐ

に、

「今は皆が力を合わせて国の再興に取り組むべきとき、だが兵官佐平の任にあたる解仇の人を憚らない態度には、王も父も困っているとお見受けします」と訴えると、

「黙っておれ、そのことは汝の出る役割ではない」と、ピシリと抑えたものの、昆支王の顔には斯麻の言葉の真を裏付ける表情が窺われた。

その後は三人で旧交を温めながら和やかな一夜を過ごした。


数日後、致福が五人の百済人を連れて戻ってきた。

「太杜さま、この者たちは皆治水の技に長けた者どもで、倭国に渡ることを望んでおります。三国湊で役に立つ者どもと存じます」

男大迹は五人に向かい確認するように問うた。

「皆、国を離れ暮らしぶりも変わってしまうが、それでも良いのか？」

すると仲間内の頭と思しき者が、

「我れは玄匡水《ゲンキョウスイ》と申します。皆、漢城で治水や普請の役を仰せつかっておりましたが、役目に精を出せば出すほど逆に国の衰えを招いた次第で、都も破れ逃れてまいりました。

倭は国も広くて物なりもよく、暮らしやすいと聞いております。是非、お連れ願います」

と応えた。男大迹は五人の百済人の顔つきを確かめ、

「よし分かった安心せよ、我れが引き受けた。致福よ、後の世話は頼むぞ」と言い渡した。

五人は肩を抱き合って喜び、頭を下げ二人に礼を述べた。


その後も男大迹は、精力的に熊津内を巡り各方面の状況を確認していった。倭から派遣された物部麻佐良将軍とも会見し、高句麗軍の情勢やその対応策なども聞いた。将軍は男大迹と歳もそれほど変わらずともに気の合う仲となれたが、その話では、

「高句麗はともかく、兵官佐平の解仇との折り合いが悪く、この秋には栄山江流域まで我々の兵を後退せざるを得ない」と漏らした。

男大迹は鼻に指を添えながら少し首をかしげ、先日の斯麻の苦言は確かに間違っていない。ともに百済を再建しなければならない昆支王も苦労が尽きないだろうと心配した。

六月も末日となり、必要なことはあらかた調べ尽くし、帰国する手配に取りかかり始めた折、昆支王が訪ねてきた。

「この国から任那や倭国に移り住みたいと願う者が多く出てきております。物部の将軍に相談しましたが話が進まず、この件を三国の君にお願いにまいった次第です」と申し出る。王の憔悴しきった様子に男大迹は驚き、
「話はよく承りました。任那の金官国府にいる宗我馬背がその任に当たっております。我れからもよく頼んでおきますのでご安心ください。それよりも王は随分お疲れのご様子。大切なお立場ゆえまずはお体を癒し、気を養うのにご専念下さい」と優しく応え、すぐに供を付けて王を屋敷まで送りとどけた。

その二日後、斯麻から使者が来た。その顔を見た瞬間、男大迹は胸騒ぎを覚えた。案の定、〈昆支王が倒れ、一刻を争う状態となっているが、王が男大迹に一目会いたいと訴えている〉という願いを使者は伝えてきた。

それを聞くやいなや、男大迹は後を致福に託し、使者とともに王の屋敷に駆けつけた。館の奥の寝所で昆支王は低い寝台に眼を閉じて横たわり、その顔にはもう生色がなかった。男大迹は脇に膝をついて王の手を握り小さく呼びかけた。王は静かに瞼を開き男大迹を認めると、精一杯の力をふり絞り、

「斯麻を頼む、頼む」と震える声で訴えながら手を握り返してきた。男大迹は王に顔を近づけて、

「分かっております。ご安心ください」と応えると、一瞬、王の瞳に安堵の笑みが見えたがすぐに静かに閉じ、手の力も失せていった。

男大迹と斯麻はそれぞれ王の手を握り祈り続けたが、夜半過ぎ昆支王は静かに息を引き取った。安らかに逝けたのか、悔いが残されていたのか男大迹は分からなかった。斯麻の顔を覗くと、彼は歯を食いしばって涙をこらえていた。男大迹は胸が締めつけられる思いで、ここは我れが代わって泣こうと決め、大粒の涙を流しながら斯麻の肩を抱きしめた。

七月の五日に昆支王の葬儀は公山城において執り行われた。

それなりの規模ではあったが、時が時であり、また王自体が亡くなる直前まで倭国にいたため民の参列は少なく、粛々として少しもの寂しい葬礼であった。その中で葬儀をまるで一人で取り仕切るように、活き活きと動いている解仇の姿に、男大迹は何か割り切れない思いを覚えていた。

文周王の輿が近づき男大迹の脇まで来ると、王から声がかかった。

「そなたが倭の三国の君か、このたびは世話をかけたな。予からも礼を申す」

男大迹は畏みながら王の言葉を受け、王の疲れた顔を窺うように見た。

続いて近寄ってきた斯麻に、男大迹は彼の腕に触れながら話しかけた。

「斯麻よ、王の喪が明けたら倭に帰ってくればよい。またともに過ごそう」

と持ちかけるが、

「叔父上、ありがとうございます。ただ、父のやりかけた仕事もあり、吾《ア》はこの国に残り、吾にできる役目を果たしてまいりとう存じます」

と斯麻は静かに応え、王の棺に寄り添いながら遠ざかっていった。

男大迹は斯麻の後ろ姿に万感の想いをいだきながら、自分自身の心に問うてみた。

〈我れはその昔、生を再び感じとってから、その生かされた命に適う務めを果たしてきたのか。また《進む道が分かれたとき、より厳しく辛い道を選ぶことこそ正しく導かれる》と、心に決めたことを、我れは貫いてきたか〉と自問自答した。

しばらく空を見上げながら考え込んでいた。その胸には様々な想いが交錯していた。

そして、側に控えている従者の致福に顔を向けて、

「致福よ、倭に帰ろう。三国湊の手配を済ませ、大和の大王のもとに参上することにする。さあ、倭に帰ろう！」と声をかけ、男大迹はあらためて何かを決心したように、南に向かい力強く歩き始めた。

第八章　「倭国のかたち」

時は雄略二十一年、丁巳《ティシ》（西暦四七七年）秋。

男大迹《ヲオト》は、百済の熊津《ユウシン》から越前三国に戻ってきた。

このたびの半島での経験は彼を一回り大きく成長させたようだ。髯を蓄えはじめて精悍さを増した表情や体つきに加え、身近な存在の死を経験し、外国《トックニ》とはいえ国全体の窮状を目の当たりにすることにより、人への労わりの気持ちを一層深く身につけてきたようだ。

事前に大王から倭国と半島との関わりを聞かされたこともあり、越《コシ》の三国や近江高島など単に身近な地もさることながら、倭の国全体の行く末に考えを及ぼすようになった。

そして、持衰の役を務めた若き馬飼いの安羅子の存在も心に残った。

三国に着くと、まず義父にあたる坂中井《サカナイ》の三尾君堅楲《カタイ》を訪れて帰着の挨拶をした。

そして、その屋敷に鳴鹿為安《ナルカノタメヤス》など治水に関わる者たちを集め、留守の間の様子を確認して今後の開発について話を進めた。その間、二度ほど野分があり暴風雨に襲われたが堤防は無事で水害は免れたとのことだった。

「我が留守中ご苦労であった。このたびは百済より石積みの技に長けた者どもを伴って帰国した。今までの木材などで保護している石堤を本格的な石積みにつくり直し、九頭竜《クズリュウ》川の河口の開削と湊の開拓をも進めたいと考えている。今まで以上に皆の力を貸してくれ」と話し、早速、翌日から百済の石工も連れて皆で堤や河口を見回り、今まで開発した所の本格的なつくり直しに向け動き出した。

この間も男大迹は、高向《タカムク》近くの椀貸山《ワンカシヤマ》の麓に落ち着いている倭媛《ヤマトヒメ》の所に赴き、今年四歳になる椀子彦《マロコヒコ》の成長ぶりに目を細めたあと、角折《ツヌオリ》の磐足《イワタリ》の館にも出向き、稚子媛《ワカコヒメ》と出雲郎女《イズモノイラツメ》を慰め、家長としての務めも尽くす忙しい日々を送っていた。そして一日として忘れたことのない、遠く尾張で暮らしている最愛の目子媛《メノコヒメ》に託している二人の子もすでに十歳を超えている。

その年の十一月を迎えたある日、大和より使者が来て、百済の文周王《ブンシュウオウ》がこの九月に重臣の手にかかり亡くなったとの知らせが届いた。

「うーん、解仇《カイキュウ》の仕業か。我れが熊津を去った直後ではないか」と、男大迹は唸った。

すぐに大和の大王の元に参上する旨を使者に伝え、身の回りの始末を済ませたあと、翌日には高向の館に坂井致福《チフク》を呼び寄せた。

「治水の工事も遅滞なく進んでいる。これも汝らの働きの賜物だ。百済の事態は聞き及んでおろう。我れはすぐに大和へ参らねばならぬ。そこで汝のことだが、長い間にわたり我が側で仕えてくれ礼を申す。汝もすでに五十路を越えてしまった。我れはその間何もしてやることができず申し訳なかった。これからはこの三国にいて治水などの進み具合に目配りすることで過ごしてくれ。誠に長い間ご苦労であった」と優しく申し渡した。致福はそれに応えて、

「もったいのうございます。我れこそ太杜《フト》さまのお側にお仕えすることができ幸せでございました。それでは恐れ入りますが、お言葉に甘えて楽をさせていただきます。されば我が息子が今年で二十三歳になり、今は里の仕事を手伝わせております。どこまでお役に立

つか存じませぬが、お側に置いてはいただけませぬか？」と問うた。

「おう、『致郷《チクニ》』のことか。それは頼もしいのう。我れに仕えてくれるか、それはありがたい」。男大迹は笑顔で致福に礼を言った。


三日後、男大迹は致郷をはじめ三人の従者を連れて大和へ向かった。途中に近江の息長《オキナガ》の真手王《マテノオウ》を坂田の屋敷に訪れた。

「義父上、百済から無事に帰国しこれから大和に参ります」と無沙汰の挨拶をすると、王は、

「元気で何よりだ。だが、昆支王《コンキオウ》に続き文周王まで亡くなってしまうとは……。百済も大変なことになってしまったのう。末多《マタ》も不憫なことだ」と嘆いた。

男大迹は末多よりも斯麻《シマ》の方が気にかかったが、そう、末多は真手王にとっては実の孫だと思い至り納得した。王は続けて、

「もう三年になるが、末多を母の丹生《ニウ》とともに河内の安宿《アスカ》の里に連れて行き、しかるべき者をつけ里の治めを習わせている」と話し、さらに、

「おおそうだ、麻績《オミ》と佐佐宜《ササゲ》を呼ぼう。二人とも健気に暮らしておる」と語った。

二人はすぐに館に入ってきた。麻績媛は顔をうっすら赤く染めて再会を喜び、佐佐宜郎女は今年で八歳になり可愛い盛りであった。その夜は親子三人で和やかな時を過ごした。

翌朝、大和へ発つ挨拶に真手王を伺うと王から、

「実は昨日、汝らが下がったあとに安《ヤス》（野洲）から宗我高麗《ソガノコマ》（馬背《ウマセ》）が参り、先般湖南に連れてきた百済の民たちの扱いについて打ち合わせをしていたが、高麗から汝とは任那の金官国府《キンカンコクフ》までともに赴いており、このたび大和への同行を願っておる。宗我とは以前より渡来の民の世話で親しく交わる仲で、これも縁と思い承諾した」と告げた。

高麗は男大迹より七歳年上で思慮も深く、これまでの経緯から任那や百済など半島の状況に詳しく、男大迹の方からも親しく接し学びたい相手であった。

「三国の君、一別以来でございます。このたび、倭に落ち着くことになり『高麗』と名乗りを替えております。あのときに熊津の状況をお聞きし、君が金海《キメ》を離れてすぐでございました。倭への移住の依頼がありまして、まず第一陣として七十名ほどの民を連れて渡来し、大王の命を受けて以前より百済からの民を受け入れている近江の湖南に落ち着かせたばかりでございます。その後の文周王の死で百済は混乱し、さらに多くの流民が来ること

になりましょう。我れはその差配を任されておりますが、今後は東国にでも受け入れる工夫が必要と考えております」と、高麗から話した。

「それは重要なお役目。大変な苦労もあるでしょうが、これも苦しむ民のため大事な務めです。宗我さまの働きに期待しております」と男大迹は労い、続けてこう話しかけた。

「宗我さまは半島の国々にも通じ、こうして倭の朝廷の役目も務めておられる。そのような立場からこの国の在り方や行く末をどう見ておられるか、是非ともお聞かせいただきたい」と申し入れ、国全体への想いを自分なりに形づくりたいと願った。


高麗はともに歩きながら話を始めた。

「宗我の成り立ちから申し上げますと、我が始祖はあの伝説の武内宿禰《タケノウチノスクネ》と聞かされていますが、これはどうも不確かなことで何とも言えませぬ。ただ我が祖父の満智《マチ》は百済系の倭人で任那の金官国府でそれなりの地位を築いていたところ、半島諸国の混乱時に百済や漢の裔と称する民たちを大和に誘い渡来してまいりました。

文字に通じていたところから朝廷より大蔵の務めを任され、葛城の里に所領もいただきました。ただ百済とのつながりから半島での役割も時に果たさねばならず、父の韓子《カラコ》は新羅が百済や任那に侵攻した際、大泊瀬幼武大王《オオハツセワカタケ》（雄略天皇）の命により将軍の一人として遠征しましたが、将軍たちの内紛に巻き込まれ、十二年前の乙巳《イッシ》の年（西暦四六五年）に任那において亡くなりました。

その後も恐れながら年若の我れなども、半島に通じていることで重き役目を任されております。このようにこの国は古《イニシエ》より半島を通して新しい知恵や仕組み、そして民たちも受け入れ、その中から自らに適ったものを活かしながら国づくりをして来たと存じます」と、一族の経緯を打ち明け、さらに続けて、

「はるか昔、稲作の地を求めて半島より多くの倭の民が渡ってきた折も、もともとこの列島に住んでいて狩猟などを営んでいた民たちは、その多くは拒まず争わず、その利のあるところを受け入れ、ともに生きていくことでこの列島での新しい倭族を創り上げていきました。

そして稲作は暮らしの大きな糧となり、九州から畿内を越えて東国まで広まるのです。ただ昔ながらの生き方を守っている民たちは北に遁れ『蝦夷《エミシ》』と呼ばれながらも、古より続けてきた自らの営みを続けていきます」と話した。

この日の夕刻に安《ヤス》（野洲）にある今来《イマキ》の渡来人邑に入り、一同は邑の長《オサ》の館に泊まることとなった。男大迹は河内の安宿など、渡来人の里を数か所は見聞きしてきたが、この邑は新規の炉を持ち込み鉄鍛冶を生業にしている。鉄素材はやはり半島に頼っているが、鍛冶炉は出雲のそれよりもさらに進んだ仕組みを取り入れ、以前と比べ一新されていた。

その夜は、長の館で邑の主だった者とともにささやかではあるが和やかな饗応を受けた。男大迹は、皆の話や表情から、遠く祖国から流れ移りやっと日々の営みも落ち着いてきた喜び、そして受け入れてくれたこの国への感謝の気持ちを感じとった。

宴の後、高麗は二人きりの時をつくり、また男大迹に話を続けた。

「君の母方の祖母である『阿那尓比弥《アナニヒメ》』は我が祖父満智《マチ》の遠縁にあたり、我れも君とのつながりをありがたく受け取っております。それよりも君は大王家に連なるお立場、なにとぞ御身を疎かにせずお進みください」と話しかけ、続けて、

「この国は、昔より天孫族の中から選ばれた一族が大王を出して国を統べておられます。天孫族には他の氏族には持ち得ない『天の意』を受け取れる不思議な力を備え、その神意によって民を安堵させることで国を保って今日まできております。時には大王家よりも

力を持ち得た氏族も出てきましたが、自ら大王位に成り替わることは考えず、また周りもそれを許すことはなく天孫族の大王を代々支えてきているのです。

半島の任那で力を貯えた天孫族の中から天意を受けた者が列島に渡り、九州で国づくりをし、倭を纏めるために中央の大和まで進出してきました。その都度、先住の勢力との多少の諍いはあったものの、天孫族としての霊威の軽重を見届けて王として受け入れてきたのです。

そのようにこの国を治めてきた大王家は、霊威を備えた后と大王がともに国を治める形をとり、時としてそれがかなわぬ場合には、長子をして天意を受ける役に就け、終生独り身で奥に控えさせ、次子以下で力のある者が表で民を統べるという、二人の大王がその役割を果たしながら国を治める仕組みが続いてきたと聞いております。

三輪の大王家はその力で治める地を倭国の広い範囲に及ぼしていきましたが、時を経るにつれ勢いも弱まり、世を平らかに統べるにはさらに強い力を必要とする時機を迎えました。

そのようなときに、半島の天孫族の中から大いなる武力と神霊をともに備えた者が渡来して、大和での旧勢力の抵抗はあったものの最後は周囲の豪族も受け入れ、新王家として入れ替わることとなりました。それが河内を支援基盤とした今の大王家です。新しい力を受け入れてさらに良い形にして生まれ変わる。これが倭の国がこのように豊かになった有り様《ヨウ》だと思います」と高麗は話し、そして少し声をひそめてこうつぶやいた。

「今の大王（雄略天皇）は確かに大いなる力を振い、競うべき者も無き『治天下大王《アメノシタシロシメスオオキミ》』として倭国や大王の威を高めてまいりましたが、あまりにも酷なさり方で後を嗣ぐべき人が絶える恐れが見受けられるような事態に陥っていると存じます。遠くではありますが大王家につながる君も霊威を備えておられると感じております。くれぐれも身の処し方に意を尽くされますよう願います」

男大迹はその話を聞き、諾否を与えず腕を組んだまましばらく前方に眼を据え、やおら鼻に手を添えて、この国の行く末について考えを巡らしていた。

翌朝、一同は冬の寒い道を急ぎ、夕刻近くに乃楽山《ナラヤマ》を越えて二手に分かれ、高麗は葛城に通じる胆駒山《イコマヤマ》（生駒山）沿いの西の道を選び、男大迹は「三輪山」を目指して東の山辺《ヤマノベ》の道を進み、息長氏の「忍坂宮《オシサカノミヤ》」へと足を運んだ。

大和に着いた早々に大王に帰着の挨拶を済ませたが、新しい年を迎える準備で慌ただしく動き回っている間にその年も過ぎた。

雄略二十二年、戊午《ボゴ》（西暦四七八年）正月。

「泊瀬《ハツセ》朝倉宮」における元日の朝議も滞りなく終え、朝廷にも落ち着きを取り戻した五日の昼過ぎに、男大迹は大王に呼ばれ朝堂脇の部屋で大泊瀬幼武大王にまみえた。

「男大迹よ、やっとゆるりと話ができるのう。まずは百済から無事に帰朝したことめでたい。ご苦労であった。汝が熊津を離れた直後に文周王が佐平として威を振っていた解仇の手により崩《ナ》くなってしまった。その後、まだ年若の王子が『文斤王《ブンキンオウ》』として即位したため、後見として王を助けるため斯麻は百済にそのまま残り、栄山江《エイザンコウ》北岸の牟《ム》婁に駐留していた将軍の物部麻佐良《モノベノマサラ》を都近くまで北上させて国の乱れを防いでおる。予はその後、中国の『宋《ソウ》』の皇帝のもとに、倭国が半島の安定に力を注ぐべく『安東大将軍』の称号を求めて使者を派遣しているが、かの国も騒乱はまだまだ続くかもしれぬ。

汝はしばらく予の側にいて、半島の情勢を窺いつつ、この国の治めについても予の力になって努めてくれ」と大王は求めた。

男大迹はそれを受け、大王に直に言うべきか戸惑いながらも、

「恐れ入りますが、我れには大王ほどの凄まじい武略はとてものことに持ち合わせてはおりませぬが……」と応え、大王の顔を正面から見据えた。

「そうか。やはりそれに触れなくてはならぬか。分かった丙申《ヘイシン》（西暦四五六年）のことだな。汝には話しておこう」と、心を決めたように話を進めた。

「当時、兄である穴穂大王《アナホノオオキミ》（安康《アンコウ》天皇）の治め方は強引で、大王に欠かせぬ神霊を司る力は持ち合わせぬと予は感じていた。その力は長兄の『木梨軽王子《キナシノカルノミコ》』が備えていたが、例の不義で亡くなり、その後は伯父大兄去来穂別大王《オオエノイザホワケノオオキミ》（履中《リチュウ》天皇）の長子で、近江の市辺《イチノベ》に退いていた『押磐王子《オシハノミコ》』にあると感じており、予も頼もしく思い市辺に近づき、王子の妹の『青海王女《アオミノヒメミコ》』とも親しい仲となったこともあった。その直後のこと、兄王が理不尽に義子としていた『眉輪王《マヨワ》』の手によって崩《ナ》くなり、朝廷はたちまち大いに乱れる有り様となった。

その時である。予は神意を受け、《大いなる者が世を統べよ》という啓示を受けたのだ」

と、遠くを見る眼をしたあと、さらに続けて、

「まずは葛城の『円大臣《ツブラノオオオミ》』の元に逃げ込んだ眉輪王を討たねばと、残る兄たちに諮るが、

どうも不穏な様子を見せていた。予は自分自身が天より神意を受けた者と信じ、兄たちも眉輪王も、そして葛城の円大臣も討ち果たした。市辺押磐王子も葛城に担ぎ出されると感じ、近江に出向き狩猟に誘い出して射殺してしまった。後に誤解と分かるが致し方なかった。青海王女とはそれきりで今は葛城の郷で王子の忘れ形見の姪と暮らしている」と、自らも忌まわしいと感じている話を、男大迹には包み隠さずにありのまま打ち明けた。そして、

「そのときは〈自分が大王にならなければこの国は収まらぬ〉と信じていた。その後も吉備氏を始め有力な豪族を強引に制圧し、半島にも幾度も兵を出し倭国の力を示してきた。そして倭国の隅々にまで大王家に臣従させる仕組みを整えることに努めてきたのだ。

しかし思い返してみると、予の思い違いであったかもしれぬ。世は治まったがそれは予の力を恐れているだけで、決して臣や民たちに安らぎを与えるには至っていない。神意を世にもたらすのは、『力』ではなく、それは『徳』であったのであろう。

ただ、あの時代には予のやり様しか道がなかった。今になって悔やんでも仕方がない。予は予のやり方を貫いてきただけだ。そう信じるしかなかった」と大王は心の内を明かした。

男大迹は話を聞き深く頷いて、

「大王の御心の内よく承りました。これからはこれまでになされてきた事を活かすためにも『徳』による政治《マツリゴト》が必要でしょう」と、大王を慰めるように応えた。

「汝の言う通りだ。だが予はすでに六十路を過ぎ残された時はもうそれほどはないであろう。次の代に託すべきだろうが、後継ぎにと定めている『白髪《シラカ》（後の清寧天皇）』は、長子で汝より歳も上であるが心身の育ちに覚束ない所が見受けられ、先を案じておる」と寂しくつぶやき、大王にとっては長く、そして辛いだろう話を終えた。

男大迹はその後、大王の側にいて治世を身近で学び、朝廷の各役所の仕組みや役割についても習得していった。ただ有力な朝臣《チョウシン》とも交わったが、自分自身を出しすぎることをせず常に控え目の身の処し方に徹していた。また折に触れ大和の内を致郷とともに見て回り、国の物なりの状況や民たちの暮らしぶりを確かめることにも努めた。

秋を迎え、百済より物部麻佐良《モノノベノマサラ》が帰国し、大王のもとに伺候した場に男大迹も同席した。

「この四月にやはり解仇が乱を起こしましたが、文斤王は解氏に対抗する有力氏族を新しい佐平に任命し、すばやく乱を治めました。我が軍は直接介入することはせず、解仇をけん制することで王を支えました」と、百済の代替わりとその後の状況の報告を受けて、大王は、

「将軍には半島で大変な苦労をかけた。今後は里で充分に体を休めるよう」と労わった。

男大迹は将軍の顔にひとかたならぬ疲れを感じ労わるように、

「誠にお疲れさまでした。一別以来ですが無事の帰国なによりです」と声をかけ、大王の許しを得て山辺《ヤマノベ》にある将軍の屋敷まで送ることにした。

物部の屋敷に着くと、元気そうな童が迎えに走り出てきた。将軍は、

「我が長子の『麁鹿火《アラカヒ》』です。まだ十歳を過ぎたばかりの未熟者ですが、我が後を継がそうと考えております」

と手招きした。童は将軍の手を取りながら男大迹に向かい礼儀正しく頭を下げた。しっかりとした眼つきをしており、体つきも若年の割には大きく頑強と見受けられる。

「良き若者ですな。先には立派な将軍になることでしょう」と男大迹は褒めた。

十二月に入って男大迹は葛城の郷を訪ねた。円大臣の滅亡のあと、どのような状況に

なっているか気にかかっていた。葛城は傍系の「葦田氏《アシダ》」が後を継ぎ市辺押磐王子の妹青海王女が姪とともに里を頼りひっそりと暮らしていた。訪ねてみると大泊瀬幼武大王とほぼ同じくらいの年齢と見受けられたが品のある風貌と佇まいをしており、こう話し出した。

「汝《イマシ》が三国の君か、奇《ク》しき噂は我が耳にも届いている。よくお出でなされた。昔の話を聞きにまいられたか」と、王女はしばし思いを巡らすような仕草をした後、話を続けた。

「そう、兄の押磐王子は聡明なお方であった。神意を受ける力も強く、父王（履中天皇）の後を継いで大王にもなれる立場であった。その霊威は我れも備えていて、今は大王となられている当時の大泊瀬王子《オオハツセノミコ》とも行き来があり、我れと歳も近く一時は親しく接したこともあった。ただあのような事態が出来《シュッタイ》し兄もその王子に殺《アヤ》められ、我れも葛城に退くにいたり、その後、我が霊威は失うてしもうた。今は静かに暮らしている」と話し、遠くを眺めるような表情をした。そして、しばらく男大迹を見つめたあと、男大迹の霊威を確信すると意を決した様子で、

「汝の人となりを信じ、ここだけの話だが、兄の女児は我が側で育ててもうすでに三十余歳になるが、二人の男児は密かに逃し、今は播磨で匿われている。葦田の長《オサ》など限られた者だけが承知しておる。何かの折に汝の頭の隅に覚えておいてほしい」と打ち明けた。

男大迹は驚きながらも、この話はまだ誰にも言えぬと胸の奥に仕舞い込んだ。

翌年の雄略二十三年、己未《キビ》（西暦四七九年）五月。

男大迹は梅雨を迎えた頃、大王のもとに伺候し相対していた。

「聞き及んでおろうが、百済でまた事が起きた。文斤王がまだ若いのに急死した。このたびは乱ではなさそうだが、かの国も次々と難事が起こり大変だのう。予は百済を救援し、また次の王として継がせるために河内の安宿《アスカ》にいる『末多』を、筑後と肥前の兵を五百ばかり従わせて帰国させるよう命じた。これで事態を収拾できればよいのだが」と大王は話した。

「大王、熊津には『斯麻』もおります。次王には斯麻でも良かったのでは？」と、男大迹は彼の立場を思い訴えると、大王はそれに応えて、

「そうだな、確かに二人とも『昆支王』の王子で、斯麻が兄だが、汝も承知の如く末多の方がこの国とのつながりが強い。これからの百済と倭国の関わりを考えて予が決めたのだ」と説いた。確かに大王の言う通りで、斯麻の気持ちを考えると少し割り切れない思い

がしたが、男大迹は納得せざるを得なかった。大王は続けて、

「倭国の成り立ちや治める仕組みについては身についてきたと思うが、あらためて大事なことを伝えておこう。この国を統べる者は天孫族の内で霊威と民を導く力、いや『徳』を備えた者に限る。それを違えたとき、この国は乱れることとなる。その昔、三輪に国を建てた天孫族の王は自ら『天《アメ》』の姓を天に返上し、臣に『姓《カバネ》』を与える大王の立場となった。その時から、天孫族の血筋の者でも姓を名乗るようになるとなぜか霊威を失うこととなった。汝も天孫族とのつながりを疎かにせず、決して三国の『三尾』や近江の『息長』などの氏《ウジ》や姓を自称してはならぬぞ」と、大王は強く申し渡した。

男大迹は話の意味に不明さを覚えながらも承知するほかなかった。


それから五日ばかり経ったある日、大王に呼ばれて伺候したが、この日はいつになく宮の最も奥にある居所に大王は一人で待っていた。男大迹の窺うところ、大王の顔には憔悴の色が濃く、老いもあるがどうも体に何か異変が起こっているように見受けられた。

「大和にまいってもう三年か、よく務めてくれている。礼を申すぞ」と大王が声をかけた。

「恐れ入ります。我れこそ学ぶことが多く日々楽しく過ごさせていただいております。そ

れよりもお体がよほどお疲れとお見受けいたします。どうぞご自愛のほどお願い申し上げます」と応えると、大王は男大迹の顔を正面から見据えていきなり、

「男大迹よ、汝が予の後を継いで大王になってくれぬか？　側で仕えている姿を見て、この国の行く末を託すには汝しかおらぬと見定めた」と、眼に力を込めて言い渡した。

男大迹は、事の重大さに気づきながらも頭に何も浮かばず、ただ大王の眼を見つめているだけであった。

第九章　「王統の継承」

雄略二十三年、己未《キビ》（西暦四七九年）五月。

大泊瀬幼武《オオハツセワカタケ》大王（雄略天皇）から、いきなり大王位を継ぐようにと求められ、男大迹《ヲオト》はその重大性にしばらく呆然としていたが、ようやく頭の中に次のような考えがよぎった。

〈大王は本気で太子を見限り我れに託そうとしているのか、それとも我が心根を試そうとしているのか。大王位の責は重く、今の我れにはまだ背負いきれぬ〉と思い至り、

「大王、太子であられる『白髪王子《シラカノミコ》』がおられるではありませぬか。太子の意をどうされようとされるのか？」と、やっと応えることができた。緊張のせいか、それとも、すでに入梅の季節のせいか体中が少し汗ばんでいる。

「白髪の思いを確かめてはおらぬが、汝も分かっていよう、今の白髪が重い責を担えるとはとても思えぬ。長子であり幼い頃からのあの風貌に予は霊威を感じて太子にしていたが、長じた今を見ればそれは誤りと悟った。さらに男として覚束なく、妃も持てず後取りもかなわぬ。親としての想いも深いが、この国の行く末を考える時、情を無理強いすべきではないだろう」

そうつぶやいた大王は、歳を重ねて体力の衰えもあるが、今までに周りに見せたことのない寂しげな表情をしていた。

確かに太子は、何か病を持って生まれてきたのか、名の通り幼い頃から白髪頭で全身も色が抜けて白く、成長後もひ弱なままであった。時に側に近侍した折も、自らの体の状態を知っており、常に物静かで口数も少なく佇んでいることが多い。ただ男大迹が窺うに自分の意志は確《シカ》と持っており、三国の堅夫君《カタフノキミ》のように心を喪失していることはないと見受けられた。

「予には白髪の他にも二人の王子がいるが、母の『稚媛《ワカヒメ》』は、予が吉備氏を制圧したときにその美貌に惹かれ、もとは吉備氏の首長の妻であったのを無理やりに大和に連れてきた者で、予に対する恨みをまだ持ち続けている。予が亡き後の万が一の反抗に備えて大連《オオムラジ》である『大伴室屋《オオトモノムロヤ》』に後事を託している。大王家を支えている大和の豪族の長たちは普段は反目する時があっても、外からの力には一致して排除してきた。ただ、大和の内に今は大王にふさわしい血筋の近い者はもう残っていないのだ。これも予の今まで犯してきた悪行の報いだろう」と自身を悔いたあと、

「予は、三国でのことから汝に霊威が備わっていること、ここ数年、側に置いてその所業を確かめてきたが、汝こそこの国を良き方向に導いてくれる者と信じている」と大王は続けた。

「ありがたいお言葉ではございますが、我れは大和から遠く離れた地からまいった者。我れこそ畿内の主だった氏族の長から認められるとは思われませぬ」と男大迹は応え、しばし考えた。

〈今の我れにとって、もっとも困難で辛く、そして正しく導かれる道はどれであろうか?〉

そして男大迹は意を決して、大王に申し上げた。

「我れが『白髪王子』を支えてまいりましょう。大王の王子ならばさらに氏族たちの力添

えもありましょう。たとえ神意を受け止める霊威に欠けていても、常に民の幸せを祈る責を果たせれば立派に大王として務まりましょう。それには大王の血統が何よりも必要なのです」

男大迹は後見の立場での苦労を厭わぬ覚悟をして応えた。

大王はそれを聞き、疲れた表情の中にも歓びに眼を輝かせ、

「男大迹よ、汝は白髪をそのように大事に想ってくれているのか、誠にありがたいことだ。そうか、汝が支えてくれるなら安心だ。くれぐれも頼むぞ」と明るい声になった。そして続けて、

「大王位の継承については、古《イニシエ》からの仕来たりとして朝廷を支えている主だった氏族たちの総意によって決められている。それゆえ候補となる王子が多くいる場合、相応しい後嗣が定まらずに時として世が乱れるもとになって来た。予は大王の力を強めることで後嗣をあらかじめ確と定めようと思っていたが、白髪ではやはり氏族たちの認めを要するだろう。大臣《オオオミ》の『平群真鳥《ヘグリノマトリ》』と先ほどの大伴室屋には予から前もって申し渡しておくが、汝からも一度話をしておいてくれ。そう、物部《モノノベ》氏も外せぬな。大連《オオムラジ》を務めていた物部目《モノノベノメ》は先年亡くなったが、麻佐良《マサラ》は汝も百済で意を通じていよう。その父の連《ムラジ》である『木蓮子《イタビ》』がまだ健

在だ。話を通しておいてくれ」と力が蘇るようにしっかりとした表情で申し渡した。

「承りました。早い時期に機会をとらえて皆さまに話をいたします」と応えた。大王は加えて、

「また葛城に亡き市辺押磐王子《イチノベオシハノミコ》の妹『青海王女《アオミノヒメミコ》』が暮らしておる。事があってから疎遠になっておるが霊威を備えていた。あの時の経緯から予は無理だが、一度機会があれば王女に会って考えを聞いておくのも良いかもしれぬのう」と示唆した。

男大迹はすでに王女とは会ったこと、そして押磐王子の遺児が隠棲していることは大王には明かさず、

「畏まりました」と返すにとどめた。


まずは、初めて平群《ヘグリ》の地を訪ねることにした。木々の緑が梅雨にけぶる日だった。大和の北西に胆駒山《イコマヤマ》（現、生駒山）を含み河内にまで至る広い地を領している。今上大王の討伐により葛城氏本宗家が衰退したあと、大臣となった有力氏族である。ただ、平群大臣真鳥は何度か泊瀬《ハツセ》朝倉宮でまみえる機会はあったが、朝廷内で物申すことも少なく、印象の薄い存在であった。

「大王から話は承っておるが、なぜ大臣である我れに任せてくれなかったのかのう。我が平群は大王家が河内から大和に進むときより支えてきた氏族ぞ。しばらく大王の側に仕えて認められたとはいえ、大和の外から来た汝に大任を任すとは……。まあ、あまり出すぎることのないようにせよ」と、大臣は苦々しい口調で釘を刺した。朝廷では見せたことのない傲慢さと自らの氏族への強い自負がその言葉遣いに感じられた。男大迹は頭を低くして、「承りました。くれぐれも控えるようにいたします」と短く応えて辞去した。

次に大伴氏を三輪山南麓の高市にある屋敷に訪ねた。今の大王家が昔任那《ミマナ》から倭に渡ってきたとき以来、武をもって大王の親衛を担ってきた家柄で、九州にも河内にも地盤を持ち、半島にもいまだに強い影響力を持っていた。大伴室屋が大連《オオムラジ》として仕えているが、十四年前に長子の『大伴談《オオトモノカタリ》』が半島で新羅との戦いで死亡し、今は孫である『金村《カナムラ》』を育てながら後を期している。室屋はもう六十路を過ぎているが武人らしくいまだに矍鑠《カクシャク》としている。

「大王の意、よく承りました。ただ、我れも大王より託されていることもある。ともに大王家のために励もうぞ」と男大迹に告げ、横にいる孫を引き合わせた。

「初めてお目にかかります。我れも父の後を継いで強い男になりますので、お導き願います」

十六歳の金村はしっかりと応え、眼に意志の強さと聡明さも窺え、若いが一方ならぬ人物になると見受けられた。


それから五日後、物部の屋敷を訪れた。大和に帰国した際の麻佐良の疲れた様子を心配していたが、果たして半島での苦労のせいだろうか微熱を出して臥せっているとのこと。男大迹は幼い麁鹿火《アラカヒ》に誘われて、奥の館で待っていた長の『物部連木蓮子』に目通りした。

「汝が三国の男大迹の君か。噂に勝る偉丈夫だの。大王の意向は承知した。ただし、今まで大王家や政治《マツリゴト》は大和の内の有力な氏族の長どもで支えてきており、大王家への妃《キサキ》は外から受け入れても、その親元からの介入は排している。特に『吉備氏』は経緯があるだけに気をつけておかなければならない。『尾張氏』も大和の出だが、大きな勢いを持ち同じように見られている。朝廷に野心がなく、外から大王家を支えてくれておるのは『息長氏《オキナガ》』くらいであろう。汝もこれからの役目を心して務められよ」

と、男大迹に真剣な眼で訴えたあと、すぐに優しい仕草で側にいる孫の頭を撫でた。世の中の何もかも承知している趣を感じさせた。

男大迹は次々と話を聞くにつれ、血脈を重んじる王統の厳しさと大王家を取り巻く大和の豪族たちの力を見せつけられ、これからの役目の難しさをあらためて感じた。その中で、胸の奥に密かに芽生えている一筋の希望の光を静かに見つめていた。

七月に入ると、百済から「斯麻《シマ》」が倭に帰ってきた。今は亡き昆支王《コンキオウ》と熊津《ユウシン》に渡って以来、およそ三年の月日が経っていたが、その三年の間に百済では幾多の難事が続き苦労を重ねてきている。大王への挨拶を早々に済ませ、斯麻は男大迹のもとに来て、疲れも見せぬ穏やかな表情で、

「叔父上、戻ってまいりました。そのまま熊津にいても、弟の末多《マタ》、いや『東城王《トウジョウオウ》』には王なりのやり方があり、我が存在は迷惑だろうと引きました」と話した。その姿にはさまざまな苦労を乗り越えてきた考えの深さと逞しさが窺える。男大迹はその心根に感心し、

「そうか、よく思案したものだ。まずは元気な姿で戻ってきてくれたことがめでたい。さてこれからどこで暮らすつもりなのか？　河内の安宿《アスカ》にまいるか？」と問うと、

「いいえ、安宿は末多の弟たちと伯母の丹生媛《ニウヒメ》さまで治まっております。どうも我れには近

江の地が適っていると思われます。叔父上、どうか息長にお口添えいただけませぬか？」と願った。

「そうかよく分かった。大王にしばしの許しをいただき、近江の坂田までともにまいろうぞ」と、男大迹は喜んで応えた。斯麻はこのとき十八歳になる。

致郷《チクニ》を供にして男大迹は斯麻と近江に向かった。暑い日ではあったが心嬉しい旅であった。

息長の真手王《マテノオウ》もまた、一段と逞しく育った斯麻をこころよく迎え、

「よくここに帰ってきてくれた。近江にも百済から多くの民が渡ってきている。その者たちを導いていくのもよいし、新しい生き方をこの近江で探してくれてもよい。我れはいくらでも力を貸すぞ」と喜んでくれた。

そのあと斯麻は、男大迹が麻績媛《オミヒメ》と佐佐宜郎女《ササゲノイラツメ》親子で寛いでいる館に顔を出し、王の許しを得たことを告げ家族の輪に交わった。乳飲み子のときに別れた佐佐宜郎女に向かい、

「大きく、美しく育ったな。そうか、もう十歳になったか」

と笑顔で声をかけた。佐佐宜もはにかみながらも笑顔を返した。ただ麻績媛はここ数か

月体調を崩しており、男大迹は痩せてきている媛に少し眉を曇らし、家族とともに暮らせるときを大切にしたいと感じていた。

近江でしばらく過ごし八月を迎えたある日、大和の泊瀬朝倉宮から、大王が倒れられたとの使いが来た。男大迹は気にかけていた時がきたと感じ、すぐに致郷とともに大和に急いだ。

宮の奥の寝所ではすでに意識のない大王が寝台に横たわって寝ており、周りには后妃や王子王女たちが取り囲み看取っている。男大迹は外の縁に静かに座ったまま控えていた。

翌朝、大王は静かに息を引き取った。激動の時代を良きにつけ悪しきにつけ「治《アメノ》天下《シタシロシメス》大王《オオキミ》」として、自身の力で大きく世を動かした大王であった。享年六十二歳。大王亡きあとの大和には不穏な空気が募っていた。

不安はすぐに現実となった。妃の吉備稚媛が「星川《ホシカワノ》王子《ミコ》」と吉備から来ていた前夫の子とともに大蔵を占拠し謀反した。それに呼応するように、吉備から四十艘もの軍船が瀬戸の海を攻めのぼって来ているとの報せも入った。

亡き大王の忠告に従い、直ちに大伴室屋は白髪王子に進言し、親衛の兵を動かして大蔵を包囲し、星川王子をはじめ反乱に加担した全員を焼き殺して乱を鎮めた。

乱は収まったが、大和の動揺は続いていた。白髪王子は大きな存在であった父王の亡きあと、世を治める決意がつかず即位を先延ばしにしている。

数か月たち年も暮れようとする頃、男大迹は王子から切々とした話を聞いていた。

「我れには国を導く力がない。まして体もこのようで後継ぎも望めない。このような姿で大王位に就くのは許されないだろう」と力のない声で漏らされた。

「何を仰せられる。王子を支えるために大臣、大連はじめ多くの臣がおられ、我れも及ばずながら力を尽くしましょう。まずは年明けに即位の儀を上げなされませ」と男大迹は訴えた。

庚申《コウシン》の年（西暦四八〇年）、正月。

白髪は周りから押されて大王位を継ぎ（清寧天皇）、ようやく倭の国に新しい世が明けた。

新大王の治政は覚束ない船出ではあったが、大臣や大連はじめ臣たちの支えもあり、吉備の乱のあとには特に事変などは起こらず翌年の夏を迎えていた。ただ、大王に後継ぎのない問題はそのまま残されており、男大迹と二人きりの際にその不安を漏らした。

「亡き大王が仰せられたことがあります。一度、葛城にいる青海王女の考えを聞いてみても良かろうと。佳き日を選び我れが仕りましょう」と、男大迹は以前から胸の奥に秘めていた考えを進めてみようと決意した。


数日後、男大迹は密かに葛城の「角刺宮《ツノサシノミヤ》」に青海王女を訪ねていた。年老いた王女は髪を巻き上げにして鼈甲《ベッコウ》の櫛で整え、白の幅広い上衣《ウワギヌ》と裳《モ》に薄絹の領巾《ヒレ》という地味な姿で、彩《イロドリ》は倭文布《シズリ》（彩色した倭古来の織物）の帯と青の手珠《テダマ》のみという出で立ちで、奥の館に男大迹を迎えた。

「またまいられると思っていた。この国の行く末のことであろう」と王女は声をかけた。

「その通りでございます。今上大王の継嗣についてお考えを尋ねにまいりました。先年にお聞かせいただいたお話を活かせる道はいかがかと？」と話を促した。

「我れはもう六十路を過ぎ、先年にも申した通り力も失っておる。幸いなことに手元で育ててきた姪の『飯豊《イイトヨ》』が霊威を受け継いでおる。これからの話は姪と進めなされ」と奥に控えていた飯豊王女を呼び寄せた。

現れた王女の出で立ちは叔母と異なり、髪を長く垂らして真折鬘《マサキノカツラ》（神聖な葉冠）を戴き、薄紅色の衣と縞模様の裳に朱色の山形模様の倭文布の帯で締め長い領巾を纏っている。歳は三十半ばとのこと。王女は話の経緯をひと通り聞いた上で、

「王統の血筋とすれば、やはり我が弟が近いが、幼い頃から鄙《ヒナ》で貧しく育てられて暮らしており、早く大和に帰し大王にふさわしい者に成すことが肝要であろう。我れも力の限りを尽くそう」と、威厳さえ窺わせる受け応えをした。

男大迹は王女の姿に強い霊威を感じ、ともに最善の道を誓って葛城の地を離れた。

冬近い十月、青海王女が自己の役割を果たしたかのように、静かにその生涯を閉じた。


十一月に播磨の国へ大嘗《オオナメ》の祭に供する新穀を徴するために、朝廷より司《ツカイ》が派遣されると聞いた男大迹は飯豊王女と諮り、その際に二王子の存在を明らかにすることにし、事前にこのことを知らせるため側に仕える致郷を葦田《アシダ》の家臣とともに播磨に走らせた。

果たして「山部連《ヤマベノムラジ》小楯《オダテ》」が司として播磨に至り、縮見《シジミ》（今の三木市志染町）の里で饗応を受けている館で『億計《オケ》』と『弘計《ヲケ》』の二王子がその身を現した。小楯は大いに驚き、

二人の身上を確かめるとすぐに大和に使者を出し吉報を報せたのである。

白髪大王も大いに慶び、年明けとともに二王子を迎えに勅使を立てて向かわせることにした。


清寧三年、壬戌《ジンジュツ》（西暦四八二年）、正月。


山部連小楯が得意満面の顔をして二王子を磐余《イワレ》の白髪大王の宮にお連れした。

大王は二人を喜びとともに迎えると、直ちに兄の億計を太子に立て、長年の懸念であった後継ぎの悩みを解消するにいたったが、男大迹の勧めにより二人をふさわしい人となりに成すために、姉にあたる葛城の角刺宮に住む飯豊王女のもとに預けることとした。

二人を見るに、兄の億計は慎み深くて聡明さが窺われ良き大王と期待される人物であるが、弟の弘計は何事にも積極的ではあるが少し強引な面が見える。このたびの播磨での身元を明かしたのも兄ではなく弟の弘計からであった。

白髪大王は後継ぎも決まり、飯豊王女の神意を受ける霊威の大きさにも安心しただろうか、今まで張りつめていた気が緩み政治《マツリゴト》も周りに委ねるようになる。それに伴い体調も思わしくない兆候が見られるようになった。

そして夏が過ぎる頃、男大迹は飯豊王女と平群大臣真鳥、そして大伴大連室屋とこの国の治め方についての話し合いの場にいた。

「今のところ、国を乱すような不穏な動きはありませぬ」と、まず室屋が口を開き、

「それでは太子も定まっており、飯豊王女さまも大王の信も厚きゆえ、これからは市辺《イチノベ》の方々で政治を導いていただこう」と、真鳥は男大迹には顔を向けずに話した。飯豊王女は、

「太子に就いた億計は、なぜか遠慮をして次王の座を弟の弘計に勧めており、双方が譲り合っておる様子で困っております。神意については我れが大王より託されているため務めてまいりますが……」と少し当惑している。

「いずれにしても次の代を迎えるのに案ずることはございませぬ。我れは前の大王よりあとの整えを命じられた者。我が役目は皆さまのおかげで果たされたと存じます。このあたりで大和を離れ故里《クニ》でやり残した業を続けたいと存じます」

と、男大迹は自ら身を引く申し出を行った。平群大臣真鳥は我が意を得た顔で、

「それが良かろう。あとは我れらに任せておけば良い」と、外からの者を排せるとほくそ

笑んでいた。

男大迹は直ちに大和での残された務めを全て片付け、夏を迎える頃に大王に目通りし、暇乞いを求めた。

「前王のときから今までよく仕えてくれた。予からも礼を申す」と許されたが、男大迹は大王の力のない声と疲れの見える顔に不安を残したまま宮を辞した。胸の内では、〈このまま大和を離れて良いのだろうか？　しかしいずれ我れと大臣や王子とは道が分かれるときがきっとくる。やはり身を引くに越したことはないだろう〉と思い定め、都を離れた。

その年の十月。葛城の角刺宮に播磨からの二王子を引き取った飯豊王女は、どのような経緯があったのだろうか、異母弟の弘計王子の強引さに負けて一夜をともにした。その後に、

「女の道を知るが、心を動かされることは何もなかった。もう男は懲りた」と、王女は過ちを後悔した。だがその後、兄の億計王子より弟の弘計王子を立てざるを得ない事態となり、さらに王女が気づかない内に彼女の霊威が徐々に失われていくことになる。

そのような出来事を知らぬまま、男大迹は近江に足を向けた。今後の大和の動勢も気にかかり、この先はできれば都に近い高島に居を定めたいと思っていた。まず坂田の息長真手王にその旨を告げると、
「高島は汝に任せた所であり、それはこちらもありがたい。それよりも、麻績媛の具合がこのところ好ましくない。近くにいてやってくれ」と王は訴えた。すぐに家族の住まう館に駆けつけると、媛は奥の寝所で臥せっており、横に佐佐宜郎女と斯麻が控えていた。麻績媛はよほど悪いのか眼で頷くだけで、その後も寝たままの状態が続いた。

清寧四年、癸亥《キガイ》（西暦四八三年）。

男大迹は常に麻績媛の側にいて看取っていたが、一進一退の状態が続き、二月に入って寒さの戻ってきた夜に静かに息を引き取った。大和朝廷での役目を辞したあとは高島の館で家族そろって穏やかな暮らしを想い描いていたが、
〈我れには、穏やかな生活《イトナミ》は叶わぬのか？〉と、男大迹は自分の宿命を嘆いた。

母を失った佐佐宜郎女は十四歳になる。幸い幼い頃から斯麻に懐いており、そのまま坂田に預けて高島の治めに力を傾け、その年の収穫も無事に滞りなく終えた秋の終わりに、男大迹は致郷を供にして、三国に一度顔を出すために近江を発った。

越前三国に着き、坂中井《サカナイ》の三尾君堅槭《カタイ》の屋敷で主だった者への無沙汰を詫びる。堅槭君はすでに六十路近くになっているがまだ健在で、倭媛《ヤマトヒメ》の産んだ孫の、十歳になる椀子彦《マロコヒコ》を眼を細めながら慈しんでいた。三国は無事に時が過ぎている。

男大迹は鳴鹿為安《ナルカノタメヤス》ら治水に関わった者たちとともに九頭竜《クズリュウ》川を見回り、坂中井付近から河口にかけて川幅を広げて三川合流後の水位上昇を抑える工事を施したが、その川堤の石積みの様子を確認し、百済の石工たちの技の確かさをあらためて感じた。

年が明け、三国でも年賀の儀式が始まろうとする前に、男大迹は今まで胸に秘めていたことを三尾君堅槭に打ち明けた。君は話を聞くと大いに喜び、眼に涙を浮かべて男大迹の手を取り感謝した。その話とは、

〈椀子彦を、堅槭君の子で臥せったままでいる堅夫《カタフ》の養子《ヤシナイゴ》とし三尾君の後を継がせる〉

というもの。倭媛も否はなく、年賀で集まった三国の主だった者の前でその旨告げられ

た。

皆も大喜びで、角折《ツノオリ》の磐足《イワタリ》も、

「我れもそうなれば、力の限り支えてまいろう」と誓ってくれた。

そうして三国が喜びに浸っていた正月の末に、大和より使いが来て、白髪大王急逝の報せが届いた。当然ながら太子である兄の億計が後を継ぐと思っていたが、まだ兄弟で大王位を譲り合って決まらず、しばらくは飯豊王女が政治《マツリゴト》を摂るとのこと。

〈我れは関われないが、大和はまだ揺れている〉と男大迹は昏く冷えついた南の空を見上げた。

秋になり、久しぶりに腰を落ち着けて三国で年を越そうと思っていた矢先に、男大迹に飯豊王女から至急の呼び出しがあった。急ぎ大和に駆けつけると、王女は清寧大王亡きあと、一人で倭の国を率いてきた疲れが重なったのか、やせ細り明日をも知れぬ容態で臥せっていた。

「我れがいくら説いても太子は大王位を継ごうとはせぬ。汝からも一度言い聞かせてくれ」

とつぶやかれた。男大迹にはその姿になぜか以前の霊威が感じられなかった。不審に思

いながらも、王女の元を辞しすぐに億計太子に会うと、

「我れは民を思う心はあっても、国を率いる力はない。弟の方が強い。国は弟に任せたい」

と頑なに大王位に就くのは否と言い張る。

「国を導くのは力だけではないでしょう。我れも必要であればお支えしますが……」と男大迹が説いても、太子は感謝こそするが意を曲げない。

次に弟王子の意向を伺ってみるに、弘計王子からは、

「兄上より即位を勧められたが、長幼の序もあり、我れは一旦断るも兄上から強く譲られた。こうなれば我れが出るしかないだろう」とうそぶいた。

男大迹は王子の顔付きを見るに、すでにその気になっている。

二王子の思いを平群大臣真鳥に報せ、重臣の考えを確かめようとするが、

「我れらが側について支える。二王子のどちらが継いでも心配はない」と申し渡され、
その旨を飯豊王女に告げると、王女は深くため息をつき、

「心残りでならぬ。後をくれぐれも良き道に導いてほしい」とひと声つぶやいた。その顔にもう生色は失われていた。

十一月の半ば過ぎ、飯豊王女は深い悩みを抱えたまま逝去した。

朝廷は、年が明けるとともに直ちに弘計王子が大王に即位する旨を発した。

乙丑《イッチュウ》の年（西暦四八五年）。

正月に億計は太子のまま、弘計王子が大王（顕宗天皇）として即位し、男大迹は大和を離れ、あらためて三国に足を運んだ。

二月に男大迹は、その昔に「出雲布奈《イズモノフナ》」と交わした約束通り、彼の長子である「布禰《フネ》」に嫁ぐために「出雲郎女」を出雲に行かせる。その別れを惜しんで男大迹は碧色の勾玉を娘の首にかけてやり、そして母の稚子媛《ワカコヒメ》は、その昔、男大迹から贈られた琥珀の管玉できた御統を手珠などに作り直したものを手渡して三国湊から船出させた。

角折の磐足や三尾君堅槭を始め大勢が見送ってくれ、姫の姿が小さくなると引き上げ始めたが、親である男大迹と稚子媛は船が見えなくなるまで湊に二人して、遠く旅立つ姫との別れを噛みしめ暫らく佇んでいた。

その年の夏の初め、男大迹は尾張の年魚市《アユチ》にいた。尾張連草香《オワリノムラジクサカ》のもとで、目子媛《メノコヒメ》や二人の子と久しぶりに過ごしている。上の匂比古《マガリノヒコ》はもう二十歳、弟の高田比古《タカダノヒコ》は十九歳になっていた。もう十分に父親の力になる大人に育っている。

大和のことは気にはなっていたが、今は最愛の家族とともに過ごそうと男大迹は願っていた。

尾張に落ち着いた頃、尾張連草香に熱田社の西方、伊勢の海を臨む所に築かれている自身の寿墓《ジュボ》に誘われた。大勢の人夫が働いている。墳丘はすでに出来上がっており、その表面に白く磨かれた川原石を葺いているところであった。大規模な墓で、全長は百歩《ブ》（約百五十メートル）ばかりもある。男大迹は草香連にさりげなく忠告したいと思い、「大和にも負けないほどの立派な墓ですが、このような大きなものを築けば朝廷から畏怖され、疑われるのでは？」と、地方嫌いの大和の豪族たちの誤解を気遣って尋ねると、「我々、地方の豪族はどれほど富と力を持っても大和を憚らねばならぬ立場。これは我れらの矜持でもあり、憤りとそして見栄ぞ」と、草香は笑って応えた。

確かに尾張は豊かな国で、治水の技以外にも国づくりに役立つことは多くあり、男大迹はこの機会と思い国を治め民を導く知恵を吸収していくことにした。

月日が経ち大和からの噂では、今の大王が父の屈辱を晴らすためか復讐のためか、亡き父の仇《アダ》である大泊瀬幼武《オオハツセワカタケ》大王の御陵を壊したとか、いや幼い頃の苦労からか民を慈しみ善政を施しているとか話はまちまちであった。

尾張は相変わらず平穏であり、男大迹は二年ほど過ごした頃、以前から考えていた思案を頭の中に想い描いていた。例によって鼻を二本の指でつまみながら……。その様子を見た目子媛が、

「汝兄《ナセ》はもう四十路近く。その幼子のような仕草は周りの者が見ても様悪《サマアシ》うございます。そろそろ控えなされませ」と、含み笑いをしながらたしなめた。

「そうか、様悪うか。これは幼い頃からの我が癖で、何か思案する際におのずと鼻に手がいってしまう。ではどうすれば良い？」と、男大迹も笑いながら問うと、

「もう立派な髯を蓄えておられます。手が顔に行くときには、顎髯を触りませ。ところで、何を思案されておられます？」と目子媛が尋ねた。

男大迹は、目子媛ら親子とともに暮らしたいが朝廷の後ろ支えのこともあり、大和に近い近江の高島に皆を連れて居を移すことを打ち明けた。目子媛はその願いを聞くとすぐに、

「分かりました。そうなさりませ。君はもっと広く高い立場で力を振るうべき御方、ぜひ

そうなさりませ。我れも共についてまいり尾張以外の地も見てみたいものです」と応えた。
「見知らぬ土地で苦労もかけると思うが、頼むぞ」と感謝し、男大迹は行く末を決めた。
目子媛は常に男大迹を立て、その前向きの考えには戸惑いもなく従っている。
草香連や、もう尾張を取り仕切っている長子の凡比古《オオシノヒコ》の了解も得て、尾張を引き上げ近江に向かうことにした。

顕宗三年、丁卯《テイボウ》（西暦四八七年）、三月。

男大迹たちは尾張に別れを告げた。そして近江に向かう途中、美濃国本巣《モトス》の根王《ネノオウ》を訪れることにした。根王には最初に尾張への案内を請うてからすでに二十年以上経っており、三年前に少し顔を見せただけで無沙汰をしていた。以前より王からは美濃の開発についての願いも受けており、このたびはさほど先を急ぐ旅でもなく、家族を引き合わせしばらくは留まろうと考えている。

本巣の館の脇には、その昔、自ら植えた山桜が大きく育ち、見事な薄墨桜が今は盛りと花を誇っていた。その下で根王とその娘の広媛《ヒロヒメ》が迎えてくれた。媛は幼い頃から男大迹の姿や父からの話で密かに彼を慕い続けて嫁ぎもしていない。三年前に会った時にも胸をときめかせており、この度の男大迹の滞在も心待ちにしていた。

王の案内で男大迹は二人の息子たちも同行し、ほぼ一か月をかけて根尾《ネオ》川の治水による南部地区の新田開発の工夫や、さらに揖斐《イビ》川上流まで分け入り、鉄鍛冶や牧に相応しい地などを探すなど、この地の今後の栄えに益する策を考え支援を約した。

広媛は、その間も仲睦まじい男大迹たち家族の姿を見て、また、目子媛が薄々気づきながらも己に対する思いやり深い接し方を受けて、自らの男大迹への望みを諦め身を引くことにした。根王も娘の想いは察していたが何も口にせず、この媛の密かな恋は儚く終わった。

五月の初めに、近江の息長を経由して朝廷からの使者が来た。いつになく仰々しき出で立ちで億計太子からの報せが届き、弘計大王の急逝と男大迹に急ぎ都に上るようにとの要請であった。事が事だけに大和に急がねばならない。目子媛も連れて大和の忍坂宮《オシサカノミヤ》に向かうことにして、世話になった根王に別れを告げ本巣を離れた。その後ろ姿をもうとっくに花の散った大きな山桜の木の陰から広媛が涙を浮かべながらに見送っている。

男大迹は大和に向かう道すがら、考えを巡らしていたが決めかねる懸念があった。誰にも明かしてはいないが、億計太子の報せの中にはもう一つあったのだ。

〈我れが大王に即位するにあたっては、後継ぎとして男大迹が太子に就くように〉

第十章 「北の臥龍《ガリュウ》」

丁卯《ていぼう》の年（西暦四八七年）。

弘計《ヲケ》大王の崩御から二か月余り経った七月、男大迹《ヲオト》は故大王の宮である「八釣宮《ヤツリノミヤ》」の奥の御座所で億計《オケ》太子と相対していた。

「国を統べるには弟の方が相応しいと思い大王位を先に継いでもらったが、わずか三年で身罷ってしまった。以前にも話したように我れは民を導く力を持ち合わせてはいない。このような仕儀になり誠に困惑しておる」と漏らした。

「何を仰せられる、太子は人に優れて聡く、また民を想う気持ちも深うございます。大王を継がれる立場にあられるのは太子しかございませぬ」と男大迹は訴えた。

「立場は分かっておるのだ。ただ我れはもう四十路を迎えようとしており王女たちはいても、もう世継ぎを任せる王子を授かる望みは乏しいと思う。そこで我れが即位するにあたっては、国を治めるに長けた汝《イマシ》が太子に就いて我れを支えてほしいのだ」と億計太子は迫ってくる。

「御心は承っております。できる限りの力添えは尽くしたいと存じておりますが、太子の責は重うございます。まして我れは大和の外からの身であり、朝廷の臣たちが喜んで我れを受け入れるとは思えませぬ。そして太子はまだまだ壮健であられる。世継ぎが授かる望みを捨ててはなりませぬ」

　太子は顔に少し笑みを含みながら、

「そう、汝ほどの頑健さがあればと思うが……、分かった我れも望みは捨てぬ。亡き飯《イイ》豊《トヨノヒメミコ》王女からも汝を頼れと申しつけられておる。そこで、一つ頼みがある。添上《ソエカミ》にいる『和珥臣河内《ワニノオミカワチ》』と誼《ヨシミ》を通じてくれ。我が妃《キサキ》『春日大郎女《カスガノオオイラツメ》』の伯父にあたる者で春日氏と同族だ。汝も大和の内でつながりをつくりあげて、我が望みがかなうまで太子として国の支えとなってくれ。それがかなうなら先王の殯《モガリ》を済ませ、年明けに大王位に就こう」と申し出られ、男大迹は最後には受けざるを得なかった。

翌日、大和の北部の和珥臣河内の屋敷を訪ねた。琵琶湖西部から出た古い豪族で息長とも縁がある。山背《ヤマシロ》や近江にも力を持つ氏族で、大王家にも何人か妃を輩出した家柄だが、河内臣は五十路過ぎの穏やかな人物で、平群大臣真鳥《ヘグリノオオオミマトリ》が朝政を専横し始めるのを機に、政治《マツリゴト》にはあまり関与しなくなった。専ら自邸に籠り、この二月に夫を亡くして、乳呑児の遺児らを育てている娘の「荑媛《ハエヒメ》」を世話しながら静かに暮らしている。

男大迹は和珥臣河内に億計太子の意向を伝え、今後の誼を請い快諾を得た。

その後、男大迹は忍坂宮《オシサカノミヤ》にて目子媛《メノコヒメ》と二人の息子を連れて近江に向かう準備を進めているところに、宗我高麗《ソガノコマ》が突然訪ねてきた。折り入っての話があるとのこと、

「三国の君が近江にまいられるとのことで、我れも同行させてもらいたいとお願いにまいりました。実は坂田には何度か我が務めで訪れ、息長《オキナガ》の真手王《マテノオウ》には懇意にさせていただいておりますが、その都度、君の姫子である佐佐宜郎女《ササゲノイラツメ》さまの世話になり、その心根の優しさ人となりに感じ入っております。先年に妻を亡くし、我れも四十路を過ぎて後継ぎがおりませぬ。是非とも君の許しを得て、姫子を我が養子《ヤシナイゴ》として貰い受けたく願っております。宗我は半島から渡来してきた族で身寄りの中ではしかるべき若者の心当たりはありませぬ

が、大和の中で縁があれば我が後を継がせる者を探し、姫さまと添わせたいと思っております」と迫るように申し出た。

　男大迹は、宗我は半島とのつながりも強く、新しい仕組みなども他の豪族に先駆けていち早く取り入れ、今後の大和においては大いに期待できる氏族であり、縁を結ぶ良い機会と思い、

「お申し出はよく分かりました。当人の意も確かめなければなりませんが、母の麻績《オミ》を四年前に亡くし寂しい身であり、このたび、尾張の親子を近江に移すにおいてはなおさら佐佐宜の立場を考えてやらねばなりませぬ。良い機会と存じます。この話こちらからもお願いいたします」と男大迹は喜んで応えた。


　宗我高麗とともに一行は近江坂田に着き息長真手王に挨拶をして、男大迹は尾張の親子とともに高島に落ち着きたい旨と、高麗と二人して佐佐宜郎女の件を姫の祖父にあたる王に申し入れた。真手王は二人からの話を聞き、

「そうか、高島に落ち着いてくれるのはありがたい。近江においても汝の力を頼みにしているが、昔、汝の曾祖父で我が祖でもある『意富富杼王《オオホドノオウ》』が力を注いだ淀川右岸の三嶋付

近の開拓も託したい。我れも六十路に手の届く歳になりそこまで手を広げる余力もない。淀川水運の重要な地であり是非とも目を向けてほしい」と、男大迹に新しい地の開発に期待をかけ、次に、

「佐佐宜の話は我れには何も言えぬが、斯麻王《シマオウ》との間も気にかかる、姫の気持ちを確かめて事を進めてくれ」と応えた。

その話を受けて男大迹は、以前より仲の良かった二人がすでに大人になっていたことを迂闊にも思い至っていなかったことにハタと気づき、高麗に事情の変化を打ち明けた。

「いずれにしても、姫さまの意のままに従いましょう」と、男大迹の気持ちを察してか聊か気落ちした眼を抑え納得した顔で応えた。

二人が同席している屋敷に佐佐宜郎女を呼び、宗我への養子の件を申し渡し姫の気持ちを確かめると、

「宗我さまには親しくさせていただいております。父上の御申しつけならば受けねばと存じますが、真《マコト》を申し上げますと吾《ア》は以前より斯麻王さまをお慕いいたしております。この話は王のお考えをお聞きしなければお答えいたしかねますが……」と打ち明けた。

男大迹は、やはりこの話は成らぬかと思いつつ、斯麻王を呼び寄せた。

「叔父上、お変わりなく嬉しく存じます。おかげさまで近江にて穏やかに過ごさせていただいております」と笑顔で挨拶した。

　男大迹の方が少し硬くなり姿勢を正して、佐佐宜郎女の宗我への養子の話を持ち出した。

斯麻王はしばし眼を閉じていたが、一つ頷くと口を開いた。

「お話の旨よく分かりました。我れは叔父上の許しを受けて姫を娶る心積もりでおりました。宗我さまへのお話のこと、立場を考えますと我れ自身は無理ですが、佐佐宜の姫が宗我さまの養子になるのは良いお話と存じます。宗我さまは昔より我が百済と深い縁のあるお立場。我れに頼もしき義父が二人も出来ますのは誠にありがたきこと、是非ともお進め願います」

　男大迹は思いのほかの話に、あらためて斯麻王の頼もしき成長ぶりに驚かされた。高麗も、

「ああ、ありがたいことだ。宗我は三国の君をはじめ息長の王、さらに百済王家とも一度に縁が結ばれる。これはこの上なき幸せなことだ」と諸手を挙げ、そして三人に喜びの眼を向け、涙を浮かべて感謝の意を表した。

　その夜は、坂田の奥の館で真手王や尾張の親子も交えて、盛大な寿《コトホギ》の宴を催した。

慶びの酒宴には、琵琶湖で獲れた貝に鮒の馴れ鮨や猪《シシ》の炙り肉、栗に柿など近江の馳走

に夜を忘れて盛り上がった。男大迹も尾張の親子を近江に一日も早く馴染ませるため、坂田の一人ひとりに紹介し、大いに飲み皆に話しかけた。

翌日、喜びとともに大和へ帰る高麗を見送った男大迹は、目子媛と二人の比古《ヒコ》たちを連れて高島に向かう。今後はその地を拠点として活動することとなる。

高島では、まず家族一同で水尾神社《ミオノカムヤシロ》を詣で、念願であった母振媛《フリヒメ》を祀る社《ヤシロ》の建立を寄進した。

その後しばらくして、二人の子らを顔合わせさせるために三国に向かうことにした。爽やかな秋空の広がる八月の道を越《コシ》へ一行は北に進む。供は五名、常に坂井致郷《サカイノチクニ》が頭である。

彼はすでに三十路を過ぎているが、頑健で父に似て誠実に仕えてくれている。

三国の坂中井《サカナイ》の屋敷では長《オサ》である堅槭《カタイ》君をはじめ、主だった者が揃って男大迹たちを迎えてくれた。奥の館では中央に今年十四歳になる椀子彦《マロコヒコ》を据え、その両脇を堅槭君と角折君磐足《ツヌオリノキミイワタリ》が控えている。幼いながらも椀子彦を立ててくれている様子に男大迹は心より感謝した。まず男大迹から、

「ここに控えておりますのが、匂比古《マガリノヒコ》と高田比古《タカダノヒコ》でございます。向後よろしくお導き願います」と告げ、二人に挨拶をさせた。

　堅械君は若い二人に眼を向け、笑みを浮かべながら、

「おう、二人とも逞しい若者で先が楽しみだな。まあ我れもさすがに六十路過ぎになり老いを感じてきている。幸い椀子彦も無事に成長しているし、国の治めについては角折の磐足がよく支えてくれている」と話しかけた。

「義父上、そして義兄上まことにありがとうございます。我れは朝廷との関わりもあり、しばらくは近江におることとしますが、三国の行く末には全力で支援していく所存です。このたびは九頭竜《クズリュウ》川の治水の仕上げとして、三国湊を整えたいと存じております」と申し出ると、磐足が、その男大迹の申し出に応えて、

「それはありがたい。皆の働きもあり、さすがに百済の技は巧みで川堤も暴れ川によく耐え、湊も大船も可能な船泊《フナドマリ》ができつつある。男大迹よ、最後の収めを頼むぞ」と話しかけ、あとは、倭媛《ヤマトヒメ》や角折の稚子媛《ワカコヒメ》そして主だった三国の支族の長も加えて盛大な宴が催された。

　したたか酔いがまわった堅械君の体を支え、屋敷の端に控えている従者のもとに連れて行く際に、男大迹は顔を近づけてつぶやくように、

「堅夫《カタフ》さまのご様子はいかがでしょうか？」と低い声で尋ねた。

「うーん、良くないのう。眼を開けてはいるが意識も心も失っており、臥せったままだ。椀子彦を迎えて三国の先は安泰だが、やはり不憫でのう」と堅械君は寂しく部屋に去った。

男大迹は何も言えず、その場に佇んで故なき堅夫への罰を恨み、自分の身を責めた。


翌日朝早く男大迹は二人の比古を連れて、坂中井から九頭竜川沿いに河口まで石堤の様子を確認しながら歩き、海を臨む三国湊まで足を延ばして治水工事に関わる長たちと合流した。

「おう、いよいよ出来上がるのう。そうだ、鳴鹿為安《ナルカノタメヤス》よ、船を係留する岸を表面を平らに削った石で護岸し、さらに船が着きやすくせよ」と指示し、百済からの石工頭の玄匡水《ゲンキョウスイ》に向かい、

「頭《カシラ》よ、百済の石工衆の技には感じ入っている。最後の仕上げも立派に頼むぞ」と褒めて労った。玄匡水は恐縮したように頭を下げ感謝を示した。採石の任にあたる阿味定広《アミノサダヒロ》にはさらに良質の石を増産するよう促し、三国だけではなく他国の求めにも応じるよう指示した。そして、鉄鍛冶を司る金津名取《カナツノナトリ》には、今後は武具や馬具の生産にも力を尽くす旨求め

た。

「皆の働きにより、三国は期待以上に豊かになってきている。我れからも心から礼を申す。今後は他国や半島との交易をさらに盛んにして倭国全体の益にも尽くしていきたい。これからも頼むぞ」と、男大迹は新しき大王との関わりも頭に置き、皆を鼓舞した。


九月に入り寒くなりかけた頃、江沼《エヌマ》に住む伯父の都奴牟斯《ツヌムシ》を訪ねることとし、男大迹は、

「伯父は長らく江沼で渡来人とともに暮らしており、我れには交易の糧としての青玉（ヒスイ）の入手を協力してもらっている。元気でいるが齢《ヨワイ》もすでに六十路を過ぎており、この機会に汝たちを引き合わすこととした。我れはこの国をもっと豊かにそして強い国にするために、我れにつながる縁をさらに広げ、各地の産物を増やし交易を盛んに進めていきたいと考えている。これからは汝たちの力も期待しておる」と話し、江沼を目指した。

江沼の里は広く開発され、百済人が多数だが新羅からも、また少数だが高句麗から渡来してきた者たちもともに暮らし、各自が半島由来の種々な物づくりに精を出している。

「男大迹よ久しぶりだのう。汝の息子たちか、二人とも立派に育ち頼もしい限りだ」

都奴牟斯は喜んで迎えてくれた。安定した暮らしが続き、まことに落ち着いた好好爺然

とした風情をしている。

「そうじゃ、今高麗津《コマツ》に遠くの新川《ニイカワ》（富山東部）より『阿倍大麻呂《アベノオオマロ》』なる者が、青玉を持って鉄を引き取りにまいっておる。阿倍は遥か昔に大和から東国の治めのために派遣された氏族で、姫川あたりまで勢力を張っておる。以前から機会があれば汝に会いたいと大麻呂から頼まれておった。ここに呼び寄せようかの？」と問うと、

「いや叔父上、我れから高麗津に出向きましょう。この機会に高麗津での用も済ませたいと存じております」と男大迹は応え、その夜は和やかな宴で過ごした。

阿倍大麻呂はまだ二十歳前で顔にあどけなさを残していたが、武で成り立っている氏族出身だけに大柄で頑強そうな体つきをしている。

「三国の君、初にお目にかかります。三国からの鉄のおかげで新川も潤っております。ありがたく存じております」

と丁寧な礼を受け、男大迹はこの先もともにできる人物と見極め、

「それはお互いのこと、こちらからも頼むぞ」と返した。

高麗津で新造の船の進み具合を嬉しそうに眺めながら、船頭の安宅百魚《アタカノモモヲ》に声をかけ、

「いい船ができそうだな。これでますます交易を盛んにすることができる。礼を申すぞ」

と男大迹が労わると、

「恐れ入ります。また機会を見て、君のお供をして船旅をしたいものです」と相好を崩した。

　必要な用も済ませ三国に帰る朝、阿倍大麻呂が別れの挨拶に現れ、

「御無事をお祈りいたしております。我れもこれから新川に帰ります。最後に一つお願いがあります。若狭の地に『膳氏《カシワデ》』と申す阿倍の同族がおります。その長の『長野臣《ナガノノオミ》』が君にお目にかかりたいと以前から申しております。お許しいただければ三国でも近江の高島にでもまいらせますが？」と問うた。

「おう、いつでも受けるぞ。若狭からなら高島の方が良かろう。汝から報せておいてくれ」と返し、二人は高麗津を北と南に別れ旅立った。

　三国に帰る道中で、男大迹は二人の子らに、

「我れは、年明けに新大王の即位を控え、その備えのために十二月までには大和にまいらねばならぬ。明年からは事によれば気ままに大和を離れて旅することもかなわぬ身となる

やもしれぬ。いずれにしても我が身は一つ限り、これからは汝たちが我れに代わって動き、力を尽くせ」と申し渡したが、まだ億計太子から世継ぎの要請があったことは誰にも明かしていなかった。

三国の坂中井にしばらく滞在し、治水工事や湊の出来栄えなどを確かめて納得できたところで後事を任せ、男大迹は近江に引き上げることにした。もう十一月を迎えていた。

近江の高島に落ち着く暇もなく、

「我れはこれから大和にまいるが、汝らはしばらくこの地で、国の治め方や民の導きようを学べ」と男大迹は申し渡し、坂田の息長真手王に後を託すと足早に大和に向け急いだ。

致郷《チクニ》を供に琵琶湖南の安《ヤス》（野洲）に近づいたところ、南から近づいてくる馬を数匹連れた一団と出会った。男大迹はその頭らしい男の顔を認めると、

「おう！」と声を発し、

「そう汝は鵜野《ウノノ》真武《マタケ》ではないか。久しいのう、達者でいるようだな」と話しかけた。すると初老の男は、

「あっ、これは三国の君、ご無沙汰いたしております。あの折はまことにお世話になりま

した。心より感謝いたしております」と懐かしそうに応えた。

「その後、安羅子《アラコ》はどうしている、元気にしているか？」と問うと、真武は嬉しそうに、

「はい、もう二十歳半ばになり、先年亡くなった長の後を継いで立派に河内の馬飼を率いておられます。名の字も『荒籠《アラコ》』と替えました。今はこの国の馬を増やすために先代の長が開きました信濃と甲斐の官牧《カンボク》の様子と新しい牧に相応しい地を探しにまいっております。我れはこれから朝廷からの命を受け、尾張の連《ムラジ》さまに馬とその世話をする部民《ベミン》たちを納めにまいるところです。長の荒籠とも尾張で落ち合うことにしております」と話した。

「そうか、立派に生業を励んでいるか。これからは馬もさらに必要になるな。都合の良い折に我が館にも顔を見せるよう伝えておいてくれ」と依頼して別れた。


その年も十二月を迎えようとする頃、男大迹は大和に入り億計太子と会い、即位の意志を確かめ、その準備を朝廷全体で進めるために退出しようとする彼に、億計太子が、

「男大迹よ、我れが即位するにあたって、汝を世継ぎの太子に迎える話のことだが、大臣たちが良い顔をせぬ。〈外からの者に許される位《クライ》ではない〉と肯《ガエ》んじないのだ。我が意は変わらず汝に支えてほしいのだが……、許せよ」と詫びた。

「承りました。おそらくそのような仕儀になると思っておりました。我れは我れができる仕方で大王を支えてまいります」と、男大迹は応えるほかはなかった。

明けて戊辰《ボシン》の年（西暦四八八年）正月。

朝賀の場で、億計の大王即位が発せられた（後に仁賢天皇と諡《オクリナ》される）。世継ぎの太子については何も触れられず、ただ男大迹を大王家の外から支える者として、『彦太尊《ヒコフトノミコト》』と大和では呼ばれる立場になる。

儀式も終わり皆が引き下がる頃、平群大臣真鳥が近づいてきて男大迹の顔を見ないまま、「大王の意向もありかような形にしたが、今までと立場は同じ。出過ぎることのなきようにな。大王に世継ぎが産まれたら、その立場も終わりになる」と囁いて立ち去った。

男大迹と親しかった物部麻佐良《モノノベノマサラ》は病から立ち直れず三年前に亡くなり、大連の大伴室屋《オオトモノムロヤ》もその次の年に逝った。その後は平群真鳥が大臣として一人、政治《マツリゴト》を専断している。

男大迹は大和の「忍坂宮《オシサカノミヤ》」に居を置きながらも、必要なときには自身の縁のある地に駆けつけて、その地をより豊かにしていく指導や手助けを行っていくことで、朝廷への信頼や威厳を増すための後ろ支えとして尽くしていく。

三月を迎え、近江の坂田より使いがまいり、若狭から膳長野臣が高島に訪れたいとの知らせを受け、阿倍大麻呂との約束もあり一旦高島に帰ることにした。

膳氏は阿倍氏と同祖で角鹿《ツヌガ》の西隣にある小浜湊を領して、主に海産物などを朝廷に供してきたことで『膳《カシワデ》』の氏《ウジ》を賜ったとのこと。海での交易や軍事にも長けている。たまたま長野臣が男大迹と同年でもありすぐに打ち解けた間柄になり、ともに国のために尽くすことを誓った。長野が連れてきた長子の『久知《クチ》』は十を超えたばかりの歳であったが、利発そうで海で育ってきた逞しさも窺え、先に期待の持てる少年であった。

膳氏との会見を終え、高島で目子媛と束の間の安らぎの時を過ごしたあと、坂田に立ち寄ったところ、息長真手王から『坂田大俣王《サカタノオオマタノオウ》』を引き合わされた。

「坂田は、汝、いや尊《ミコト》や息長と同じく『意富富杼王』を祖とする同族で、近江にも坂田を名のる者も多いが、大俣王は南山背《ヤマシロ》（山城）を領し隣接する河内にも及んでいる。以前から尊に頼んでいる意富富杼王が開いた三嶋の地をともに力を尽くしてほしい」と訴えた。

男大迹は了承し大俣王とともに河内に出向くことにした。

夏の訪れを感じさせる日差しの中、琵琶湖を抜け淀川を下り、河内に入ってすぐ右岸の三嶋に舟をつける。淀川両岸は平野が広がっており田畑に適しているが、邑は静かで勢いがない。北に延びる「芥川《アクタガワ》」を遡るがさほど情景は変わらない。「藍野《アイノ》」に入り聞き及んでいる意富富杼王の墳墓を訪れた。規模の大きな墓であったが、時代が過ぎ墓守の部《べ》も絶えた今、当初は葺石で輝いていただろう墳丘も草木に覆われ単なる小高い丘となっていた。後《ノチ》に必ず祭祀を復活させることを胸に誓い、さらに北に足をのばすと、「土室《ハムロ》」の丘に埴輪窯の並ぶ大きな工房邑に行き着いた。先ほどの墓に埴輪を供した工房であったが、その後は求められることが乏しく集落にも活気が見られなかった。

ひと通り見てきて、大俣王と三嶋の開発を考えたところ、淀川を利用しての物資の流通は盛んであるが、三嶋は素通りで物産の集積がなされていない。必要なのは、まず芥川が淀川に流れ込む地点に船泊を設け、物の積み下ろしをこの地でできるようにすることが肝心と思い極め、男大迹は致郷に指示して三国に使いを走らせ、玄匡水ら百済の石工たちを三国湊での工事が終われば三嶋に来るよう申し付けた。その手配を済ませ大和への帰路についた。

大和の忍坂宮に帰りついた時はすでに夏真っ盛りであった。そして梅雨の長雨がようやく終わろうとしている頃に、嬉しい客人が宮を訪れてきた。河内の馬飼荒籠である。鵜野真武とともに元気な顔を見せた。

「おう、久しぶりだ。河内の馬飼いをすでに率いているとか、立派になったな。まずはめでたい。さあ、そんなところで跪いておらず館に入れ」と声をかけると、

「いえ、我れらは賤しい身分、それはご容赦願います。それよりも遅くなりましたが、あの折は我が命をお救いいただき心より感謝いたしております」と庭先から動かず、

「これをご覧ください。あのときに尊から賜った青玉です。常に首にかけております。辛いとき苦しいときにこの珠を握れば、心が落ち着き耐えることができます。尊の心をいつも胸に置いております」と打ち明けると、男大迹は荒籠の心情を受け止め喜びに胸が熱くなり、

「そうか、それはありがたい」と返すだけで声が詰まった。

「このたびは、信濃の伊那谷《イナダニ》と甲斐の官牧を見て回ってきました。さらに足をのばして上毛野《カミツケノ》（群馬）の榛名山麓で毛野氏《ケヌ》が営んでいる牧も見てまいりました。その後、大和朝廷の牧を増やすためさらに北信濃を巡り、千曲川沿いの『望月《モチヅキ》』の地が適していると大伴《オオトモ》

金村連《カナムラノムラジ》さまに報せ、取り成しを願いにまいった次第です。尊も一度、河内の牧にお越しください」と申し入れると、

「おう、是非とも時機を見て案内を頼もう」と男大迹も応え、その後夕刻まで懐かしい話をし、荒籠は鵜野真武と二人して引き上げた。

億計大王は、新しい「石上広高宮《イソノカミノヒロタカノミヤ》」に遷《ウツ》られていた。賢くはあるが性穏やかで、政治《マツリゴト》は長きにわたって仕えてきた大伴大連室屋《オオトモノオオムラジムロヤ》の亡きあと、平群大臣真鳥が取り仕切っていた。大連に物部木蓮子《モノノベノイタビ》がいるが高齢で、嫡子の麻佐良を亡くしたあとは体も弱り、大王より専ら「石上社《イソノカミノヤシロ》」の祭祀を任されるに留まっている。ただ世は平穏に過ぎて行った。

仁賢二年、己巳《キシ》（西暦四八九年）三月。男大迹はすでに四十路を迎えていた。

三国から玄匡水ら百済の石工たちが三嶋に向かうとの知らせを受け、早速、三嶋に出向き、その途中、荒籠から誘いのあった河内の牧を訪れることにした。大和から清滝峠を越えて河内に入ると、胆駒山《イコマヤマ》（生駒山）山麓から西方に牧が広がっており、ここかしこに馬

の群れが放牧されている。河内湖近くの「讃良《サララ》」で荒籠と落ち合い、

「広大な牧で正直驚いている。馬も良く育っていることよ」と男大迹が感嘆すると、

「はい、この牧は広うございますが、各地からの求めも多く、朝廷も各地の豪族に馬を供することで威を伸ばそうとしておりますので、河内の他にも牧を設えることが急がれております。このたび、我れが信濃や甲斐にまいりましたのもその用でございました」

「そうだな、馬は鉄と同じく国を豊かにするにはさらに必要だな。荒籠よ、越への馬を増やしてくれないか、我れには河内ほどではないが牧にできる地も心当たりがある。もちろん、大王の許しは我れから直に受ける」と三国への想いを語った。

「畏まりました。朝廷からの命を待ち越にもまいりましょう。また我らは馬を通じて全国に足を運んでおり、各地の動向を掴むことができます。また軍事氏族である大伴、物部さまには常時つなぎ役の者がおり、今後、尊のために役立てることも多いと存じます。それが尊へ恩を返す我が使命かと思っております」と先の働きを約した。

三嶋の芥川右岸の河口には、三国から来た百済の石工たちや地元の人夫も集結している中で、男大迹は頭の玄匡水と打ち合わせたあと、

「ここに大船も接岸できる立派な船泊をつくってくれ。この地を淀川の交易地として栄え

させるのが我が望みぞ」と皆に宣言し普請は始まった。

その年の九月、億計大王に待望の男児が誕生し、『小泊瀬稚鷦鷯尊《オハツセノワカサザキノミコト》（後の武烈天皇）』と名づけられた。

朝廷を挙げて歓びを表している中、男大迹も大王に寿《コトホギ》を述べ、

「これで我れも難しい役目から下ろさせてもらえます。真におめでとうございます」と願うと、

「いや尊よ、児はまだ生まれたばかり、これからどのように育つかまだわからぬ。尊の役目はまだしばらくはそのままで頼むぞ」と、大王から念を押された。

明けて仁賢三年、庚午《コウゴ》（西暦四九〇年）正月。

朝廷は、まだ幼子であるが世継ぎの王子の顔見せも行われ、歓びあふれる朝賀の式となった。

三月に入り、男大迹は大王から許しを得た三国への馬供与の件を、河内馬飼荒籠に依頼

するために訪れると、ちょうどその場に居合わせた『茨田連小望《マムタノムラジオモチ》』を引き合わされた。茨田氏は遠く昔に新羅から渡来した「秦氏《ハタ》」の支族で、淀川沿いを山背から河内まで広く威を張っていた。その昔、河内で今の大王家が治めを始めた頃、淀川への治水のために大規模な「茨田堤《マムタノツツミ》」を築いたが、それも半島からの技術でなされたものである。男大迹もそのことは知っており、ひと回りほど若いが気力に満ちた小望に好感を抱いて、自分の治水事業の話などをしながら、三嶋で進んでいる湊の普請場にともに連れていった。

男大迹は普請に励む者たちを前にして、

「我れはこの湊を大きく設え、筑紫の『那《ナ》の津』と大船が直接行き来できるようにしたい。皆も工夫を凝らして励んでほしい。仕上がったあかつきには湊を『筑紫津《ツクシノツ》』と名づけることにする」と宣言し、

「湊が成れば、対岸の茨田の地も潤うことになろう。是非とも力を貸していただきたい」

と、小望にも協力を申し入れた。

そこに、息長を経由して三国から急使が来た。「三尾堅夫《ミオノカタフ》」が亡くなったとのこと。報せに驚いた男大迹は小望に断りを告げ、急ぎ致郷を連れ三国に急いだ。

坂中井の屋敷は静まり返っていた。殯屋《モガリ》には椀子彦と倭媛そして角折君磐足が控えていた。

男大迹は堅夫の死顔を見つめ、我が身の責を痛いほど感じていた。〈我が存在が彼の心と生を奪ってしまった〉と。そこに従者が慌てて走り来て、堅槭君まで容態が急変したとの報せ。我が子堅夫の死を見て倒れ伏していたとのことで、奥の寝所に駆けつけるとすでに瀕死の様子で褥に伏せており意識もなくしていた。

「ご安心下さい。三国は我れがこれからも見守っていきます」と男大迹が話しかけている間に静かに堅槭君は息を引き取った。皆嘆き悲しみながら親子併せて殯を行い、同じ墓に埋葬することとなった。男大迹は深い嘆きを胸に三国を後にする。

その後月日は流れていく。その間、男大迹は縁のある各地を支援し、長子の「匂比古」には尾張とさらに東の地に意を注がせ、「高田比古」には主に近江の高島にて国の治めを学ばせていた。そして三国の角折の南に位置する「阿味《アミ》」の里に馬泊まりと小規模ながら「秣原《マグサハラ》」と後に呼ばれた牧を河内馬飼荒籠の力を借りてつくり、まず五頭の馬から飼い始めた。また、荒籠には匂比古の東国行きに際しての手づるをも託した。

四年の歳月をかけて「筑紫津」は一応の完成が成り、大船による「那の津」との直接交易が可能になった。

そして仁賢七年、甲戌《コウジュツ》（西暦四九四年）正月。

無事に育ち、数えで六歳となった小泊瀬の王子の立太子の儀が執り行われた。めでたく世継ぎがなったことで朝廷は、一同こぞって王子誕生の時に劣らぬ歓びに沸いた。

「真におめでとうございます。このたびこそ我が重荷を下ろさせていただいて宜しゅうございますな」と男大迹は願い、大王も顔に満面の喜びを浮かべながらその申し出を許した。

その年の施政を取り決める朝議を終えたあと、主だった重臣が集いまだ話が続いている。

ただ、仕切っているのは平群大臣真鳥で、大伴も物部も先代の大連を亡くし、後を継いでまだ「連」のままの大伴金村と物部《モノノベノ》麁鹿火《アラカヒ》も加わっているが彼らの発言は少ない。

「これで大王家も万々歳だ。今まで我れが苦労してきた甲斐が報われたことよ。大和を三

国あたりから来た者に任すわけにはいかぬでな」と真鳥大臣が、胸を撫で下ろすように話すと、

「大臣、ただ彦太尊は大和の外では広く威を張っており、人望も高うござる」と、大伴金村が、男大迹の勢威を感じながら口に出した。平群大臣真鳥はすぐにそれに応えて、

「そうよ、そのことよ。越を始め近江に尾張、そして山背から淀川流域と大和の北を覆い尽くすようにその勢いを強めている。確かに事を起こす気配は今のところないが、まるで巨大な龍が天に昇る機を待ちながら、息を潜めて臥せている感がしてならない。そのまま静かに眠っていてくれれば良いが……。そう、大任からは放ったが大和とのつながりは切らずにおき、我れらが気を付けて見守るほかはなかろう」と、その場の者たちに言い渡した。

男大迹は大和での任から解かれ、近江の高島に腰を据えていた。

その年の五月、息長真手王が倒れた。すぐに皆を連れて坂田の屋敷に駆けつけたがすでに脈は細く顔に生色は消えていた。男児を得なかった王が晩年に親族より養子として貰い受けた後継ぎの『真戸《マト》』はまだ九歳と幼く、後は姫のみだ。優しく男大迹が王の手を握る

と、消え入りそうな弱々しい声で、

「真戸と息長のことを……」と切れ切れに、言葉が最後まで続かずに終わった。

「あとは我々にお任せください」と耳元でささやくと、王は一筋の涙を残して静かに逝った。

三国の三尾君堅槭と近江の息長真手王と、今まで頼りにしていた後ろ盾を立て続けに失った男大迹は、これからは自分が皆を支えていかねばと誓った。さしあたり、高田比古が主となり、後を継いだ「真戸王」と近江の世話をすることとし、自身はここ二年にわたり支援を必要とする大和と縁のある各地をほぼ半々に巡ることにした。


仁賢九年、丙子《ヘイシ》（西暦四九六年）五月。

近江、坂田の息長の屋敷で斯麻王と佐佐宜郎女との間に男児が誕生した。男大迹も義父にあたる宗我高麗も出産間近と聞き、半月ばかり前から坂田に詰めていた。斯麻は我が子を宗我にも因み『斯我《シガ》』と名づけた。

斯麻王の長子であり、高麗も宗我に貰い受けるわけにはいかないが、大いに男大迹とともに歓び祝った。

百済の王位を弟の「東城王《トウジョウオウ》」に任せ、近江の地で穏やかな日々を送っている斯麻王だが、産まれたばかりの幼児も合わせて大きな変動の将来を近々迎えることとなる。

そして男大迹自身の身にも……。

第十一章「混迷、そして即位」

仁賢十年、丁丑《テイチュウ》（西暦四九七年）八月。

男大迹《ヲオト》は大和の忍坂宮《オシサカノミヤ》において、義父である尾張連草香《オワリノムラジクサカ》の死を近江の息長《オキナガ》からの報せで知った。すでに目子媛《メノコヒメ》は高田比古《タカダノヒコ》とともに高島を尾張に向けて発ったとのこと。彼はすぐに宮で飼っている馬を用意させ、従者の致郷《チクニ》を供にしてあとを追った。河内馬飼荒籠《アラコ》の差配で宮内には常に数頭の馬が飼われており、各地を巡る際には重宝している。

尾張の年魚市《アユチ》では匂比古《マガリノヒコ》が男大迹を迎えた。匂比古は五年ほど前から尾張に赴き治政などを学んできている。

「父上、長旅お疲れさまです。まず殯屋《モガリ》にご案内します。母上たちもお待ちしております。残念ながら祖父上は今年の夏の暑さに耐えきれず、秋の訪れとともに伏せられ、その後も、回復することなく逝かれてしまわれました。もうお歳も召されておられました」

「そうだな、もうしばらくで七十歳に届くところであったのに……。お苦しみはなかったかな?」と問うと、

「いえ、最期まで穏やかなお姿でした」

「そうか安らかに逝かれたか」と静かにつぶやき、男大迹は白麻の喪服に着替えて二人して、榊に木綿《ユウ》の布を垂らし下部《シモベ》たちが控えている結界（聖域への境）に入り殯屋を訪った。内では、もう十年ほど前から尾張連を継いで国を治めている凡比古《オオシノヒコ》を始め、一族の主だった者たちが詰めている。目子媛が入ってきた男大迹に顔を向け微かに頷いたが、つい先ほどまで哭いていたのだろう目が真っ赤であった。

男大迹は妻の肩にそっと手をかけたあと、凡比古に会釈して棺の前に額ずいて、生前に被った恩に感謝し誄《シノビゴト》（追悼の弔辞）を唱えた。

殯屋を出たところで、亡父の後を継いだ尾張連凡が男大迹に声をかけ、

「彦太尊《ヒコフトノミコト》、懇切なお悔みをいただき、まことにありがとうございました。父は存分に生

き抜かれたと存じます。すでに墳墓も出来上がっておりますので、あとは我々で殯を済ませて棺を納めたいと思っております」と謝した。

「義兄上、お心遣いありがとうございます。暮れまでには大和に戻らなければなりませぬが、しばらくは尾張で過ごそうと存じます。それはそうと、お世話になっております『匂』はいかがですか？」と、長子の様子を気遣って尋ねた。

「ご心配はございません。我が片腕として活躍し、国の治めに力を発揮しておられます。また、尾張に留まらず東国まで足を巡らしており、我れも感心している次第です」と返した。

結界の際《キワ》に治水の指導で遥か昔に世話になった海部押足《アマベノオシタリ》が控えており、男大迹の姿を認めると深々と頭を下げて礼を示した。男大迹は近づきそっと彼の両肩に手を添えて顔を上げさせると必死に涙をこらえており、眼で頷くだけで声をかけず静かに慰めるに留めた。

尾張で用意された館に男大迹の家族はしばらく過ごすことになった。

男大迹は何よりも目子媛を優しく慰め、しばらくは故里である尾張で心を癒すよう勧めた。

そして、この五年会わない間に逞しく育った匂比古を嬉しそうに見つめて声をかけた。

「匂よ、尾張ではよく働いているようだの。連《ムラジ》さまも褒めておったぞ。これからも大いに励みよく学んでくれ」と褒めた。

「父上、ここでは凡の伯父はじめ、皆が温かく我れに接し見守ってくれ、思う存分にやりたいことをやれております。それよりも父上、我れは先年、河内馬飼荒籠の案内で東国を見て回りましたが武蔵は広大な平野が広がっており、主に新羅よりの今来《イマキ》の渡来人たちが地を拓きつつありますが、今後大いに実りをもたらす希望があります。その先の毛野《ケヌ》は古くから大王家の裔《スエ》が治めてきた国ですが、今は上《カミ》と下《シモ》の二国に別れ、国を豊かにするために互いに競い合っております。知らぬ地を体験することは学ぶことが多く眼を開かれます」

と、活き活きとした表情で応えた。幼い頃から活発な性格であったが、尾張に来てますます活動的になり、自信を深めて凛々しい姿を見せていた。それに比べ、兄の話を笑みを浮かべて聞き入っていた高田比古は、生来大人しく優しい性格で、その清らかな人柄は周りの者から慕われていた。このように性格は違った二人だが、男大迹はともに好もしく感じている。


しばらく滞在した後、十一月に入ると男大迹は目子媛たちを尾張に残し大和に向け出立した。致郷とともに馬の背に体を任せ、徒者たちの歩みに合わせて進んでいく。瀬田川を渡り大和への南の道に入ったところで、五人ほどの集団が追いついてきた。その中の主と見える若者が男大迹に声をかけた。

「彦太尊、お久しぶりです、『近江毛野《オウミノケナ》』であります。朝廷に出仕するために大和に向かう途中です。ご同行させていただきたいと存じます」

「おう、近江毛野臣か、変わらず元気そうだな。大和への勤め苦労をかけるが頼むぞ」と応え、男大迹は馬から降り歩みを合わせた。

「近江氏《オウミ》」は今の大王家が大和に王朝を開いた頃に渡来し、山背に本拠を置いた「秦氏《ハタ》」から分かれた支族で、近江の安（野洲）付近を本拠として息長氏ともつながりを持っている。

男大迹とは以前、鉄鍛冶を広めていく際にともに動いたことがある。「毛野」の母は東国の「毛野氏《ケヌ》」から嫁いできており、その名の由来となっている。匂比古も東国経営の際に彼から支援を得ている。性格は勝ち気で頼もしくはあるが、幾分独りよがりの面も見受けられる。

二人して懐かしい話などを交わしながら大和に入っていった。

仁賢十一年、戊寅《ボイン》（西暦四九八年）正月。

億計《オケ》大王の代も十年を過ぎた。朝賀の式も滞りなく済み、懸案であった後継ぎも定まったこともあってか、その治政に少し倦怠が見受けられるようになった。逆に、平群《ヘグリノ》大臣《オオオミ》真鳥《マトリ》による朝政の専横がますますひどくなってきており、その長子である『鮪《シビ》』の横暴な振る舞いも目立ってきている。周りの朝臣はただ傍観するのみで波風を立てずに済ましている。


二月に入り朝議も落ち着いた頃、「忍坂宮《オシサカノミヤ》」に近江毛野臣が同年輩と思われる若者を連れて男大迹を訪ねてきた。

「彦太尊、お礼が遅れて申し訳ありません。先般の大和入りはおかげさまで楽しい道行きになりました。まことにありがとう存じます。ここに控えております者は『筑紫君磐井《ツクシノキミイワイ》』と申します。遠く九州から参り、我れと同じく大王の警護を務めている仲間でございます。お見知りおき願います」と、彼を手招きした。磐井は男大迹の正面に堂々とした態度で立ち短く挨拶をした。

「筑紫君」は、古く「伊都国《イト》」の天孫族の流れを継ぐ系統とも言われている。二代ほど前から北部九州に勢力を拡大している。連携を組んでいる火の国では宇土《ウト》の地で産する「馬門石《マカドイシ》」を大王家の石棺用に遠く大和まで納めている。また、半島への軍派遣においては九州兵の動員を任されているが、その負担が年々増してきている。大和に服するものの時に対抗し、「那の津」を抑えて瀬戸内の交易を妨げることもあった。大和にとっては直接の支配が及ばない地域で常に気になる国である。磐井の面構えも大和に負けぬ覇気を窺わせる二十歳過ぎの偉丈夫であった。


例年になく暑すぎた夏を経て、やっと涼しい秋風を感じ始めた八月の初旬に、億計大王が広高宮《ヒロタカノミヤ》で倒れた。直前に強烈な頭痛のため両手で頭を押さえて倒れたとのこと。意識が戻らぬまま身罷れることになった。治政十年余、激動の世にあるも大王の仁政で比較的穏やかに推移した時代であった。

小泊瀬《オハツセ》の太子はまだ十歳。この機に乗じて平群大臣真鳥が大王家を凌駕する勢いを見せている。そして鮪が乃楽山《ナラヤマ》の館に籠もり不穏な動きを見せだした。

太子は平群鮪に対して特に恨みを抱えていた。それは昨年のこと、太子が物部連麁鹿火《モノノベノムラジアラカヒ》の娘の「影媛《カゲヒメ》」に幼いながら憧れに似た想いを抱いたが、媛はすでに鮪と相思の間で、そのことを鮪からことさら冷たく告げられ大いに恥をかかされたことがあったのだ。

太子は即座に警護役の大伴連金村《オオトモノムラジカナムラ》に命じて、乃楽山に兵を派遣し鮪を攻め殺した。併せて平群の本拠にも兵を進めさせ、大臣の真鳥も誅殺するに至った。

その後、太子は年明けを待たず同年十二月に、「泊瀬列城宮《ハツセナミキノミヤ》」において王位を継いだ。小泊瀬稚鷦鷯大王《オハツセノワカサザキノオオキミ》（武烈天皇）である。

男大迹は新大王に進言し、年若い彼を補佐するために大伴金村と物部麁鹿火を大連に就かせ、大臣には巨勢男人《コセノオヒト》が新任された。巨勢氏は大和南部の高市付近を本拠にした新進の豪族で、半島への軍事などで力をつけてきており、男人が初めて大臣の地位に就いた。

但し、新大王は平群氏の成敗で過信したのか、自らの考えでの親政を目指していた。

翌年の春、母である太后の縁者にあたる「春日郎女《カスガノイラツメ》」を娶るが、強いられた后で年上でもあり、大王は親しめずに生涯通じることはなかった。

その頃からであろうか、大王は周囲の重臣の進言も聞き入れずに、自身の思う通りの振る舞いを行うようになった。大臣も大連も新任であり、ただ朝廷の体制を維持することに汲々としている有様で大王に諫言できる状況ではなかった。

男大迹も危ぶみながらも、朝廷と少し距離を置いて見守ることにして、今まで携わってきた地域の開発にさらに力を注ぐことにした。

淀川の「筑紫津《ツクシノツ》」をさらに拡げる工事も進め、琵琶湖に至る上流地域の開削も手掛け暇なく駆け回っている。併せて馬飼荒籠に依頼し、縁のある各地へ馬を活用して素早く通交と伝達できる連絡網を創り上げていった。

その間も、大王の非道ぶりを耳にすることが多く、時折大和の忍坂宮に帰った時には大王に目通りを願うが、それを許されることも稀になってきた。


月日は過ぎ、武烈三年、辛巳《シンシ》（西暦五〇一年）十二月。

前月から尾張に滞在しており、新年を控えてそろそろ大和に戻らなければと、気の進まない支度をはじめた男大迹のもとに、大王より至急大和に戻り参内するよう使者が来た。

今まで例のないことで、何か大和で不測の事態が起きたかと案じ、匂比古を連れ早馬を仕立てて急ぎ駆けつけた。宮に着くと大王の側近の者から、百済における異変について彦太尊の考えを聞きたいとのこと。大和での事変ではなく少し安堵し、匂比古を控えの部屋に残して御座所の大王のもとに進んだ。

大王から半島での話ではあるが、驚くべき事態を聞かされた。

「彦太尊よ、先般、百済の内臣佐平《ナイシンサヘイ》（首相格）より使者が参り、東城王《トウジョウオウ》（末多《マタ》）の暴政に堪らず、近衛の長が反乱を起こし王を弑《シイ》してしまったとのこと。次王として倭に滞在している『斯麻王《シマオウ》』を直ちに帰国させてほしい旨の使いであった。何とも騒乱の多い国だが、予は斯麻王のことはよう知らぬ。尊は近しい間柄と聞く。いかがしたものか?」と、男大迹の意見を聞いた。

「大王、それは至急に斯麻王を百済に帰国させるべきです。東城王の異母兄にあたり、その前の王の時代には百済の治政にも携わっていました。そして何よりも我が国で長く育ち、倭にも良く馴染んでおります。新王になれば我が国にとってもより好ましい国柄になると確信します」と、斯麻王の人柄やこれまでの経緯を説明して大王の了承を得た。

男大迹が大王と会見している頃、控えの間で待機していた匂比古は、突然部屋に訪れた大王の姉である『手白香王女《タシラカノヒメミコ》』と相対していた。

実は、王女の父である億計大王の弔い時にたまたま匂比古から親しく励ましの言葉をかけられ、その凛々しい姿と優しい心映えに、王女は密かに恋しい想いを持ち続けていたとのこと。その話を聞き、頑強な体躯に似合わず心根の優しい匂比古も王女を好ましく思い、その好意を許されれば受け入れたいと感じていた。

このとき、王女十五歳、匂比古は三十半ば。昔二十歳前に父の男大迹から勧められ、物部の娘を娶るが早くに亡くし、その後は尾張での役目で多忙に紛れ妻子を持てていない。

控えの間における二人の状況を、男大迹はもちろん知る由もない。半島への対応の策がまとまると、すぐに従者の坂井致郷を近江へ走らせ、「高田比古」に斯麻王を大和に案内させるよう遣わせた。


斯麻王は大和の「列城宮」において、男大迹と同座の場で小泊瀬大王より帰国の許しを得た。大王が退出して二人きりになると、

「義父上、このたびはお口添えいただきありがとうございました。我れも時折、亡き父が拓いた河内の「安宿《アスカ》の里」を訪れておりますが、最近に渡来した者からは弟の東城王の暴

政を耳にすることが多く、密かに心を痛めていたところでした。我れに国を整える力があるかどうか分かりませぬが、精一杯務めてみようと存じます」と斯麻王は礼を述べたあと、その顔つきをあらためて男大迹に面と向かい、

「そこで、宗我高麗《ソガノコマ》の義父にも許しを得なければなりませぬが、妻の佐佐宜郎女《ササゲノイラツメ》と斯我《シガ》を連れてともに百済に渡ろうと存じますが？」と問うた。

「斯麻よ、それは汝の妻子のこと。決めたことに否はない。宗我には我れからも話しておこう。それよりも、今百済は混乱しておろう。汝の力は信じておるがくれぐれも気を付けて治政にあたるように、分かっていようが民の安寧が第一ぞ」と男大迹は力づけた。


壬午《ジンゴ》の年（西暦五〇二年）正月。


斯麻王は妻子連れで百済に帰国するや、直ちに都の熊津《ユウシン》に迎えられ王として即位した。後に『武寧王《ブネイオウ》』と諡《オクリナ》される。

王は直ちに自ら兵を率いて反乱した者どもを平定するや、臣たちを集めて宣言した。

「乱れた国を整えるために、皆の力を貸してくれ。予も死力を尽くしてこの国を強く豊か

にしていこう。そして、ともに来た佐佐宜を后に、子の斯我を太子とする」と言い渡した。

　それを聞いた臣下たちは、最初は意気高揚していたが後段の后と太子の話になると、ひそひそと周りの者とつぶやき、その場がざわめきだした。皆を代表して兵官佐平《ヘイカンサヘイ》（軍務大臣）として反乱平定を指揮した「真老《シンロウ》」が新王に進言した。

「王の気持ちは良く分かりますが、これから臣民の心を一にして国の立て直しをしていこうとされるに際し、異国出身の后や太子ではいかがかと存じます。これからでも百済で妃を娶り王子を授かることもできましょう」と訴え、新王に近づき声をひそめて、

「我れにちょうど年頃の娘がおります。王の周りの世話をさせましょう」と申し入れた。

　真氏は百済建国以来の重臣で、王族の「余氏《ヨシ》」を常に支えてきており、まして真老はこのたびの反乱鎮圧の功労者である。王としても疎かにできない存在であった。

「話は分かった。国の行く末のため申し入れは受け入れよう。ただし、子を成すまでは后と太子は先ほど申し渡した通りとしておく。良いな」と、新王は妥協して、ここは臣らの意を受け入れることにした。

　後日、真老は娘の「真雪《シンソル》」を王妃として後宮に送り込んだ。名の通り清楚で愛らしい姫で、まだ歳も若く十八歳。強いられた婚姻ではあったが、その内、王も好ましく接するよ

うになる。

半島は依然として三国のせめぎ合いが続いており、百済は劣勢ではあったが斯麻王の積極策で軍事的にも徐々に自信を取り戻していった。

翌年の春、高句麗との戦いが一応落ち着いた頃を見計らい、王はこれまでの男大迹の恩を顕彰するために鏡工の二人を倭に送り、男大迹の寿《コトホ》ぎを祈願する文面を刻んだ鏡を作らせて贈呈するとともに、一面を所縁のある河内の安宿で亡父の昆支王《コンキオウ》を祀る「飛鳥戸社《アスカベノヤシロ》」に奉納した。

後世になって、その一面が紀州橋本にある「隅田《スダ》八幡社」に伝わるが、その経緯《イキサツ》は詳《ツマビ》らかではない。

その直後、真雪王妃の懐妊したことが分かり、この年の秋に男児が誕生した。『明《メイ》』と名づける。百済の臣民は皆こぞって慶ぶが、斯麻王は后と太子の処遇について難しい課題を抱えることとなった。その後も王は、国内の綻びを整えて富国に努め、他国との争いにも果敢に戦い国威を上げていった。そして月日は矢の如く過ぎていく。

迎えて斯麻王の四年、乙酉《イツユウ》（西暦五〇五年）三月。

斯麻王の次子である「明」は健やかに育ち、三歳となった。

王は、后と太子の微妙な立場を考慮しながら、その処遇を決める時が迫ってきたと感じた。

数日後、王はこの正月に内臣佐平（首相格）に進んだ真老を呼び、明の成長に得意満面の笑みを浮かべた佐平にこう言い渡した。

「この国のため『明』を約束通りその成長を待って太子にしよう。だが、これまで太子であった『斯我』を降ろすにはそれなりの理《コトワリ》が必要であろう。そこで斯我を仏に仕える身として、名も『淳陀《ジュンダ》』と変えた。都の内にでも寺を設けて国の安寧を祈らせる立場としたい。それと、佐佐宜の后の地位は譲れない。真雪は太子の母にはなるが夫人のままとする」

王の話を聞き、真老はしばらく考えると、こう応えた。

「王のお話、確かに承りました。よくお考え抜いた末と存じます。ただ先のことを考えますと、お二人がこのままこの国に滞まっておられれば、不測の事態も起きかねず心配の種を残すことになりかねません。辛いことと存じますが、お二人を倭国にお返しになるのが最善と思います。どうぞ百済の国のためここはご決心願います」と、真剣に訴えた。

斯麻王も、王位をめぐり悲惨を繰り返してきたこれまでの百済の歴史を考えると、佐平の言い分も頷け、二人の身の安全を案じた結果、苦渋ではあるがこの申し出を受け入れた。


四月に入り、后の佐佐宜と斯我改め淳陀は倭に向けて出立することになった。

王は二人を見送るにあたり、苦痛の表情をこらえ、

「倭国に帰れば、彦太尊と宗我臣高麗の二人の父を頼れ。予からもすでに便りを出しておる。そして淳陀よ、これは汝の守本尊《マモリホンゾン》だ。母とともに達者に暮らせよ」と、三寸ばかりの金色の仏像を手渡し見送った。

王の横にいてともに見送っていた内臣佐平の真老は、心願がかなったとはいえ王の心中を察し、この王と百済の国を全身全霊で支えていこうと心に誓い、ともに二人を見送った。


二人は無事に倭に帰国し、難波津には男大迹と宗我臣高麗が出迎えていた。

「佐佐宜よ、苦労をかけたな。この国で安らかに過ごせ。斯我もしっかり育ったな。おうそうか、今は淳陀だな。それはそうと佐佐宜よ、これからどこで暮らすのか？　近江か、

我が『忍坂宮』に来るか？」と、男大迹が尋ねると、高麗も続けて声を上げた。

「宗我は大和に所領を賜ってまだ三代で、他の氏族ほどの力は持ち合わせてはおりませぬ。今、我れには家族がおらず独り身で暮らしており、お迎えすることがかなえられれば、お二人が心安らかに過ごせるよう全力を尽くしたいと存じておりますが……」と勧めた。

「お申し出ありがとうございます。我れは宗我の娘として生きる身でございますが、近江の坂田ではまだ若い『真戸王《マトノオウ》』が息長を継ぎ奮闘していると聞き及んでおります。父上さまの許しを得れば、力足らずとは存じますがしばらくは近江で手助けしたいと存じております」

「それも良かろう。汝は前王の逝去後も真戸の世話をよくしていたな。気にかかるのだろう。それで心を保てるなら坂田も良かろう。静かに暮らせ。時には『忍坂』から我れも訪なおう。それはそうと淳陀よ、その金色の物は何か？」と問うと、

「これは百済の父王から賜った、お釈迦様のお姿を像《カタチ》にした吾《ア》の守本尊です。仏教の本髄が込められております。吾は、今は仏門に帰依する身です」

「そうか『仏教』か。渡来した者の中には信じている者も多いと聞くが、我れにはまだ分からぬ。ただ、父王が汝のために授けた尊いもの、大切にせよ」と話しかけ、一同は難波

津から船で淀川を遡り、まずは大和を目指した。

男大迹は小泊瀬大王に百済から二人が帰国したことを事情とともに報告し、自身の大和の本拠である「忍坂宮」で長旅の疲れを癒すためにしばらく過ごさせた後、近江の坂田へ二人を連れて赴いた。

息長真戸王と高田比古は二人を温かく迎え、事情を知ると二人が穏やかに過ごせる館を用意した。佐佐宜后と淳陀の暮らしが落ち着いたことを見届けると、高田比古に後のことを託し、男大迹は近江を離れた。

そして年内中、所縁のある国々を巡りその地を富ませるために全力を傾けていた。

行く先々で男大迹の堂々たる風貌に加え、人々の願いを拒まずに聞き届け、その地の豊かさを目指して労を惜しまず力の限りを尽くして取り組む姿に、各地の支配層にとどまらず民たちからも慕われ人望は年ごとに高まっていく。

武烈八年、丙戌《ヘイジュツ》（西暦五〇六年）。

男大迹は、大和にいると大王の非道を見聞きすることが増え、それを嫌って二月に入るや、早々に大和を出た。例年の如く各地を巡り、秋も深まるころ淀川流域の開削に精を出している茨田連《マムタノムラジ》小望《オモチ》を訪ね、その労をねぎらい治水工事の状況を確かめた。さらに「筑《ツク》紫津《シノツ》」の拡張についても話し合い、それを小望に託すことにした。

ちょうどその頃、河内馬飼荒籠が三国へ馬を届けることを聞きつけ、筑紫津の南岸にある「津島《ツシマ》」で落ち合い、ともに三国を目指すことにした。荒籠は十頭の馬と馬飼いの部《ベ》民《ミン》とともに三国の「阿味《アミ》」を目指した。身分こそ違いはあれ、気の合った者同士の楽しい旅となった。

十二月を直前にして三国にたどり着いた。阿味の地は「足羽山」と「日野川」に挟まれた、河内に比べ規模こそ小さいが牧に適した場所であった。十数年前に五頭から始めた牧も、その後立派に整備拡張され、放牧された多くの馬が活き活きと走り回っている。

男大迹はこの機会に荒籠を「坂中井《サカナイ》」に同道することにした。

三国の君は男大迹の子の「椀子彦《マロコヒコ》」が務めている。歳はすでに三十三歳を数え、堂々たる治政ぶりを発揮している。長らくその補佐を任じてきた「角折磐足《ツヌオリノイワタリ》」も還暦を超えているがまだまだ壮健で、他の主だった者たちとともに坂中井の屋敷で、男大迹の一行を待ち構えていた。
坂中井に着くと男大迹はまず荒籠を三国の君に引き合わせたが、やはり身分を理由に館には上がろうとせず、以前から面識のある角折磐足の勧めにも辞退し、庭先で丁寧な挨拶を行った。
その夜の坂中井の奥の屋敷では、三国の主だった者が勢ぞろいして男大迹を囲み、越の山海珍味を揃えて盛大な宴が催された。荒籠は、三国まで同道してきた坂井致郷に誘われ、従者どもと、別棟の館で気兼ねのない酒盛りを楽しんでいた。
十二月八日を迎えた朝、目覚めた男大迹は深い満足感を味わっていた。〈各地で自分を慕ってくれる者たちに囲まれ、成し遂げたい事業も順調に進んでいる。これ以上の幸せを望むのは貪欲になるだろう。このたびは、大和に帰らずにこの三国で穏やかな正月を過ごしたい。小泊瀬大王と顔を合わせるのは気が進まない〉
そう願っていたその時である。男大迹は急に胸騒ぎを覚え、眼を閉じた瞬間、
《眼の前の険しい道を歩め！》という啓示が頭をよぎり、彼はその意味を推し量りかねた。
それから十日経過した午過《ヒル》ぎ、大和より降りしきる雪の中を使者が駆けつけ、大王の急

逝を報せてきた。

男大迹はそれを聞くと、先日の胸騒ぎはこれかと察するとともに、

〈うーん、これは訝しい。大王はまだ二十歳前で若く、病の兆しも見受けられなかったが……〉と、しばらく考えた後、意を決すると皆を集めこう指示した。

「それぞれの領地を始め、関わりのある地にも使者を派遣し、万が一の不測の事態に備えよ」

そして自らは、尾張、近江、美濃、河内などに急使を送った。

さらに十日後、荒籠の手の者からの報せがあった。大和は大王家につながる王を丹波の国に見い出し大王に就かせるべく使者を兵とともに派遣したが、王は怖れて行方を晦ましたとのこと。

大和は新しい大王を決められないまま、混乱の内に年を越すことになった。

丁亥《テイガイ》の年（西暦五〇七年）正月。

男大迹は願っていた通り新年を三国で迎えたが、期待していた穏やかな正月ではなかっ

た。

大和も大王不在の年明けとなり、早々に朝廷の重臣や大和の有力豪族が次大王に誰を推戴するかを協議した。議論は難航したが、大臣の巨勢男人が皆を見回したあと、

「広く後裔を探せば幾人かはおろうが、人となりを考えればここは彦太尊を推すべき」

と訴え、大連の物部麁鹿火も賛同した。最年長の大伴大連金村はしばらく考え込む風を見せたが、形勢を見極めると大きな声を出し、

「そう、我れもよく存じておるが、尊《ミコト》は慈愛に満ち、これまでの事績も考えると大王として国を富ませるには彦太尊しかおらぬ」と議論を制した。中には大和の外からの勢力を受け入れるのを危ぶみ反対する者もいたが、三国に推戴の勅使を派遣することに決まった。

大和の情勢を知り男大迹の大王即位を期待して、各地から彼を支援する人々が三国に集まってきている。尾張から凡連と匂比古、近江から高田比古と若い真戸王、そして山背《ヤマシロ》から坂田大俣王《サカタノオオマタノオウ》、北の新川《ニイカワ》（富山東部）からも阿倍大麻呂《アベノオオマロ》が駆けつけ、若狭からは逞しい壮年姿の膳 久知《カシワデノクチ》も参上し有力な首長たちが集結した。皆、口々に男大迹の大王即位を促す。

しかし男大迹は、大和の豪族内で意見が分かれていることをすでに知っており、安易な即位を危ぶんでいた。そこで河内馬飼荒籠を大和に密かに走らせ、急ぎ大臣、大連の本意を探らせて近江の坂田で落ち合うことにした。

正月の八日に、大和から重臣たちが法駕《ミコシ》と警護の兵を伴い、大王推戴の「節《シルシ》」を携えて三国の坂中井に到着した。

男大迹は館の奥の一段高い座に有力の縁者を並ばせ、中央の胡床に座して待ち構えている。

その時の出で立ちは、頭には半島由来と思われる額に三本の角を備えた黄金造りの冠を戴き、朱華色《ハネズ》（薄い黄赤、王族の色）の上衣に山柄の幅広い帯を締め、金の首輪を胸まで垂らし、さらに金で装飾された環頭《カントウノ》太刀《タチ》を従者に持たせ、豊かな髯を蓄えた顔で使者に相まみえた。

使者たちはその威厳に、すでに大王に謁見するように畏まり、男大迹の大王即位を請うた。

だが男大迹は未だ大和の真意を確信できず、その場では受諾を拒んだ。その上で、これからすぐに近江に帰還するので、三日の後に坂田にて大和の朝廷からの使者に諾否を伝えようと申し渡し、使者を大和に帰した。

十日の夕刻、近江の坂田に男大迹一行が着いたとき、荒籠はすでに息長の屋敷で待ち受けており、大和の情報を直接伝えた。

「尊を大王にとの大臣や大連の本意でございます。ただ葛城氏や春日氏など、今までに大王家に代々妃《キサキ》を嫁がせて深いつながりのある氏族や、大和の外からの招聘に危惧する一部の異論はあったものの、尊の推戴が大勢を占め、それを察した大伴大連金村が皆を主導するため、自ら尊を迎えようと動かれております」と、大和の詳細な動向をつぶさに報告した。

「荒籠よ、ご苦労であった。汝の働きで大和の状況と本意が分かった。そうか金村らしいのう。大王を受けざるを得ないが、このまま大和入りをするのも波風を立てると思うが、いかがすればよいかな?」と思案顔をした。

「彦太尊、我が河内の牧の北部、淀川左岸の『樟葉《クズハ》』の丘の広い敷地に、大和朝廷や地方の有力な首長が牧を視察する際に滞在するための館を数棟持っております。そこを仮宮とすれば大和を抑えることも、尊が力を注いでおられる淀川の開発にも地の利がございます。

そうなれば我れらが全力でお守り申し上げます」と申し出た。
「荒籠、ありがたいことよ。そのようにさせてもらおう。さて、もし汝が大和の本意を伝えてくれなければ、我が優柔不断さに危うく天下の物笑いになっていたであろう。さても世間で言われる通り、〈人はその貴賤で論ずることなく、その心根にこそ重きを置け〉と。これはまさに荒籠のことを言っているようだ」と、男大迹は荒籠の献身に感謝し褒めた。

翌日に坂田へ来た大和の使者に、大王即位を受諾する旨を伝え、河内の樟葉の地に即位の備えを整えて、大臣、大連揃ってまいるよう申し渡した。

そして十分な準備を整え、一月末に喜び勇む一行を供にして、男大迹は樟葉の仮宮に入った。

二月の四日に、大和の重臣が揃って樟葉宮を訪れ、大伴大連金村から即位儀式では初めてのことであるが、大王の璽符《ミシルシ》である「鏡《ミカガミ》」と「剣《ミハカシ》」を献じ再拝して即位を請うた。
「民と国を治める大王の責は重い。我れは不才でその任に適せず」と男大迹が辞すと、「尊が最もふさわしく、是非ともお受け願います」との型通りの問答を何度か繰り返した後、

「大臣、大連はじめ諸々の者たちが心を合わせて我れを推すなら、即位を敢えて拒まず」

堂々と胸を張り宣言して即位した。

その場にいた全員が歓声を上げ、その慶びは潮《ウシオ》となって樟葉宮を包み込む。

しばらく皆の慶ぶ姿を眺めた後、男大迹は大伴大連金村を前に呼び、

「我れは今、この淀川の開発を進めておる。国を豊かにするためには必要な事業と心得ている。確かに、倭国の大王として大和に宮を構えて天下を治めるに越したことに違いないが、我れを拒む者がいるとのこと。ならば敢えて大和入りは控えて、しばらくは樟葉で政治《マツリゴト》を行うこととしよう。

さて大伴大連よ、汝が我れを大王に推したと聞いておる。ならばその責を果たすためにも、早く予が大王として大和入りがかなうよう朝廷内を整えよ」と申し渡した。

金村は男大迹の威厳に畏まり、深く頭を下げた。

ここに、『男大迹大王』が誕生することになった。

強権を振った大泊瀬幼武《オオハツセワカタケ》大王（雄略天皇）の没後、大王の権威は弱まり、大和のみなら

ず地方の豪族も密かにではあるが己の勢力伸張に躍起になっている。その上、重視すべき半島の状況も容易ならない局面を迎えており、大和王権を取り巻く情勢は混迷を深めている。

まさにそのような困難な時に、その薄い血統の身で、まして地方からの大王推戴に大和の有力豪族の心根が揺らぐ中で、敢えて男大迹は大王として強い王権を目指す道に乗り出し、

〈自ら険しい道を選び究めて行こう〉と決心するのであった。

第十二章「親政と後嗣」

丁亥《テイガイ》の年、（西暦五〇七年）二月。

男大迹《ヲオト》は意を決して大王に即位するや、樟葉《クズハ》の仮宮にて大和から集まった諸臣を前にして、まず巨勢男人《コセノオヒト》を大臣《オオオミ》に、そして大伴金村《オオトモノカナムラ》と物部麁鹿火《モノノベノアラカヒ》を大連《オオムラジ》に追認することにより首脳陣を安堵させ執政の骨子を固めると、その場で皆を前にしてこう宣言した。

「予は大王として、この倭の国をさらに大きく強い国にし、民たちを豊かにすることに持てる力を全て尽くそう。皆も心を一にして予に力を貸してくれ！」

そう高らかに声を上げ、その施策として、まずは水陸の通交を整備し物流を活発にしていく。地方においても、その地域に適したものづくりを興して民を富まし、豪族たちとも

連帯を強化し、大和政権の安定を目指そうとした。そして最後に、

「予は多くの妃に恵まれているが、その内、尾張の目子《メノコ》を后《キサキ》と決め、そして我が長子である匂《マガリ》を『大兄《オオエ》』と呼び、予の後嗣としてあらかじめ決めておく」と告げた。

ここ数代にわたり悩まされてきた王嗣の混乱を自分の代で後継の秩序を整えようと考えた。

それを聞いた大臣、大連などは一瞬戸惑った表情をし、金村の頭には、

〈これまで、新たな大王選びは大和の有力氏族の推戴により決められていたが……〉との思いを浮かばせたが、その場では口には出さなかった。

一連の即位に伴う儀式を終えると、彼を支える各地の勢力を代表する長たちが集まり盛大な祝いの宴が催された。

まず、河内馬飼荒籠《アラコ》には即位の際の功績を大いに褒めて『首《オビト》』の姓《カバネ》を与え、「牧《マキ》」に適した地を各地に求めて国の馬を増やしていくことを託すとともに、各地の馬飼部を統率して連絡網を強化し地方の状況をすばやく把握できるよう任を課した。さらに、

「荒籠よ、馬飼の役割として兵馬の納めと使役を通じて、各地の物部氏や有力氏族とのつ

ながりをこれからも大事にしてくれ。そして、大和の大伴大連への手配りも頼む」と指示した。

茨田連小望《マムタノムラジオモチ》には「筑紫津《ツクシノツ》」を中心とした淀川水系の開発を託し、坂田大俣王《サカタノオオマタノオウ》には巨椋池《オグライケ》や木津川の開拓で琵琶湖から大和に至る水運の整備を依頼した。そして、両者との絆《キズナ》をさらに強めるため、それぞれの娘を妃として迎えることにした。「関媛《セキヒメ》」と「広媛《ヒロヒメ》」である。

すると、阿倍大麻呂《アベノオオマロ》が真剣な表情をして男大迹大王に訴えてきた。

「我れは、大王を慕って越《コシ》から従ってまいりました。実は大和の十市《トイチ》の郡《コオリ》にある阿倍の故地を我が又従兄弟が継いでおりましたが、早くに亡くなり、その夫人は遺児を連れて実家である添上《ソエカミ》の『和珥《ワニ》』の家に引き下がっております。我れは大和の阿倍を再興したく、大王のお側に仕え、お力添えも賜りたく願っておりましたが、我れには大王にふさわしい娘はおりませぬ」

「おおそうか、以前『和珥臣河内《ワニノオミカワチ》』の屋敷で見かけた姫は阿倍の妻であったか。たしか『荑媛《ハエヒメ》』という名だったたな。すでに親御は亡くなり代替わりをしているが、同族の『春日氏』は我が即位に異を唱えているとのこと。形だけになるかもしれぬが荑媛を我が妃に迎えることで少しは和らぐかもしれぬ。大麻呂よこの話を進めてくれ。我れも汝の力を頼りにしておりつながりを強くしたいと願っておる。阿倍の娘としてもらい受けよう。くれぐれも頼むぞ」

男大迹はそれぞれの立場で支援基盤を強化しようと考えた。

しばらくして、主だった者たちはそれぞれの領地に引き上げた。匂大兄は尾張を拠点に新大王の意とするところを各地に広めるため去り、高田王子《タカダノミコ》は近江の高島に帰った。

それと入れ替わりに、大伴大連金村が単独で樟葉宮に参上し男大迹大王にまみえて、大和の状況を言上した。

「大王におかれましてはますますお健やかなご様子、喜ばしい限りでございます」

「おお、金村よ、予の大和入りが整ったか？」と問うと、金村は戸惑いの表情をしながら、

「そのことでございます。我れが率先して皆の意向をまとめて大王を推戴いたしましたが、中には大和の外から大王を迎えるのに不安を覚えている者もおります。まして新大王は各地の有力豪族の支援を受け大いなる力を背景に大王となられました。それを恐れて身構えている者もいると察しております。今しばらくは大和入りを控えられた方が賢明と存じま

す」

「予は何も大勢の兵を引き連れて行こうとは思っておらぬぞ。以前から大和の有力者は外からの力を望まぬとは感じておるが、それほど予を受け入れ難く思っている者がいるのか?」

「いえ、大王の人となりには皆も感じ入ってはおりますが、ここしばらくの大王家を支えてきた氏族や代々の妃を送り出した者たちには、新しき世に移るのに不安といささかの不満を感じているのでありましょう。それにもまして力をお持ちの大王に怯えを感じておるのかもしれません」

「うむ、葛城や春日氏らか?」と、男大迹は微かにやるせなさを浮かべてつぶやいた。

「葛城氏は以前、力を持った大王に討たれ、かつての勢力は衰えたものの古くからの部族で、大和に隠然たる力を保持しており、今は氏《ウジ》を『葦田《アシダ》』と名のっておりますが、まだ大和には従う者も多うございます」と応えた。

そして、金村はしばらく考える風を見せたあと、にわかに思いついた風に、

「大王、我れに良き考えがございます。しばらくは大和入りをお待ちいただかなければなりませぬが、先先代の億計《オケ》大王の王女に『手白香王女《タシラカノヒメミコ》』なる媛がおられます。前王の姉

に当たります。その媛を娶られることで前大王家とつながりができ、戸惑っている者どもの不安も取り除くことができましょう」と、名案を思いついたように得意顔で言上した。

「媛と結ばれることで王統を継げということか。皆の不安を除き争いを避けられるならそれも良かろう。ここわずかな間に幾人もの妃を形ばかりではあるが迎えておるわ。但し大連よ、手白香王女を迎えることで、予の大和入りがかなうよう諸臣をまとめることが汝の役回りぞ。それに予もすでに六十路近い歳になり、子を期待されても添えぬぞ。それにもう立派な後継ぎもいる」

「いえ、大王はまだまだご壮健であられます。これで王子に恵まれれば大王家は盤石となります。入后なれば、我れが大和においてご懐妊の祈願をいたしましょう」と期待を述べ、金村は宮を辞し大和へ急いだ。

三月に入り、手白香王女が樟葉宮の男大迹大王に嫁してきた。二十歳を過ぎたばかりで清廉な容貌の中に気高い眼差しを持つ王女であった。宮の奥の館で大王と目子后にまみえると、凛とした姿でこう切り出した。

「初めてご挨拶申し上げます。先年、弟である前王が身罷るにいたり後を継ぐ王子もおらず、大王に継いでいただく次第となりました。我れはその後は静かに暮らしたいと思っておりましたが、大伴大連金村から大王の后としてお側にとの強い勧めもあり、我れも大王にお仕えすることで倭の国が平穏に治まるならばと思い嫁して参りました」

「おお、よく参った。予もこのような歳になっておる。汝を娶ったのも形だけである。まあこの宮で穏やかに過ごせば良い」と、目子后に目配せしながら申し渡した。

手白香王女はその言葉に頭を下げながら謝し、樟葉宮の離れに設えられた館にて暮らすことになった。

四月、男大迹は義子になる百済の斯麻《シマ》王に使いを出すことにした。これから倭国を治めていくにあたり、百済の進んだ治政の仕組みや文物、技術そして人材の提供を求めて、その任に当たる者たちを送り出した。そして近江時代から斯麻王と面識のある従者の「坂井《サカイノ》致郷《チクニ》」をその長に据えた。公の使節ではなく私的な使者として船は三国から出させた。

即位後、大和の状況も少しは落ち着いてきたとみえ、何事もなく日は過ぎていった。

男大迹大王は樟葉宮を拠点にして、淀川の「筑紫津《ツクシノツ》」の上流域の開発に力を注ぎ、「桂川」、「宇治川」、「木津川」の三川が合流する付近までの開削や必要な築堤を進めて、大型船の通交をも目指した。しかし、三川は物流に重要ではあったが、なべて川幅も狭くそれぞれに拠点を設け腰を据えて開発を行う必要があった。特に三川合流地には「巨椋池《オグライケ》」があり、北は山背、南は大和、そして琵琶湖に通じる重要な水上交通の結節点だが、流れ込む河川の土砂で時代を経るごとに干上がってきており、流通の拠点としてどのような方策でこの先も維持していくかが問題であった。併せて鉄をはじめとした物づくりを進める課題も残されている。

「これでは、大王然として大和に落ち着いていることはできぬな。大和入りは急がず、やるべきことに合わせて動きやすき所に居を定め、力を注ぐしかないか……」とつぶやいた。

即位して一年が経ち、男大迹大王は主だった者を樟葉宮に順次呼び集め、各地の状況を聴き今後の方針を議することにした。

四月に早速近江から、高田王子が息長《オキナガノ》真戸王《マトノオウ》とともに参上した。真戸王は二十三歳になる。

「おお、真戸王よ立派になったな。もう堂々たる近江の長よ。高田も今まで苦労をかけたな」

との大王からの声掛けに、真戸王は少し顔を赤らめて頭を下げ、高田王子は笑顔で応えた。

その後、真戸王は目子后や手白香妃《タシロカノキサキ》、そして糞媛親子に挨拶を交わしたが、その娘の『圓王女《ツブラノヒメミコ》』が同じ歳と知り、ともに親しみを覚え、その後も日を置かずに逢瀬を重ねる間柄となった。

そんなある日、二人して淀川べりを散策していた。王は耳を覆う美豆良《ミズラ》に衣の冠を戴き、ゆったりとした浅縹色《アサハナダ》の上衣《ウワギヌ》に縞模様の倭文布《シズリ》の帯を垂らし、腰には装飾を施した環頭《カントウ》太刀を佩《ハ》き、脚には深めの鹿革沓《シカガワクツ》の出で立ち。王女は潰《ツブ》し島田に金製の櫛をさし、桃染《ツキソメ》の幅広衣《キヌ》に山形模様の長めの倭文布帯。緋色の筋の入った裳を着け、白衣の領巾《ヒレ》を膝まで垂らしている。そして頸《クビ》に白珠と手首には碧い勾玉を巻いている。二人とも今日は普段より少し着飾っていた。

最初は双方とも意識していたのか会話もぎこちなかったが、堤上の道を歩むにつれ打ち解けていき、笑顔を見せ合うようになった。

その時である。川上から突風が襲い圓王女の衣服が煽られ、体も堤の斜面を川面に向かって転び落ちた。真戸王は慌てて王女を助けようと駆け降りたが、何かにつまずき水辺の手前で堪えている王女を越えて川に跳び込んでしまった。それを見て驚いた王女が濡れるのも厭わず手を差し伸べて救おうとしたが、王は跳び込んだ勢いで一度沈み、再び川面に顔を出した時にはすでに手の届かない下流に流されていた。水勢は思った以上に強く見る間に王は遠ざかっていく。太刀も鞜も泳ぎを妨げている。

王女は助けを求めて声を上げて館の方に駆け出し、高田王子はじめ数人が異変に気づいて駆けつけたが、すでに川面から真戸王の姿は消えており、圓王女は堤に突っ伏し泣き崩れた。

その後、一里ほど下流で発見されたが王の息は絶えており、すでに手の施しようもなかった。

「予が力を尽くした川があたら若い命を奪うとは……。息長の先はどうなるのか」と男大迹大王は嘆いた。皆も悲しみに沈む中、高田王子が真戸王の遺体を近江まで送ることになるが、その脇で圓王女も供をしていた。王女は強い意志で母や周りの許しを受け、不慮の事故とはいえ、自分を助けようとして亡くなった真戸王の御霊を祀り続けるため、妃として王の棺に寄り添いながら近江の坂田に去って行った。

さらに予期せぬことが続く。

夏を迎えた五月に、匂大兄が尾張より樟葉宮に久しぶりに参上した。

奥の館で男大迹大王と目子后、たまたま手白香妃も同席している場で、匂大兄は尾張をはじめ、東国の情勢をつぶさに報告していた。

その姿を見ていた手白香妃の身体が震えだし、それを両手で床を押さえることで必死に堪えている。そのただならぬ様子に気づいた大王が、

「手白香よ、どうした？　何かあるのなら申してみよ」と声をかけると、妃は両手を強く握りしめて身体の震えを抑えながらしばらく沈思した後、意を決したように訴えた。

「お言葉に甘えて、我が心の内を申し上げます。実は十年も前のことになりますが、我が父である億計《オケ》大王の弔いの時に、沈み込んでいる我れに優しく声をお掛け下さり慰めていただいたのが『匂比古《マガリノヒコ》』さま、いえ今の『匂大兄王子』さまでございます。それ以来、我れは王子さまを密かにお慕い申し上げてまいりました。お逢いできる機会は数えるほどもございませぬが、大切な我が想い出でございます。このたび、大王の妃《キサキ》としてこの宮にお仕えし、王子さまにお会いできるだけでも幸せを感じております」と打ち明けた。王妃のこの話に男大迹と目子后は驚きとともに顔を見合わせ、少なからず強張った口調で、

「少しも気づかなかった。それならば汝を大兄に嫁がせたものを……」と言葉を詰まらせた。

「いいえ、我れからは申し出もせず気づかれてもおりませぬが、それは金村をはじめ、諸々の臣たちは許さないと存じます。あくまでも最初から大王の妃としてとの意向が見て取れました。我れも承知しており、それで満足でございます」と、大王の顔を正面から見据えて応えた。

男大迹は匂大兄に向かい、

「匂よ、手白香妃の心の内を今初めて聞いたが、汝の気持ちはどうなのだ？」

大兄は一瞬戸惑いの表情を見せたが、眉を上げ話し出した。

「大王には打ち明けておりませなんだが、数度お目にかかる機会があり、我れも王妃を好ましく想っていたのは確かでございます。ただ当時は我が立場で想いを伝えるのは憚られ、ましてこのたびの大王との婚姻がなったことを機に、我が想いを胸の内に閉ざす覚悟を決めていた次第でございます」と、大兄は一度王妃に目線を移し、その後に大王に向かい打ち明けた。

男大迹は大兄の話を聞くと、しばらく顎髯に手を添え目を閉ざして沈思したあと、このように申し渡した。

「匂よ、我れも歳ゆえ妃と褥《シトネ》をともにすることは考えてはおらぬが、手白香は確かに予の妃ぞ。汝は尾張に戻り我が意を各地に広める役目を引き続き努めよ。但し、発つまでに五日間の猶予を与える。その間、離れの館にて王女と二人して過ごすが良かろう。他の誰にも気づかれぬようにな。手白香はあくまで予の妃ぞ。六日目の朝になれば、全てを忘れて樟葉の宮を発つがよい」と言い渡し、目子后の顔を覗い、その瞳に「諒」の意を認めると、微かにため息とともに頷いた。


約束の朝、匂大兄は尾張に向け宮を出立した。男大迹大王は目子后とともに感慨深げにその後ろ姿を見送り、一瞬険しい眼差しをしたが、すぐに表情を戻し后に声をかけた。

「目子よ、匂と手白香にいずれ辛い日がやってくるかもしれぬ。そして我れらにも……」

目子后も大兄を見送りながら、しばし寂しげな表情をしていたが、

「我れは大王の后です。この国のためなら何事にも耐えましょう」と、厳しい眼をして応えた。

その場に手白香妃の姿はなかった。他の眼を憚り大兄と過ごした離れの館で一人想いを

馳せている。そして妃はその身に微かな悦びを感じていた。

その年の秋も深まりかけた頃、大王と目子后の懸念は間もなく現実となった。手白香妃の懐妊が明らかになったのだ。

男大迹はすぐに手白香と居所をともにすることにし、政務の終えた夜は目子后を加えて三者で話し込む日々が続いていく。

その年の十二月に、百済の使者が耽羅《タンラ》（済州島）人とともに、年明けの朝賀の式で新大王即位の祝辞を述べるために渡来してきた。百済の使者は樟葉に着くなり国の窮状を訴えて、倭の支援を求めた。斯麻王は国威向上に奮闘しているものの高句麗や新羅の攻勢が厳しく、北部の領土は侵食されていき、民たちも国を逃れて任那に流亡する者が絶えないとのこと。

男大迹大王はいかにして百済を救援するか思案し頭を悩ましていくことになる。

年が明け、継体三年、己丑《キチュウ》（西暦五〇九年）。

二月に入り、百済の使者を送り返すに合わせて、『倉持君《クラモチノキミ》』を半島の金官加羅《キンカンカラ》国に置いた「府」に派遣し、百済から流亡してきた民たちを三代にわたって調べ上げさせ、可能な者たちを百済に帰国させた。調査の結果、任那の西部に位置する「栄山江《エイザンコウ》」流域の地域に住む民はほとんどが百済人で、九州の将兵が定期的に派遣され治めているものの、中には その施政のために百済の官職を得て治める者も出て来ていた。倭人を王とする任那諸国は東から侵攻してくる新羅への対抗に注力せざるを得ず、西部地区の領有は百済との間で混然としていた。

そして四月になり、手白香妃に王子《ミコ》が誕生した。『広庭王子《ヒロニワノミコ》』（後の欽明天皇）である。

早速、大和から大臣、大連はじめ大勢の重臣たちが、前大王家とつながる王子誕生の祝いに参上してきた。その中には、男大迹に異を抱いていたと思われる葛城氏一族の「葦田臣刀良《アシダノオミトラ》」や和珥《ワニ》氏の本宗家にあたる「春日臣田作《カスガノオミタサク》」と「磐辺《イワベ》」親子たちの姿もあった。匂大兄と高田王子もこの祝いの場に同席していたが、大兄の顔は青ざめていた。

皆が寿《コトホ》ぎを述べるとともに、大伴大連金村が大王の前に進み出て高らかに声を上げた。

「男大迹大王、真におめでとうございます。日嗣の王子の誕生で我々大和の者どもこぞってお慶び申し上げます。我れも手白香王女の輿入れ以来、王子ご生誕の祈願をしてきた甲斐があったというもの。心よりお祝い申し上げます」と、晴れやかに祝いを述べ破顔した。

　男大迹大王も幼児を抱いた手白香妃を横にして、にこやかに応えた。

「皆の祝いをありがたく受けよう。予も一つの責を果たせたと思う。ただし、王子はまだ生まれたばかり。これよりどのように育つか定かではない。それに、予が即位にあたり后には目子を、そして予の後継ぎにはそこに控えている『勾大兄』と申し渡したはずだ。『広庭』のことは、大和との橋渡しがかない真にめでたいが、世継ぎの話とは別だ。まずは王子の成長を待つが良かろう」と、念を押すように申し渡した。金村は戸惑いの顔を見せながら、

「一同、王子の健やかなるご成長を祈念いたしております」とのみ言上した。

　大和の重臣たちの中には訝しげな表情をする者もいた。中でも葦田臣刀良と春日臣田作は厳しい眼をしてお互いの顔を見合わせていた。男大迹はそれを見逃さずに見つめている。

　その夜、樟葉宮にて祝いの宴が大勢で催され、ひとしきり時が過ぎてひと段落したときに、目子后が座にいる皆を前にして、常にない高い声でこう申し渡した。

「大王と手白香妃の間に王子が誕生したこと真に喜ばしいことよ。我れはもう老いて大王の世話も心もとなくなってきておる。これよりは『后』を手白香妃に譲り、我れは尾張に引き下がろう。『匂大兄』もやるべきことを残しておるとのことゆえ、ともに帰ろうか。あとのことは大王と手白香の后、そして大臣や大連たちとよく話し合い、この国の良き行く末を決めるがよい」

といきなり話し出し、その後、幾分険しい視線を皆に向けた。

男大迹はその発言に驚くような眼をして、后に向かって何か言おうとしたが、后の硬い表情をうかがうと何も口にせず腕を組んで空《クウ》を見上げた。

大和の諸臣は皆安堵の様子を見せ、中にはほくそ笑む者も認められた。

ただ、このたびの唐突な話については、男大迹大王と目子后と手白香妃、そして匂大兄の四人で昨夜遅くまで話し合い、お互いに誓約まで交わして決めた事であった。

〈今後、「広庭王子」の出自について疑いをもたれる言動は厳に慎むこと。また、機を見て匂大兄に手白香后の妹を嫁がせ疑念を避けるとともに、大兄の立場を保たせること〉

三日後、目子妃と匂大兄の二人は従者とともに尾張に向けて樟葉宮を去った。

男大迹は聡明で考えの深い最愛の伴侶を失った。ともに話し合った末での結論ではあったが、辛く困難な選択であった。ただこの国のためには正しい道であったと信じるほかはない。

その後、男大迹大王は進めてきた淀川上流の三川合流地域の開発に一段と力を注いで行く。

河川の氾濫を治めるにはやはり渡来人の技に頼るところが大きい。今までその指導に当たってきた玄匡水《ゲンキョウスイ》は、「筑紫津」の完成をもって引退し近江湖南の今来の百済邑で後進の育成にいそしんでいる。すでに六十路をとうに超えていた。

淀川上流域の開発は、渡来人やこれまで下流地域の治水や河内湖の干拓事業で実績を残してきた「茨田氏」らの働きで順調に進んでいる。

大和の状況については河内馬飼首荒籠からの時折の報せによると、広庭王子の誕生を境にして、男大迹大王家への安堵で即位時の不安感も幾分収まり穏やかとのこと。

大臣や大連たちも定期的に参り、施政についての奏上を行っている。

それによると、今のところ反乱などの不穏な兆候は見受けられないが、あの大泊瀬幼武《オオハツセワカタケ》大王（雄略天皇）の崩御後、王統の混乱により今まで天下を抑えていた大和大王家の力が後退し、地方の豪族たちの自立への動きや逆に内紛などの兆候も生じて来て、それが原因で大和への「貢《ミツギ》」も滞る場合もあるとのこと。地方の治めに新たな仕組みが必要になってきている。

ただ、男大迹大王はその方策について、一つの道筋が見えてきている。

実は先年、坂井致郷を長にして百済に派遣した者たちが学んできた半島諸国や中国の進んだ制度を、倭国の事情に合わせて施行すべく検討を行わせているのだ。

各地に混在している大王家や各豪族に従属する部民《ベミン》たちを整える仕組み、それを管轄する拠点として、古《イニシエ》より大王家に縁のある地に設置してきた「屯倉《ミヤケ》」をどのように活用すればいいのか、そして各地に増やしていく場合、その屯倉の管理を誰に託せばよいのか。治水と併行してこの国を整え豊かにするための方策をよく考えて決めていこうと考えていた。

継体四年、庚寅《コウイン》（西暦五一〇年）五月。

即位以来四年をかけて力を注いできた、淀川上流の三川合流域の開発と治水がようやく一応の完成をみせ、秋にあるだろう野分にどこまで耐えられるかを見極めることにした。

次は、大和の北を流れる「木津川」の開削と、山背の南部に位置する「巨椋池」の整備となる。男大迹は治水に関わる者たちと、その地域を視察のために何度か見て回り、このたびの事業には淀川開発以上に規模が大きく年数も必要と感じた。「樟葉宮」にいたままでは充分に眼が行き届かないと思い、その地域を領有している「坂田大俣王」に新たな宮を設けるのに適した地を探させた。開発地域も広く、事業に携わる人数も多く集めねばならず、それに相応しい場所が必要となる。

十月に入り、坂田大俣王が自己の領地内の隅々まで探り、新宮の候補地として木津川が加茂から西に流れだし、そして北にその方向を変え巨椋池に向かう西岸の広く開けた「筒《ツツ》城《キ》」の地を勧めてきた。早速、男大迹は大俣王の案内で現地の視察に向かった。

その地は低い丘陵地になっており、東の木津川に向かって広く平野が開けている。誠に宮を設けるのに適した地であり、すぐ北側には坂田につながる息長氏の祖を祀る社《ヤシロ》と坂田大俣王の屋敷がある。

大和にも近く、南の乃楽山《ナラヤマ》を越えればすぐに旧都に通じる。一目でその地が気に入り、筒城を新たな宮の地と決めて、その夜は大俣王の館に泊まった。

「大俣王よ礼を申すぞ。この上ない地だ。ここでじっくり腰を据えて天下を治めていこう。

大勢の者が集まる地となろう。都づくりの援けを頼むぞ。予は仮の宮でもできれば正式な遷都を待たずに、我が身だけでも樟葉からここに移ってこよう」と話し、筒城の地で任にあたる者たちと今後を打ち合わせした。

翌年、継体五年、辛卯《シンボウ》(西暦五一一年)。

三月になり、近江から大和葛城の宗我《ソガ》を訪れていた佐佐宜《ササゲ》后と淳陀《ジュンダ》親子が樟葉宮を訪れた。十六歳を迎え無事成人した淳陀を祖父の男大迹大王に会わせた後、近江に帰るとのこと。

二人の傍らに二十歳前後と見受けられる屈強な若者が控えていた。大王が声をかけると、「葛城の安宿《アスカ》に拠を構えております東漢直《ヤマトノアヤノアタイ》の次子で『志拏《シナ》』と申します。宗我臣高麗《ソガノオミコマ》さまに従い、淳陀の君とは倭に帰られて以来懇意にさせていただいております。このたび、我れが東漢の本家から分かれて大和添上に所領を与えられました。安宿を離れるのを機にお二人のお供をさせていただき、大王にお目にかかることを願いました」と挨拶をした。

東漢氏は河内を開いた大王家とともに列島に来た今来の渡来人で、古く中国の漢の裔とも言われている。半島からさまざまな先進の技をもたらし大和王権を支えている氏族である。ただ、志拏の逞しい姿は武人そのものである。

「そうか、宗我とともにいるか。これからも淳陀の良き後ろ盾になってくれ」と声をかけ、「近江にまいるなら、我が次子の高田王子をともに行かせよう。王子は近江高島を領させており、今後は我が意を受けて広く西国を治めるために各地に行かせることにしておる」と高田王子を引き合わせ、その夜は久しぶりに顔を合わせた家族で和やかに過ごした。

男大迹は高田王子に、若い王の急死で戸惑う近江息長氏を支えるとともに、北の海での半島との交流の重要拠点となる「出雲」へ遣わし、大王の考えを浸透させようと考えている。

「高田よ、『出雲』はこの国にとって特に大切な地だ。そのために早くから汝の異母妹《イモウト》を長《オサ》のもとに嫁がせている。国を治める新たな形を整えるときが来ているようだ。汝は出雲に行き、皆の意向も踏まえた上で良き治めを成して来よ」と申し渡して送り出した。

高田王子には主に西国を担当させ、各地の大王家の直轄地である屯倉の状況を調べて整え直し、物部や大伴の支族や部民たちと連携しながら、大和の意を広める役目を任せている。

五月、坂田大俣王から使いが来て、筒城の仮宮がまだ不十分ながら立ち上がったとの知らせを受けた。

男大迹は后たちを「樟葉宮」に残したまま、致郷など近習を連れ筒城に向かい、併せて、越の三国、近江の息長、尾張などの長、そして匂大兄を呼び寄せる使いを出した。

大王を支える各地の有力者が筒城に参集したところで、「木津川」と「巨椋池」開発の計画を告げ、人員や資材提供などの支援を依頼した。

匂大兄には、自分の意とする新たな施政の方策を伝え、河内馬飼首荒籠から耳にしている東国のしばしば不安定となる情勢を鎮めて、国々を治める確《シカ》とした仕組みづくりに取り組むよう言い渡した。大兄には、これまでに地の利のある東国の治めを任せることにしている。

そして、都づくりがあらかた進んだ十月に、「筒城宮」への正式な遷都を発した。

各地から続々と新都に人々が集まってきている。大和の諸官たちの多くは樟葉宮のときと同じく、大半は様子見で動かずにいたが、わずかながら中には大王を慕って参上する者もあり、執政に必要な最小限の司《ツカサ》は備えていた。男大迹大王はそれで良いと思っている。

その方が動きやすく、我が意もすぐに浸透する。

都づくりも順調に進んでおり、また、木津川と巨椋池の開発地には渡来人を中心として工区ごとに大勢の人々が集結し作業がすでに始まっている。特に尾張からの人数は多く、治水工事だけでなく、腰を据えて暮らすために必要な土器づくりや鉄鍛冶の技をなす人々も連れてきている。

十二月の初旬、河内馬飼首荒籠が早馬で筒城宮の男大迹大王のもとに駆けつけてきた。

「男大迹大王、大和で不穏な動きが見受けられます。大和の北部、乃楽山南麓あたりを中心に兵が集結しております」と知らせてきた。

「兵が集結？　何故か？」と訝しむと、

「大王が各地から大勢の兵を集めて、いよいよ大和に攻め入ろうとの噂が旧都《ミヤコ》中に流れております。葛城勢が中心で乃楽山を挟んで春日の地に三千名ほどの軍勢になっております」

「確かに人は集めているが、戦うためでもなく、大和に攻め入ろうとしている訳でもない。河川やこの地の開発のために寄せているだけだが……」

夜になり、荒籠を始め数名の者たちと漆黒の闇に包まれた乃楽山の山頂に登り南の大和を望むと、軍勢が駐屯していると思われる篝火が山裾広く赤々と染めて燃えていた。

「添上あたり春日の地か。まるで予を恨む炎《ホムラ》だ」と、男大迹大王は唸った。

第十三章「半島と蘇我出現」

継体六年、壬辰《ジンシン》（西暦五一二年）正月。

年が明けても乃楽山《ナラヤマ》南麓に駐屯する春日の軍勢は去らず、筒城宮《ツツキノミヤ》は緊張が続いていた。

朝賀の儀に大和からも主だった臣たちが参上してきたが、当然のことながら葛城氏系の支族や春日氏などは顔を見せていない。

まず大伴大連金村《オオトモノオオムラジカナムラ》が皆を代表して寿《コトホギ》の辞を表し、その後、苦渋の表情をしてこう述べた。

「男大迹《ヲオト》大王、今大和は危機を迎えております。葛城氏一族の葦田臣刀良《アシダノオミトラ》の兵が春日臣田作《カスガノオミタサク》の領内に参集し、大王の大和入りを阻止せんと気勢を上げております。特に田作の長子の磐辺《イワベ》は過激で、この機に乗じて筒城に攻め入ろうとの勢いを見せております」と、大王の様子を覗い、さして動揺の色を見出せぬと認めると、

「彼の者たちの暴発は、我れが必死で押し留めており、すぐの決起は無いものと存じますが、大和の古き者たちは古《イニシエ》からの経験で、大和の外から強い力でもって侵入し、新しい大王家を打ち立てた際の新しき世を開く光明もさることながら、それをも超す災いを被ってきており、大王の背後にその怯えを感じております。このまま推移しますとますます恐れを抱く者が増えてまいりましょう」と、金村は大王を押し立てた自身の立場の不安さを一瞬見せながら申し上げた。

「うーん。予が人を集めているのは大和入りの軍勢ではなく、木津川開発に必要な工人どもで、まだまだ人数が足らぬ態なのだが……。ただ、このような誤解を解消する手を打たねばならぬな」と、男大迹は顎鬚に手をやり、何か思案気につぶやいた。

金村の脇に控えていた物部大連《モノノベノオオムラジ》麁鹿火《アラカヒ》が、

「大王、このままだと大王に異を唱える者たちの力が増すばかりです。我れに各地の兵を呼び集めてこの混乱を鎮めよとの詔《ミコトノリ》を賜ればすぐにでも……」と武門の意気を訴えるが、

「いや、それは騒動をさらに大きくし、何よりも大和での汝の立場を悪くするだろう。予

に考えがある。しばし待て。汝らは彼らの恐れを抑えるよう尽くしてくれ」と収めた。

正月の諸行事を終えると男大迹大王は、諸国に引き上げる首長の内、特に縁のある者たちに、引き続き治水などの開発に必要な人員の動員を促した。それも極力急ぎかつ武具を携えて筒城に来るよう課した。


二月の末を迎えて寒さも和らぎ、開削を進めている木津川の水もゆるみ始めた頃、近江の坂田から佐佐宜《ササゲ》后の使いが参り、淳陀《ジュンダ》に男児が産まれたとの便りがあった。母親は安《ヤス》(野洲)にある百済邑の長の娘で、子の名は彼の信奉する仏教にあやかってか『法師《ホウシ》』と名づけたとのこと。

「そうか、淳陀も十七歳。人の親になったか。もうすっかり一人前の大人だな。それだけに予も歳を取っているということか。まだまだこの先も成さねばならぬことが多く残っているが……」と苦笑しながらも慶び、祝いの品を使いに託した。

それに合わせるように、三月の半ばに百済の斯麻王《シマオウ》からの使いがまいり、余明《ヨメイ》(後の聖明王)が十歳を迎えたのを機に正式に後継ぎの太子に立てたとの報せを受けた。ついては議することがあり、大王に近い者を私的によこしてほしいとのこと。少し訝しんだが男大迹も百済にさらに頼ることがあり、使いの者に了解するとともに、日をあらためて公私併せて余明への祝いの使いを送る旨を伝えて百済に帰した。

その夕、側近の坂井致郷《サカイノチクニ》を呼び二人だけの部屋で、

「斯麻王からの話はかくの通りだ。百済も高句麗や新羅からの侵攻が続き難しい時期を迎えている。何か子細な話があるのだろう。予と王の想いをともによく知る汝でなければ務まらぬ。すでに五十路を過ぎた身で無理を申すようだが最後の務めとして百済に行ってくれぬか。無事に帰国の折には思い通りの願いを聞き届けよう。親子二代にわたりまことによく尽くしてくれた」

男大迹は長年にわたって側に仕えてくれた致郷を労わり、そろそろ楽にさせようと思った。

「かしこみてその役目をお受けいたします。但し、我れはこれでも大王より若うございますぞ。我が願いはこの命が尽きるまで大王のお側でお仕えすることでございます。この願いは是非ともかなえて下さいませ」と嬉しい応えを返した。それを受けて男大迹はこう話した。

「よく分かった。汝の願いはありがたく受けよう。ところで、これまで倭国は百済や中国から、さまざまな技や治政の仕組みなどを学んできたが、今後は、この国から浅はかな争いを起こさぬための、尊い知恵なり教えを取り入れたいと望んでいる。
　武力は確かに争いを抑える力にはなるが、愚かな者が手にすると往々にそれを使いたがるもの。斯麻王に我が意を伝えて予の願いを請うてきてくれ」と頼み、後は親しく二人きりで醴酒《コサケ》を酌み交わし夕餉を楽しみながら夜を過ごした。

　四月、男大迹大王は百済への公使として「穂積臣押山《ホヅミノオミオシヤマ》」に祝いの品を斯麻王に届けるよう命じ、さらに那《ナ》の津にて筑紫産の馬四十頭を加えることにした。
「穂積氏」は今でこそ有力ではないものの、古い氏族で「物部氏《モノノベ》」の本宗筋にもあたる名族である。大王は今回の派遣にあたり押山を任那《ミマナ》の西部に位置する「哆唎《タリ》」の守《ミコトモチ》に任命し半島に送った。そして坂井致郷もともに船に乗る。

　五月になると、各地から要請していた工人たちが筒城に集まってきた。宮を中心にして、さまざまな生業を営む者が暮らし始め、その数は万を数えるほどになった。特に宮の南に流れる木津川の支流沿いに鉄鍛冶たちが集結して、まだ初歩的な仕組みではあるが「たたら」を利用して一大製鉄拠点となっている。

男大迹大王は朔日の晴れた夜に、宮にいる兵たちに先導させ八千ほどの民を動員した。各々の手には松明を持たせ、大王自身は眉庇《マビサシ》の冑《カブト》を戴《イタダ》き身は挂甲《ケイコウ》の鎧《ヨロイ》を纏い、それほど高くない乃楽山山頂に馬を進めると、尾根伝いに動員した者たちを並ばせ鐘の音に合わせて一斉に松明に火を灯させた。その炎は乃楽山を北から西にかけて二里ほども火の帯を連ねた。

長らく山の南側に屯《タムロ》していて、士気も倦みはじめていた春日や葛城の兵たちは、圧倒的な数の軍勢に囲まれた恐怖に戦意をたちまち奪われてしまう。特に、威勢の良かった若き春日磐辺は恐れおののき館の奥に引き籠もってしまった。

大伴大連金村と物部大連麁鹿火、そして巨勢大臣男人《コセノオオオミオヒト》たちも乃楽山の異変を認め、火を確かめようと春日あたりまで駆けつけ、事の次第を目撃した。

その時である、突如、山裾から風が吹き上げ旋風となり、松明の火の粉を集めて空高く巻き上げた。山の下から怯えながら見つめている大勢の者には、それが怒りに身を燃やしながら天に駆け昇り、今にも襲いかからんとする龍に見え、兵たちはこぞって地にひれ伏した。

　大連や大臣もそれを目にして驚愕して立ちすくみ、金村が震えながら声を発した。

「その昔、平群大臣真鳥《ヘグリノオオオミマトリ》が当時の彦太尊《ヒコフトノミコト》を龍にたとえ、静かに眠っていてくれれば良いが、と話していたが、とうとう怒りに目を覚まして大和を襲うか……」と慄《オノノ》きながらつぶやいた。

　風が収まり龍が空中から消えようとする瞬間を捕えてだろうか、また鐘が鳴り突如すべての松明の火が消された。その瞬間、今まで燃えていた山も空も周りは漆黒の闇に覆われた。

　その暗闇は先ほどまでの燃えた山や龍よりもさらに大きな恐怖と戦慄を皆に与えた。

　翌日、大臣と大連そして葦田臣刀良と春日臣田作が顔をそろえて、男大迹大王に許しを請うため筒城宮に伺候した。皆昨夜の怯えが収まらず足元もままならない様子で、特に、刀良と田作の顔からは血の気が失われ憔悴しきっている。大王は甲冑を纏ったまま、大勢の屈強な兵を後ろに控えさせて、

「この国を乱す者は許さぬ。予が先頭に立って討ち滅ぼそうぞ！」と、今までの男大迹に

は見たことのないような怒りの形相で吼《ホ》えた。

大王の前に額ずいていた諸臣は、大王のその姿に昨夜の炎をまとった龍を見た如く、恐怖に怯えて地に伏した。その様子を認めると大王はその形の良い顎髯を撫でながら、元の穏やかな表情に戻して言い聞かせた。

「あまり予を刺激するでない。世を乱そうとする者には容赦はせぬが、このたびのことは誤解の上で起こったものとして赦《ユル》すことにしよう。葦田と春日の両名に告げる。二度と予に逆らうような仕儀に及べば、その時は決して見逃さぬぞ。早々に兵を解き常の生業《ナリワイ》に戻せ。大和での騒動はこの国全体に及ぶ。大臣、大連よ、心して大和を治めよ」と威厳を示し申し渡した。

大いなる恐れをいだきながら大王にまみえた皆は、その寛容な対応に胸を撫で下ろして退出したが、この後、男大迹大王の威光には逆らえぬと心底身に染みた態である。

一方、男大迹は、もとより戦闘は望んでおらず、圧倒的な力の差を見せつけることで騒ぎを収めることを狙っていた。地方の豪族たちの支援を受けて親政を行ってはいるが、もし彼らに戦功が加わることになると、大和の豪族たちとの軋轢は今後も続くことになり、倭国全体の安寧には大きな妨げになると確信している。

ただ、全ての者の歓迎を受けて大和入りできるまでには、まだ時を要すと感じていた。

百済への使節は半島に着くと、まずは金官国府《キンカンコクフ》にて任那の状況を確認した。半島の情勢は年を経るごとに厳しさを増し、最近は新羅の勢いがとみに強くなり洛東江《ラクトウコウ》の南にも侵出する勢いだった。百済や高句麗との確執も年ごとに敵味方が入れ替わる模様で、半島は以前にも増して紛糾してきている。

倭は金海《キメ》を利用して半島との通交をしているため、任那諸国の連携拠点としての「府」を金官加羅国に置いているが、この地域が新羅の攻勢にさらされてきた状況から、すでに任那諸国の盟主の地位は北方の高霊《コウレイ》を拠点とする「大加羅国」に替わっている。それにともない、この地にある府もその存在価値が薄れてきていた。

その後、使節一行は西に向かい栄山江《エイザンコウ》付近に達すると、穂積臣押山は自身が守を任された上下の「哆唎」の地をしばらく日数をかけて視察して回り状況を確認した。

そして、九月の初旬に、使節一行は百済の都「熊津《ユウシン》」に到着した。

倭からの使者の到着を聞くと、斯麻王は正式な使節会見の前に、密かに坂井致郷を宮奥に呼び二人だけの時を過ごした。男大迹大王の要望を聞いたあと、王はこのように打ち明けた。

「このたび、無事な成長を見て『明』を太子にしたが、内臣《ナイシン》佐平《サヘイ》（首相格）の『真老《シンロウ》』らが、『淳陀』の存在を気にかけている。そのために倭に帰しておると説いても、『彦太尊』の大王即位で以前と立場が急変し、倭王の血筋となった不安を感じている。いつ太子の地位が脅かされるか心配でならないのだ。口には出さぬが密かに淳陀を亡き者にしたいと望んでいるのを予も感じ始めている。拒み続ければ予の身も危うくなりかねん。弟の前王も弑《シイ》せられている。残念ながら今の状況ではあり得ないことではないだろう。そこで淳陀の処置は予の責で果たすと納得させた。坂井致郷よ、予の辛さがわかるか？」と王は唇を噛みしめた。

致郷は王の話を黙って聞きながら、その凄まじい話にどう対応して良いか分からず、ただ、淳陀は男大迹大王の孫であり、何としてもその身を守る手立てはないものかと思案するが、どう考えても良案が浮かばず、途方に暮れるばかりであった。

その後、王が一段と声をひそめて囁きかけ、その内容にまたも驚愕した。話の最後に王が、

「致郷よ、『段楊爾《ダンヨウニ》』の名だけは忘れずにいてくれ」と、この由々しき話を終えた。

　次の日、正式の使節会見が行われ、斯麻王は倭国正使の穂積臣押山から立太子の祝いの辞を受け、それに対する謝辞を述べたあと、こう問いかけた。

「ところで穂積殿は『哆唎』の守に就かれた由、現地の様子はいかがかな？」

「このたび、貴国にまいるにあたり、我れが治める地をつぶさに見てまいりましたが、民のほとんどは百済の民で、暮らしの習いも貴国そのものの様子。その守りに我が九州より若干の将兵が交替でその任に当たっておりますが、中には貴国に任官して民政を進めやすくする者も出てきており、我れが治めるにもなかなか難しい土地柄と見ております」

「さもあろう。任那の西部は我が国の民の地となっておる。ところが今百済は高句麗や新羅の侵攻が厳しく、国の北方を削り取られつつあり難渋している。そこで予の頼みだが、その我が民の住む地、具体的には『上哆唎《オコシタリ》』『下哆唎《アロシタリ》』『娑陀《サダ》』『牟婁《ムロ》』の四県の地を百済に賜りたいと願っておる。貴官より男大迹大王に奏してはくれぬか？」

　押山は戸惑いながら、

「これは重たきお話。かの四県は遠き昔より倭が治めてきた地であり、王の申し出でを我れが確かに大王には伝えますが、いかになるかは覚束ないことでございます」と応えた。

「確かに重い要望とは承知しておる。貴官には今の倭の司《ツカサ》に加え、この四県を治めるために我が国の官にも任ぜよう。また、男大迹大王が求めている最高の知恵を倭国に献じよう。時機を見て我が国の至宝である五経博士の『段楊爾』を遣わそうと考えておる」

と、後方に控えている坂井致郷の顔を一瞥しながら申し渡した。


十一月、斯麻王の意を受けた使者とともに、使節一行が帰国してきた。

正使の穂積臣押山は斯麻王の要求をすぐに大王に奏上するのに躊躇し、先に大伴大連金村に諮《ハカ》ろうと大和を訪ねた。

逆に坂井致郷は直ちに筒城宮に伺候し、男大迹大王に斯麻王の苦しい胸の内を伝え、ともに苦痛の表情をしながら長い思案を続けた。しばらく沈黙したあと、男大迹は、

「斯麻も辛いのう。愛しい子を生かすか、それとも国を生かすか……。二者託一とは真に難しかろう。これは予も同じ立場ぞ。『淳陀』は予の孫よ。だが百済を滅ぼすわけにはいかぬからな……」と苦渋の言葉を吐いた。

翌日、穂積臣押山は大連に連れられて筒城宮に参内し、百済の使者が「調《ミツギ》」を献ずるとともに斯麻王の親書を大王に呈上し引き下がったあと、任那四県の割譲の件を大王に奏上し、恐る恐るこう申し添えた。

「これらの地は百済と接し、その民もほとんどが百済人です。倭がこの遠くの地を統べるのは困難でありましょうし、申し出を拒めばこの先騒擾の種を残すことになると存じます」

「大伴大連は、この件をどう思うか？」と問うと、大連は大王の顔を窺いながら、

「我れも穂積と同じ考えでございます。ここは百済に恩を与える方が良かろうかと……」

「わかった。大連も同じ考えならそのように計らうが良い。これまで親しく兄とも思い接してきた百済が衰えていくのは倭国の本意ではない。四県は譲ろう。物部大連麁鹿火に受諾を伝えさせればよかろう。さて、ところで予の百済への願いの件はどうなっているのか？」と問うと、穂積臣押山は難しい案件が氷解した安堵に胸を撫で下ろし顔をほころばせて、

「大王、その件は斯麻王が百済の最高の師を遣わすと約してくれております。明年にも倭にまいりましょう」と言上した。

大王の命を受けて難波の客館《ムロツミ》に向かおうとした物部大連麁鹿火に、その妻が諫めて言っ

た。

「かの四県は遥か昔、誉田大王《ホムタノオオキミ》（応神天皇）の時に倭が治めることになって以来、長く倭国の境として守り続けてきた地。今譲れば後になって誹《ソシ》りを受けることになりましょう」

と止めた。

「我れも同じ思いだが、大王の命に背くことはできぬ」

「病と称して辞退すればよいこと」と固く引き止め、他の使者に託すことになった。

また、遅れて事の経緯を知った勾大兄王子《マガリノオオエミコ》が領土を容易《タヤス》く与えるべきではないと、使いを難波に走らせたが、百済の使者の応えるに、

「すでに大王の許しは頂いており、いくら大兄の命だからといって、どちらに重きを置くべきかは明らかでしょう」と取り合わず、結局、任那四県は百済に割譲することになる。

喜ばしい回答を携えて百済の使者は帰国の途につき、穂積臣押山もまた半島に渡った。

この事態に、〈大伴大連と穂積臣押山は百済から賂《マイナイ》を受けた〉との噂が都に流れた。

翌、継体七年、癸巳《キシ》（西暦五一三年）六月。

百済の斯麻王は二将軍を使者として穂積臣押山を伴い、五経博士「段楊爾」を男大迹大王のもとにまいらせ、併せて請うた。

「大加羅国に属する『伴跛国《ハヘノクニ》』が我が国の『己汶《コモン》』の地を故なく奪いました。願わくは大王の御恩で返還していただきたい」と申し出、男大迹大王はそれに応えるに、関係する各国の話も聴き、しばらく時をかけ詳細を確かめた上で正しく処すと応えた。

伴跛国は大加羅とともに勢力を伸ばした軍事強国である。もともとは倭人の建てた国であったが、時代を経る内に韓人の支配に替わっている。他の任那内の倭人諸国もその傾向になりつつある。

五経博士の段楊爾が改めて男大迹大王に着任の挨拶を行い、ゆったりとした漢服《カンプク》の懐から錦の袋を差し出すとこのように申し上げた。

「貴国におられます元の太子であられた『淳陀王子』は胃の腑がお弱いと聞き及んでおります。これは中国の『梁《リョウ》』より求めた良薬で、折を見て王子にお勧めいただければ幸いに存じます」と献上した。大王はその袋をじっと見つめたまま手には取らず、

「今、淳陀王子は都から離れた近江という所で暮らしている。ここに呼び寄せるゆえ王子の具合もよく診《ミ》定めた上、汝から直にその薬を処方してやってくれ」と申し付けた。

段楊爾も百済使節の二将軍も、その錦の袋の中に入っている薬が本当は「鴆毒《チンドク》」と呼ばれる毒薬と知っていた。そして男大迹大王も同じくその正体を……。

大王は近江坂田の佐佐宜后へ使いを出し、淳陀王子とともに筒城宮にまいるよう伝えるが、今淳陀は安（野洲）の愛児「法師」のもとにおり、宮への途中で落ち合い連れてまいりますと伝えてきた。

七月の末になり、二人が筒城宮に参上した。その夜、宮の奥の館で大王は二人に長い時間をかけて深刻な話を告げる。その後沈黙が続いた末、佐佐宜后が苦しそうに声を上げた。

「夫である斯麻王は思案を重ねた結果、国の安定を選んだのでしょう。そのために我が子を見捨てることになるとは。あまりにも酷い」と、側の二人の膝に手を置き泣顔を伏せた。淳陀は何も声を上げずにしばらく中空を睨みつけていたが、大王に眼だけで「諾」と伝えた。

翌朝、男大迹大王は淳陀王子のいる昨夜の館に段楊爾を呼び寄せた。佐佐宜后はとてものこと忍びなくて姿を見せられない。

しばらくして段楊爾が館に伺候してきた。王子の顔色を見るなり、挨拶もそこそこに、

「これは王子さま、胃の腑がかなりお弱りの様子、お顔の色がすぐれませぬ。これは大王にもお話し申し上げましたが、まことに良く効く薬でございます。ただ大変きつい薬ですので、ご様子を診ながら少しずつ酒に浸してお飲みいただきます」と、錦の袋から薄底の桐箱を取り出して蓋を開けた、中には鳥の羽と思われるものが数枚重ねて入っていたが、一番上の白い羽を一枚手に取り、土皿《カワラケ》の酒に浸したあと、土皿を王子に渡し手を添えて薬酒を飲ませた。

男大迹は薬を飲みこむ孫である王子の様子を寂しい眼をして見つめ、

「さあ淳陀よ、疲れたであろう。少しここで休め」と言って、段楊爾とともに居室を出た。

宮を退出した段楊爾は客館で待っていた二将軍にその様子を伝える。

しばらく薬の服用を続けていたが、七日目の昼過ぎに急ぎ呼ばれて段楊爾が宮の王子の寝所に駆けつけると、王子は低い寝台の上の褥に横たわり、その顔には生色がなかった。その傍らには男大迹大王が厳しい眼を王子に向け、さらに母である佐佐宜后が王子の手を握り泣き崩れていた。

段楊爾は王子の口元に手をかざしたあと、恐る恐る手首の脈を確かめ、大王に苦しそう

な声で、

「残念ながら淳陀王子さまはすでにお亡くなりになられております。我が力が及ばず、まことに申し訳ございませぬ」と告げると、大王は厳しい表情で何も言わず段楊爾を館から下がらせた。

段楊爾は宮を退出すると、その足で客館に百済使節の二将軍を訪れ王子の死を報せた。

「淳陀王子は確かに亡くなられました。斯麻王にその旨お伝え願います。我が最大の任務は終えました。これからは五経博士としての本来の役目でこの国に仕える所存です。我が力の及ぶ限りを尽くして……。さて、もう用の終えたこの品を王にお返し願います」と、例の薬箱を差出し、蓋を開けて中を確かめさせた上で、また蓋を閉じ錦の袋に入れて将軍に渡した。不思議なことに薬箱の中には、白ではなく鮮やかな翠色《ミドリ》をした羽が数枚入っていた。


あくる日、百済の使節は参内し男大迹大王から次のように告げられた。

「急なことではあるが、昨日、淳陀王子が身罷る仕儀と相成った。段楊爾も力を尽くしてくれたが、生来虚弱であったのか、まだ二十歳前の若い命を亡くしてしまった。まことに残念ではあるがその旨を王に報らせてくれ。予にとっても孫にあたる王子。辛くてかなわぬ」と、心を押し殺すような表情をして話した。二将軍は悲しげな顔をつくり頭を下げる。

「それともう一つ、己汶の地の件だが聞くところ、伴跛国にも言い分はあるようだ。いま、百済や新羅など関わる国の者たちを呼び寄せているところだ。予はその上で各国に納得させて本来の姿に戻し、百済に帰属させるよう考えておるので、この件も併せて王に伝えてくれ。大使の姐弥文貴《サミモンキ》将軍は各国と議するため、倭に残るように」と申し渡して、男大迹大王にとって辛い会見を終えた。

　使節の二将軍は宮を退出すると、悦びを隠しきれない顔を見合わせながら客館に戻り、もう一人の将軍はすぐに帰国の準備に取り掛かり、早々に遣使船の待つ難波津《ナニワツ》に向けて出立した。


　百済の使節が筒城宮を去った後、宮の奥では三人の人影が認められた。他を遠ざけて話し込んでいる。その中の一人は何と「淳陀王子」である。彼は死んではいなかった。

「斯麻も辛かったであろう。国の安寧のために我が子の命を損ない、そして思案の末、この奇抜な策でその我が子をまた生き返らせるとは……、苦渋の決断であっただろう。我れはその深い心根が分かる故、この度の斯麻の案を受け入れた。さて、これからの身の振り方をどうする？　淳陀よ」と、男大迹が尋ねると、

「我れは百済との縁が切れました。これからは安の百済邑で育てられている我が子の『法師』に、父王から賜ったこの仏像とともに百済王家を譲り、我れは葛城の宗我《ソガ》の子として生きてまいります」と、ここしばらく考え抜いた考えを話した（後に法師は『和氏《ヤマトウジ》』の祖となる）。

「そうか、それも良かろう。宗我高麗《コマ》も六十路を過ぎ近頃は身体も弱ってきていると聞いている。喜んで受けてくれるだろう。但し、予は高麗と個人としてはお互いに信頼しておるが、本来、宗我氏は葛城系の部族として予とは対抗する勢力に組することとなろう。これからは我れとの縁もなくなり汝も難しい立場になると思うが心しておけ」と念を押した上で、淳陀の新しい生き方を認めると、今度は佐佐宜后に眼を向け、

「では、佐佐宜はこれからどうしよう？　我が元で暮らすか、それとも坂田に戻るか？」

「父上、我れが近くにおれば淳陀の今後の差し障りになりかねません。話に聞くところ、その昔、ある王女が天孫族の祖神である『天照大神《アマテラスオオミカミ》』を祀る伊勢に行き、生涯を大神に仕え過ごされたとのこと。我れも伊勢にまいり、淳陀の行く末を祈りながら静かに暮らし

たいと存じます」

「そのように望むか。不憫だが仕方がなかろう。苦労をかけて済まない。すぐに淳陀王子の殯《モガリ》屋を設えるので、しばらくはそこに詰めていてくれ。しかし寂しくなるのう」

このたびの件は、斯麻王が百済の立太子にともない国の安定を願う臣たちの望みをかなえるとともに、淳陀の身を案じて考え抜いた策であり、事前に坂井致郷を通して男大迹大王の了解を得た案であった。その後、段楊爾に意をふくめて倭に送り出したというものであったのだ。

男大迹は〈皆にとって辛く苦しい選択だったが、確かにこれが正しい道であった〉と、あらためて感じた。

翌朝まだ陽が昇らぬ前、薄暗い宮を二騎の馬が駆け抜けた。そこに淳陀王子と坂井致郷の姿があった。二人は葛城に急いで向かっている。

昼近くになって葛城の宗我の屋敷に到着した。宗我高麗は驚きながらも屋敷に迎え入れて、何も口にせずに急ぎ来た二人にまずは朝餉を供した。

その後、高麗は致郷からこれまでの経緯を詳らかに聴き、驚きながらも喜んで淳陀を受け入れることを了承し、食後の淳陀を奥の寝所で静かに寝かせた。

次の朝、目覚めた淳陀は高麗に世話になる旨の礼を述べ身支度を整えるが、今まで親しんでいた百済王家を示す深緋《コキアケ》色の襟を持つ上衣《ウワゴロモ》に細めの袴を畳んで片付け、髪も総髪を頭頂でまとめていたのを解くと、中央から左右に分け美豆良《ミズラ》を結って耳に被せると、装束も倭国風のものに変えた。

二人して清々しい朝の気を浴びるために屋敷の表に出てみると、眼の前に広がる田にたわわに実った稲穂が、秋の穏やかな朝陽を受けて黄金色に美しくうねっている。見上げれば空はあくまで高く青い。淳陀は自身の新しい将来を天が祝福していると受け止めた。

「義父上、『淳陀』はすでに死にました。元の『斯我《シガ》』に戻ることも憚ります。今日以降は、我が名を『稲目《イナメ》』とし、氏《ウジ》も我が代から『宗我』を改め『蘇我《ソガ》』としたいと存じます」と。

美しい田を前にして眼を輝かせながら口にし、その後、青空を仰いで叫んだ。

『我《ワ》れ蘇《ヨミガエ》るなり！』

第十四章「倭国創建への勾配」

継体七年、癸巳《キシ》（西暦五一三年）秋。

九月、勾大兄王子《マガリノオオエノミコ》は、母の目子妃《メノコノキサキ》が先年より勧めていた手白香后《タシラカノキサキ》の妹「春日山田王女《カスガノヤマダノヒメミコ》」を大和の添上《ソエガミ》に訪れて求婚歌をかわして娶り、筒城《ツツキ》の春宮に迎えた。王女は姉に似て気品のある顔立ちの美しい姫であったが、眼に気性の激しさを窺わせていた。

大兄王子は尾張を足掛かりにして東国経営に励んでいたが、妃《ヒメ》を迎えたこともあり、このたびは年明けの朝賀を終えるまでは都に滞在することにした。

宮にいる間、日中は大王と国の治めについて議すことに時を費やした。大和王権の支援で各地を拓き、部民《ベミン》制を推進して民の役割を整備する。その上で朝廷直轄の「屯倉《ミヤケ》」を設置していき中央との連携の拠点とし、その差配をできれば在地のしかるべき長《オサ》に務めさせるという基本政策を具体的にどう進めていくかを話し合っていた。男大迹《ヲオト》は大兄に尋ね、

「高田は今、出雲の国を整えるために苦労していると聞いておる。東国の様子はどうか？」

「はい、朝廷から鉄製の農具などを供していただき大いに開発は進んでおります。武蔵や常陸の国は広大でございますが、東国は新羅からの民が多く、彼らの力強さには目を見張るものがあります。ただ、山沿いの谷地《ヤチ》の治水には難儀しており、『夜刀神《ヤツノカミ》』と呼んで邪神の水害を恐れております。何か力添えのできるものがあればさらに国が豊かになると存じます」

「そうか、治水や灌漑の技は百済の者たちの方が長けているかも知れぬ。宗我にも申し付けて役に立つ工人を遣わそう。そして治水が成れば、予の霊威を込めた杖と申して『標《シル》の梲《ツエ》』を与え、それを立てて山の神の地と田の民の地の境を示す結界とせよ。ただし、功はその地の長のものとするがよい。さすれば支援も得られ、汝が開発を進める上でもやりやすかろう」と、東国経営の策を匂大兄に与えた。

十二月に入り、男大迹大王は諸臣を前に詔《ミコトノリ》を発した。

「予は天下を治め得るか危惧していたが、今この国は安らかで豊かになってきておる。特に大兄王子は各地を巡り、予が意図するところを広く伝え、世を照らす働きを成している。この誉は尊い。これからも予を援けて民を慈しみ、この国を栄えさせよ」と太子の功を褒めた。

その間、匂大兄王子は筒城宮にいて、周りには新しく娶った春日山田王女との仲睦まじい姿を見せていた。しかし春宮の寝所では妃と歌を交わしたり、この国の目指す夢などを夜を通して熱心に話したりすることのみで過ごし、親しく接してはいるものの睦事は皆無であった。

山田妃は日を重ねるごとに不安と悲しみが募り、とうとう年の明けたある日、寝所で泣き伏し大兄王子に恨み言を訴えるに至った。そしてそれが男大迹大王の耳にも伝わった。

「我が悲しみは子を成せないことです。生きとし生ける者は皆が子を愛し守ることを願うものです。ただ我れら二人は後継ぎの子に恵まれません。我れにも非があり申し訳なく思っておりますが、太子からもいまだにお情けをいただいておらないのです。このままでは我が名も絶えてしまいます」と嘆きながら訴えた。

「匂よ、これは何としたことぞ?」と、男大迹が太子に問うと、

「父上、我れにはどうも子を成す力が備わっておらないようです。若い折に物部《モノノベ》の姫を娶った際にも子に恵まれずに先立たれてしまっております。その辛さを振り切るためにも我れは大王の命を世に広めることに専念しているのです」と答え、妃の恨みの宿る目から顔をそらした。

男大迹は全ての事情を胸に納めながらも、手白香后や広庭王子《ヒロニワノミコ》の立場を考え、さらに男児を成して世の乱れのもとを残すことは許されぬとの思いで、敢えて〈子を成す力がない〉と、自ら明らかにする大兄の痛々しいほどの心根を不憫に思いながら、

「太子よ、汝の気持ちも分かるが、妃の辛さはさらに深いであろう。この度の妃の申し出を軽々しくは扱えぬ。名代《ナシロ》(主の名を後世に残す部民)として『匝布屯倉《サホノミヤケ》(大和の佐保)』を与えて、名を残すことにしよう」

そして、讃岐の国の柞田邑《クニタムラ》(刈田郡)に子代《コシロ》(主の名を負う農民)を設けて奉仕させることとした。その地は後世「山田」と呼ばれることとなる。

この間にも半島の情勢は暗雲をはらむ事態となる。

十一月に己汶《コモン》の地の領有を定めるために、半島各国からその任にあたる重臣を呼び寄せて、慎重に議した結果、やはり元の百済に戻し、加えて「帯沙《タサ》」の地も与えることに決したが、領地争いはいつの時代でも紛争の種を育てていく。すぐさま、占拠していた伴跛国《ハヘノクニ》が宝を献じて己汶の地を求めたが、男大迹大王はそれを認めなかった。

その裁定に不満を持つ伴跛は年が明けるとともに、倭国との戦いに備えて城や狼煙台を設けて兵を集結し、その勢いを持って北に接する新羅を攻め暴虐の限りを尽くした。さらに帯沙にも侵攻し城を築き始める。

この間の倭国の半島政策といえば、男大迹大王は過去五十年余にわたる紛争に区切りをつけ、技術のみならず国を平和に導くために中国や半島の優れた知恵や文化を取り入れていく。そしてその窓口を斯麻《シマ》王の百済に頼ろうとするものであった。だが、大王の意に反し半島情勢は沸騰の時代を迎えており、高句麗の攻勢の圧力に百済も新羅も国として南進せざるを得ず、国としてまとまれない任那は領地を削られていき、倭人諸国も弱体化してきている。

倭国としてはその故地を維持するために、以前にもまして半島に介入、出兵せざるを得ない時代となってきていた。

男大迹大王は倭国内の開発を通して国を富ませることを第一義にしているが、それに全力をかけることがかなわず、理想とする国づくりの前にはまだ急な坂道が続いていると感じた。


この年、継体九年、乙未《イツビ》（西暦五一五年）二月。


男大迹大王は、百済の姐弥文貴《サミモンキ》将軍が半島の危機に対応するために帰国するに合わせて、火《ヒ》の国末羅《マツラ》（松浦）の物部至至連《チチノムラジ》に軍船五百艘を仕立てて送り出した。

至至連は、大豪族物部氏がその昔大和に進出した際に九州に残留した支族で、先に百済への大使として派遣された「穂積《ホヅミ》氏」ともつながっている。

四月、倭国の軍船は帯沙の江《エ》に着き、文貴将軍を百済に帰して間もなく伴跛の奇襲を受けて瞬く間に破れ、至至連も危うく己汶の地に遁れる始末になった。

翌年九月になってようやく、百済の大使とともに倭に帰国を果たすことができた。

この時の使節は己汶を与えられた礼とともに、先に務めていた五経博士の段楊爾《ダンヨウニ》に替わり、新しく「漢高安茂《アヤノコウアンモ》」を派遣してきた。男大迹大王は密事をともにした段楊爾に眼でもって謝意を表して無事の帰国を祈った。

その遣使船には、名のりを変えてすぐに金官加羅国に身を潜めていた「蘇我稲目《ソガノイナメ》」も金海《キメ》から乗船していた。髯も蓄え以前と比べその容貌は一変している。義父の「宗我高麗《ソガノコマ》」が七十歳を迎え代替わりのため帰国してきたものである。

高麗は稲目を男大迹大王に引き合わせ、稲目は金官加羅国で生まれ、長らく当地で育てられた我が子で初めての目通りと申し出た。大王は顔を伏せたままの稲目に眼をやり、「よく帰ってきた。任那育ちなら大蔵の任にも長けておろう。父の後を継げ」と申し渡した。

十二月に、足掛け五年にわたって出雲で務めていた「高田王子」が帰ってきた。古くからいわくのある土地柄で苦労を重ねてきたせいか、また、我が手で育ててきた「息長真戸王《オキナガノマトノオウ》」の事故死をまだ引きずっているのか、顔に疲労が目立ってきている。

ただ、出雲の統治は王子の真面目な努力で期待通りの成果を上げて帰参している。

先代の出雲布奈《フナ》の後を継いで立派に国を治めている「出雲国造布禰《フネ》」とその妻で男大迹

大王の娘である「出雲郎女《イズモノイラツメ》」と十分に出雲の開発について議したあと、高田王子はほぼ一年かけて国中の状況を見て回り、その手順について考え、手堅く開発を進めていった。

安来《ヤスキ》や玉造を内に含み古くから栄えていた出雲東部の意宇《オウ》郡を始め、宍道湖《シンジコ》北部の新興勢力を支援して力をつけさせ、「北の海」の通交強化を図った。また、大王に依頼して河内三嶋から淀川の開発にも力を発揮した「社部氏《コソベシ》」を呼び寄せて各地の開拓にあたらせ、斐伊川《ヒイガワ》流域の伝統的な地である西部地域も、後年「出雲新墾《イズモノニイハリ》」と呼ばれることになる開発を進めた。その上で主要な地点に屯倉《ミヤケ》も新設し、その差配も在地の首長に委ねることで、朝廷の意向を浸透させ、また中央との連携を強めていく拠点とした。

しかし、開発によって国は豊かになっていくが、王子の思惑とは違い屯倉は半島出兵への兵の調達や軍船の寄港基地としての役割が多くなってきた。その矛盾を抱き王子は帰国してきたのである。

男大迹大王は高田王子の少し憔悴した様子を心配して、年が明ければ、しばらくは近江の高島で静養するように勧め、王子がかねがね心を痛めていた息長の後嗣の問題については、荑媛《ハエヒメ》の子「厚王子《アツノミコ》」を亡き「真手王《マテノオウ》」の遺娘の養子《ヤシナイゴ》とさせ、名も「真手王」と、祖父の名を継がせることにしたいと、王子に打ち明けて息長の件は安心させた。今年三十歳となる厚王子は、急死した「真戸王」の妃として近江の坂田にいる「圓王女《ツブラノヒメミコ》」の弟である。
息長領内の諸支族も喜んで受け入れ、これで息長の先も落ち着くことになる。

継体十一年、丁酉《テイユウ》（西暦五一七年）正月。

手白香后との間の「広庭王子」は無事に育ち九歳の年を迎えている。ただ男大迹大王は朝賀の式において、「匂大兄王子」の働きを大いに認めて、太子の地位はそのままと宣言し、併せて息長の新しき長になった「真手王」を諸臣に披露した。諸臣の中には太子がそのままということに、顔を見合わせて訝しむ様子の者もいたが、大伴大連金村《オオトモノオオムラジカナムラ》が場の空気を変えるが如き大きな声で、元旦の寿の辞《コトホギ》を述べ、最後に巨勢大臣男人《コセノオオオミオヒト》が、昨年の冬以来、病で臥せっている宗我高麗の後を継いで新しく大蔵の司となった「蘇我臣稲目《ソガノオミイナメ》」を招き皆に紹介した。初めて朝賀の場に姿を見せた稲目の堂々たる容貌とその物腰に諸臣は、「宗我、いや蘇我にこのような男がいたのか」と顔を見合わせたが、大臣から、長らく任那で育ってきたが、先年帰国し、このたび氏の長を継いだ者との話で納得した。
実は、宗我高麗は淳陀《ジュンダ》を葛城に迎えると間もなく、その出自を晦ますために稲目として半島に渡らせ、任那の縁者の元で過ごさせていたのである。

大王の横に座していた大兄王子は満足げに顎髯を撫でていたが、その脇で静かに控えていた高田王子は、新任の稲目の顔を何気なく眺めていたが、次の瞬間、目を大きく開き驚きの表情をして、しばらく考え込む様子をした。


大王への拝賀を終え皆が退席したあと、巨勢大臣男人が蘇我臣稲目を連れて、大王と后のいる奥の館に伺候し、あらためて稲目の新任の挨拶を行った。

「父に劣らず励め」と、大王より言辞を賜り二人が退出しようとしたところ、さらに大王は稲目のみを呼び止め、こう尋ねた。

「その後、葛城氏の者どもの様子はどのようか？」

「はい、先の乃楽山《ナラヤマ》の件以来、葛城の長である葦田臣刀良《アシダノオミトラ》は大王の勢威を畏れ、以前のような大王を誹るような物言いはございませぬ。今、大和に都入りするとしても抵抗する気力はないと推察します。春日氏も同様に存じます。ただそれは大王の力への怯えで、心の底にはまだ受け入れを拒む根は持ち続けていると存じます」

「そうか、よく見ているものよ。確かに力でもって心まで翻そうとしても無理であろうな。

しかし稲目よ、蘇我の長を継ぐ者として立ち振る舞いに気を付けることだ」と話を終えた。

稲目が退出の礼をして立ち上がり館から退出しようと足を踏み出した時に、手白香后が大王に語りかける声が聞こえた。

「大王、朝賀では匂大兄王子を引き続き太子として立てていただき、心よりありがたくお礼申し上げます」との話を耳にして、稲目は、〈后は実子の広庭王子を差し置き、匂大兄王子とは……〉と違和感を覚えたが、その時は意味を諮りかねていた。


稲目が宮の階《キザハシ》を下りようと足をかけた時、高田王子に呼び止められ宮の隅の間に二人して入り込むと、王子は座り込むやいなや稲目に向かって低い声だが訊問するように問うた。

「汝、蘇我稲目と申しておるが、真は『淳陀』であろう。他の者たちは誤魔化せても、近江で長らくともに過ごした我が眼は誤魔化されぬぞ。どのような経緯なのか答えよ」

稲目は、高田王子には見抜かれると覚悟をしていたが、全ての出自を消すに至った真相を打ち明けて王子の心を悩ませることも許されぬと思い、

「もう四年も前になりますが、確かに淳陀は死にました。それ以来、我れは蘇我稲目として生きております。それ以上のお話はお許しください。今日以降、臣《シン》稲目としてお仕え申

し上げる所存ですので、王子も淳陀のことはお心の中から消してくださいませ」と答えた。
王子は稲目の頑なな目の奥に一筋の悲しい光を認め、また心の一片が崩れ散る思いがした。

その年の秋、宗我高麗も稲目に後を託し、その長い生涯を閉じることになる。

「筒城宮」を拠点とした「木津川」と「巨椋池《オグライケ》」の開発も一段落して、次は、淀川水系の治水の最終段階として、「桂川」流域の開拓を目指すことにした。男大迹大王はそれによって瀬戸の内海から内陸への通交を完成させる。それにもまして、丹波の地や高田王子が開発に努めた出雲との連携を強め、北の海の通交をより盛んにして鉄の増産そして半島への対応が完成すると考えていた。

男大迹がそのための適地と期待している山背国《ヤマシロ》は、葛野《カドノ》を拠点に広く開発してきた「秦《ハタ》氏《シ》」が勢力を張っている地である。

秦氏はその昔新羅より渡来してきて山背の地を与えられるや、養蚕による機織りを伝え、また土木の優れた技術で「葛野大堰《オオセキ》」を設けるなど灌漑を通して開発に尽くしてきた。河内の「茨田堤《マムタノツツミ》」も秦氏の支族がその技でもって成し遂げ、その後「茨田《マムタ》氏」と名のってその地にいついている。

男大迹大王は、即位の前から従ってきている茨田連《マムタノムラジ》小望《オモチ》に秦氏とのつなぎを求め、その年の秋、その長である「秦宇志公《ハタノウシノキミ》」と、弟の「志勝《シカツ》」を宮に迎え、新都に適した地を求めた。

「我れら秦の部族は遥か昔に渡来し、大和より山背の地を賜り穏やかに過ごさせていただいております。特に『大泊瀬大王《オオハツセノオオキミ》（雄略天皇）』よりは、各地に散在しております同族の者たちを束ねる役を仰せつかり、大和には大きな恩を感じております。このたびの大王の意を受け、本日は弟の『志勝』を連れてまいりました。実は先年、我れらが預かっております広い葛野を南北に二つの郡《コホリ》に分かち、我が本宗家の拠点『太秦《ウズマサ》』のある北を兄の地として『葛野』の名を残し、南を弟の地として『弟国《オトクニノ》（乙訓）郡《コホリ》』と名づけ、この志勝を『深草』に置いて治めを任せております。淀川水運のため桂川の開拓を目指すとなれば、東から宇治川が合流してくるあたりが良かろうと存じます。この弟を存分にお使いくださいませ」と、秦宇志公は応えた。まだ四十路には達していないと見えるが、豊かな暮らしぶりを現すように悠然とした態で、広い襟を裾まで回した白絹のゆったりとした上衣に、幅広の袴を膝で縛らず半島風の身なりで、顎には豊かな髯を蓄えている。弟の志勝は三十路を過ぎたばかり、身なりは兄とほぼ同じだが袴は膝下で足結《アユイ》で縛り革沓《カワグツ》を履いている。精悍な眼を大王に向け控えている。

「我が地の内では、桂川下流の右岸あたりが最も適していると存じます。一度良い機会をとらえて、案内《アナイ》させていただければと存じております」と志勝が申し上げた。

男大迹大王は日をみて志勝の案内で現地を確認し、一目で気に入り年明け早々にも遷都することに決めた。この地の開発で北への通交がさらに開けるし、また、不本意ながらも半島へ軍船を出すにおいても淀川の「筑紫津《ツクシノツ》」が近い。

継体十二年、戊戌《ボジュツ》（西暦五一八年）正月。

男大迹大王は、朝賀の式で「弟国」への遷都を宣言した。

午《ヒル》前になり、大伴大連金村が大王の前に伺候して、

「男大迹大王、なぜ大和に都をつくりませぬのか？　今なら誰も大王を拒む者はおりませぬ。

万が一、不届き者がおろうとも、我れが抑えてみせます」と、自信ありげに申し出る。

「大連よ、汝の言《ゲン》ありがたいが、そのことはもう少し先にしよう。予を拒む者を汝が抑え込まなければならないようでは、まだその時機ではなかろう。大連よ、皆が心より予を迎えるよう早く整えよ。それが汝の役目ぞ。それに予にはまだ成すべきことが残っており、今は大和に引き籠るわけにはいかぬ」と申し渡した。金村は顔を強張らせて引き下がった。

三月、秦氏が力を挙げて設えた「弟国宮」が出来上がり、男大迹は居を新宮に移した。「桂川」の開発に必要な人員は筒城からも移住させたが、大方は開拓に慣れた秦氏の工人たちが担い、その長である「秦志勝」がその差配に張り切って動いている。

五月に入ると、半島や倭国内の有力な地方豪族たちが相次いで遷都の祝いに参上してきた。

その中で百済からの寿の辞を受けると、男大迹大王はその大使に斯麻《シマ》王の様子を尋ねた。

「我が王は闊達でおられます」とはっきりとした声で応えたあと、大王のみに聴こえるように、

「ただ、少しお疲れが見え始めております」と、囁いた大使は任那生まれの倭人であった。

「そうか、王は予よりもはるかに若い。これからも国の栄に尽くせと伝えてくれ」と返し

た。

男大迹は、長年厳しい状況下で奮闘してきた斯麻の体を気遣い、王の健康を祈った。

九州より「筑紫君磐井《ツクシノキミイワイ》」が参内してきた。若い頃に大和朝廷に奉仕のために上京していたが、当時はちょうど億計《オケ》大王（仁賢天皇）から小泊瀬大王《オハツセノオオキミ》（武烈天皇）に替わるときにあたり、新大王の側に近侍したが、その暴虐ぶりをつぶさに見て大和朝廷に嫌気がさし、二年ほど務めて早々に筑紫に帰った。その後は九州の経営に専念し、筑紫を始め「火《ヒ》」や「豊《トヨ》」の国の豪族とも連携して、大和朝廷に対抗しうる北部九州連合を形づくり、その盟主として威を張っている。二十年ほど昔、億計大王に出仕した折に、当時は「彦太尊《ヒコフトノミコト》」と呼ばれていた男大迹にも会ったことがある。

このたびは、今の朝廷が我が九州と組する値打ちのある政権かどうかを自身の眼で直接確かめたいとの意気込みで上京してきた。満々たる自信と覇気を示しながら、祝辞を述べた後、

「今、半島においては新羅の威が盛んであります。『法興《ホウコウ》王』の代に至り王権をさらに高め、中国の『梁《リョウ》』の制度に習い国内を整え、外交では過去しばしば争っていた百済と手を結び、

高句麗に対抗できる力を備えてきております。我が筑紫はその新羅とも親しく通交いたしております。百済の斯麻王は確かに英傑ではありますが、近ごろその勢いに陰りが見え始めてきており先が不安です。倭国は百済を援けるために半島への派兵を繰り返しておりますが、益少なしと存じます。また、九州兵の度重なる動員も畏れながら負担となってきており、向後は新羅と誼《ヨシミ》を通じて半島の安定を望まれんことをお願い申し上げます」と、胸を張り堂々とした態度で申し上げた。

筑紫君磐井の出で立ちは、縹色《ハナダイロ》（薄い藍染）の丈の長い上衣に幅広に朱の山形を織り込んだ帯を垂らし、髪は美豆良《ミズラ》にしているが新羅由来と思われる金冠を戴いている。

男大迹は、若い頃の覇気に経験を重ねた自信を窺わせる磐井の姿に感心しながらも、

「半島の安定は予も望むところではあるが、新羅は最近その力を任那に向け、洛東江《ラクトウコウ》を越えて伽耶《カヤ》まで侵攻する勢いを見せていると、我が金官府からの報せを得ておる。そのようなことは断じて許さぬぞ」と、普段にない強い口調で申し渡した。

磐井は大王の声音と以前に比べて数段大きくなった男大迹の存在に、崩れるほどの威圧感を覚えたが、それに耐えて対抗するように内に反骨心をたぎらせる。大王は顔を柔和に戻し、

「ところで筑紫君よ、予の歳も七十を迎えようとしている。そろそろ予も最期の備えをしなければならぬ。そこで歴代の大王が所望してきた、汝の国で産する『馬門石《マカドイシ》』を送ってはくれぬか。その霊力に満ちた桜色の棺で安らかに黄泉《ヨミ》へとまいりたいものよ」と求めた。

磐井は早速用意すると承り、この大王の威に圧された場から一時も早く逃れたい思いで急ぎ退出し、その足で直ちに九州に戻った。

秋八月、馬門石はその産地の「宇土《ウト》」を領する「火君広石《ヒノキミヒロイシ》」が先頭に立ち運んできた。広石は「火国」の南部（肥後）の豪族で筑紫君を盟主とする連合に組していたが、身なりは素朴で華美なものは身に着けず、精悍ながら朴訥な人柄に大王は気に入り厚く労った。自身の墳墓は、曾祖父の意富富杼王《オオホドノオウ》の墓に近い三嶋の藍野に、開発の合間を見て築かせることとした。

桂川の開発は、これまで長年にわたり培ってきた築堤や灌漑技術を駆使して順調に進んできている。各地から人々も集まってきており、都としての体裁も徐々にできつつある。また、地方の治政も、技術や鉄具の提供などで開発が進み、さらに部民と屯倉を整備し、その差配を「国造《クニノミヤツコ》」として在地の首長に委ねるなどで、中央への忠誠心も醸成されてきている。

しかしながら、このような時に限って男大迹に不幸な出来事が続いて出来《シュッタイ》する。


継体十三年、己亥《キガイ》（西暦五一九年）二月。


まだ寒さの去らない日に尾張にいた匂大兄から「目子妃《メノコノキサキ》」が倒れたとの報せを受ける。男大迹は驚き、すぐに大臣、大連に後を託し高田王子とともに尾張へ急いだ。馬を使うが大王の立場ではそれなりの装備と供も揃えなければならず、一時も早くと気は焦るがいかんともしがたく、目子の無事を祈りながら進むしかなかった。

三日をかけて、尾張年魚市《アユチ》の屋敷に到着した。目子妃は奥の寝所の褥《シトネ》で臥せっており、意識はまだあるものの衰弱して言葉もままならない様子であった。傍らでは匂大兄が腰を下ろして見守っており、男大迹を見とめても黙ったままうなだれるだけだった。その横にいた尾張凡《オワリノオオシ》が深く頭を下げ、

「大王から尾張のもとで預かっておりながら、このような始末になり言葉もございません。尾張に戻り約十年になります。日頃は匂大兄王子も側にいて、穏やかには暮らしておりま

したが、年とともに徐々に弱っていき年明けには寝付いてしまう仕儀となりました」

「いえ兄上、我れは感謝いたしております。妃も歳ですし、気遣いの絶えない都におればもっと早く体を痛めていたでしょう。それはそうと、兄上の顔色も優れないご様子、くれぐれもご自愛ください」

「恐れ入ります。我れもすでに七十半ばとなり、子もなき故、尾張の長の役目は祖父の時代に分かれた同族の『尾張 連《オワリノムラジ》佐迷《サメ》』という者へ先年すでに譲っております。楽な立場にはなりましたが、確かに歳には勝てませぬ」と、力なく肩を落としたままで応えた。

男大迹は目子妃の手を握ったままで寄り添い、時折声をかけるも目で応えるばかりで声にならず、その都度涙を流すのみであった。そして二日後、皆の見守る中で妃は身罷った。

男大迹の嘆きは深く、涙をこらえるのに必死で口を引き締めながら目子を見つめていた。多くの妃を抱えてはいるが、最も深く愛して心を合わせ、苦しい時もともに歩んだのは目子妃だった。

〈目子よ安らかに眠れ。我れも心を奪われる思いだ。許されるならば我れもともに逝きたい〉

翌朝目覚めると、男大迹の髪の毛が一夜にして真っ白に変わっていた。自身はもちろん、その姿を目の当たりにした周りの者たちは、驚くとともに大王の妃への想いの深さに感動する。

許す限り尾張で日を費やして懇《ネンゴ》ろに弔い、この先殯《モガリ》を済ますと棺《ヒツギ》を妃の父親の墳墓に納めることに皆で決め、男大迹は匂大兄王子にくれぐれも義兄にあたる凡の体調を気遣うよう託して悲しい尾張を去った。

帰途においても体から生気が抜けた態であったが、付き従う高田王子はさらに疲れた様子であった。


その年の秋になると、心配していた尾張凡が夏の暑さを乗り切れず亡くなってしまう。男大迹は今まで大きな後ろ盾になっていた尾張との絆が次々と失われる思いがした。

あとは自身一人で、幼い頃に神より託された我が使命である、〈自ら困難な道を選択し、苦労をしても正しい方向に導く〉を果たすために、すでに老体ともいえる身を奮い立たせるように倭国の開発に力を注いでいった。

弟国宮を拠点とした国の開発は予定通り進んでいたが、半島の情勢といえば新羅が中国の「梁」との絆を強め、「律令」という治政の制度を採り入れ年毎に勢威が増して来ている。そして長年の国策である任那への侵攻も進めてきており、しばしば倭からも半島へ支援の兵を派遣するがその攻勢は止まらない。

継体十六年、壬寅《ジンイン》（西暦五二二年）三月。

「金官加羅」に替り任那諸国の盟主の地位になった「大加羅国」の『異脳王《イノウオウ》』は新羅の法《ホウ》興王《コウオウ》へ婚姻を願い、北部地域の安全を図ろうとした。新羅はその隙を狙って南地域への実質的な支配を深めていく。異脳王は新羅との通婚を実現し王子までなすが、結局は破たんし、国交は混迷する。

新羅はさらに勢いを増し、百済への侵攻をも深めていった。

そして、さらに深刻な報せがもたらされる。

継体十七年、癸卯《キボウ》（西暦五二三年）六月。

蘇我臣稲目が参内し大王に人払いを請い、常に近くにいる側近の坂井致郷《サカイノチクニ》も遠ざけると、大王に近づいて密かに、百済の斯麻王の崩御を告げた。

「それはまことのことか？　稲目！」と、男大迹は驚嘆して真偽を確かめた。

「我が父のことです。百済に配しております者からの報せでは、しばらく臥せっておられましたが、先月身罷れたとのことです」と、特に表情を変えずに応えた。

「ああ、予より一回りも歳下でありながら先に逝くとは……。二人して倭と半島の安寧を目指した同志であったのに。予もこれ以上は……」

と言葉半ばにして、大王は体の芯が折れる感覚を覚えて意識を失い、崩れ落ちるように体を傾けた。傍にいた稲目がすぐに両手で体を支えると、大王はうわ言のように、

「広庭はまだ若くて無理だ。大王には父である勾を……」と消え入るようにつぶやいた。

稲目はそのうわ言の意味をはかりかねたが、先ずは大王の体を横に寝かせ、致郷を呼び二人して大王の介抱に当たった。体をさすりそっと水を飲ませると、間もなく大王は気がつき、二人を認めると、何が起こったのか尋ねた。二人が診たところ大王に異常は見当たらない。

「大王、百済のことで少し驚かれただけです」と稲目は答え、あとは致郷に任せて退出した。

稲目は先ほどの大王のうわ言を頭の中で繰り返し、ハタと気づいたが、このことは誰に

も話すことができない密事で自分の胸の奥に仕舞っておかねばと強く思った。

七月末に百済より使者が来て、斯麻王の崩御と年明けを待って太子の「余明（聖明王）」が即位をする旨を報告した。男大迹大王は先月から体がだるく体調が優れなかったが、使節大使が五経博士として以前倭国に来ていた「段楊爾《ダンヨウニ》」と聞き、大王は親しく大使を近づけた。

「大王さま、先年は淳陀王子のことではお礼申し上げます」と声をひそめて申し上げ、

「亡くなられました王は、墓誌《ボシ》を始め没後のことを私めに託されました。殯《モガリ》を二年ほど行い、その後、新王が埋葬祭祀を執り行う予定です。それと大王にだけお伝えしますが、万一、后の『真雪《シンソル》』さまがお亡くなりになられた時には、王と同じ墓に納めるように命じられておりますが、生前は『大夫人』と呼んでおられており、墓誌にも『王妃《オウヒ》』の死を意味する『薨《コウ》』の字を記すことは許しませんでした。思うに、亡くなられました王は倭国に帰さざるを得なかった『佐佐宜后《ササゲノキサキ》』さまを最後まで王妃として慕われておられたようでございます」と告げた。

男大迹はその話を聞き、胸が締めつけられるような痛みを感じ、斯麻がいかに苦しい立

場で一人疾走してきたかを想った。淳陀と佐佐宣のその後の経緯は誰にも話してはいない。

「そうだったか。辛い話だのう。だが予は今の話をありがたく受け止めておこう。そうだ、斯麻王はその昔、倭でしか育たない本槇《ホンマキ》（高野槇）の薫りを好み、貴人の棺《ヒツギ》として使われていると知ると、〈自身の棺《ヒツギ》にも……〉と願っていたことがある。汝が帰国の折、倭からの弔意の使者に託すゆえ棺に設えてもらえるとありがたい」と申し入れた。

十月、百済の使者が帰国すると、男大迹大王は一段と体の衰えを感じるようになった。

「目子も斯麻も今はもういない、我れがまだ進まなければならない坂は、崖の如く急勾配が続いている。年老いた予一人ではとてものこと覚束ないか」と、寂しくつぶやいた。

不思議なことに、体の衰えとは逆に、霊威を感じる力は以前より鋭くなってきている。

継体十八年、甲辰《コウシン》（西暦五二四年）正月。

男大迹大王は、尾張における身寄りを失った匂大兄王子を、東国における任務がひと段落して、昨年末に年賀の式に臨むために上京したのを機会にそのまま都に留め置き、後継ぎとしての役割を身につけさせることにした。

匂大兄はもう五十半ばを過ぎており、大王を継ぐには十分すぎるほどの経験も積んできている。男大迹が見るところ、以前に比べて大兄の人柄が変わってきているのが窺われた。若い頃は明るく活発ながらも心根が優しく、周りの者への心配りも人一倍にできていたが、あらためてしばらく近くに置いて見るに、行うことは前にもまして積極的ではあるが、言葉づかいも幾分粗野になっており心が籠っていない。そして、いつも胸の中を冷たい風が吹きわたっているような表情をしている。

男大迹は匂大兄の来し方を思い描いたとき、手白香后と広庭王子に関わる誰にも訴えることのできない秘事に行きついた。そしてそれを忘れさせようと都から遠く離れた東国を長らく務めさせたこと。全て自分がそう決めた。匂大兄が人となりを損なったのは我れに責があると感じた。さらに母である目子の死も心の支えを失ったのであろうと思いやった。

弟国宮に設えた太子の春宮に居を構えると、大王の意を受けて精力的に活動し、大和の豪族たちとも頻繁に接触することになるが、大兄のこれまでの経験は未開に近い東国各地での折衝が多く、人に対するに少し強引さも窺われて大和の諸臣は口にこそ出さないが、大兄を敬遠する傾向が見えてくる。

男大迹はそのような噂も耳にすることもあるが、今は強いて大兄を立てていくしかなかった。

近江にいる高田王子は、十年前に匂大兄王子に続いて手白香后や春日山田王女の妹にあたる「橘《タチバナノ》 仲王女《ナカツヒメミコ》」を娶り、王子や王女をもうけている。しかし、ここ数年はほとんど高島の館で深く考え込むことが多くなってきており、西国に出向いての政務は滞っている。

ただ、男大迹は最近になって、高田王子の持つ霊威の高まりを感じ始めていた。

そのように不安をはらんだ年も明け、

継体十九年、乙巳《イッシ》（西暦五二五年）の年。

男大迹大王を、いや倭国全体をさらに脅かすような事態が西から惹起してくる。

第十五章「西からの旋風」

継体十九年、乙巳《イッシ》（西暦五二五年）の秋。

九月、その報せは河内馬飼首荒籠《カワチノウマカイノオビトアラコ》からもたらされた。

「男大迹《ヲオト》大王、昨夜、任那の金官府に詰めさせていた我が甥の『御狩《ミカリ》』が急遽戻ってまいり、新羅が先月初め洛東江《ラクトウコウ》の左岸流域に兵を集結させて任那を窺い、腕づくで金官加羅国《キンカンカラコク》を抑えにかかろうとしているかの様子が見えております。今のところ戦闘には至っておりませぬが、居座って実力支配を続けているとのこと。ところが任那守護のために派遣している我が九州の兵は特に対峙することもなく静観しているばかり。誠に訝しいとの報せです」

「うーん、いよいよ法興王《ホウコウオウ》が動き出したか。新羅はここしばらく国を整えて急激にその勢力を強めてきておる。先年、上京してきた筑紫君磐井《ツクシノキミイワイ》が話していた通りか。予は争いを望むものではないが、半島にいる兵だけでは収まらぬとあれば、さらなる兵を出さざるを得ないか……」と、男大迹は少し気鬱げに漏らした。さすがに歳も七十半ばを迎えて気力が衰えてきているのだろうか。しばらく顎髯をさすりながら思案顔を続けていた。

三日後、大伴大連金村《オオトモノオオムラジカナムラ》が伺候してきて、先日荒籠が報せてきたことと同じ内容の状況をあらためて言上している。

「それは由々しき事態。大連よ、どのように収めていくのか？」と、心積もりを確かめると、

「大王、このたびのことは任那の存亡のかかる深刻な事態で、これまでのように極力最小限の兵を送って鎮められるとは思われません。我々大和を中心として倭国全体で事にあたらねば収まらぬと存じます。大王が弟国宮《オトクニ》にて進めておられました桂川流域の開発も見事に終えられたとお聞きいたしております。つきましては大王、この時機にこそ宮を大和にお遷りいただき、直に我々を導いていただくことをお願いいいたします」と切り出した。

「予もそれがかなえばと思うが、皆が心を揃えて予を迎えると申しておるのか?」

「それは我れが確かに引き受けます。今の任那の危機に対するためには、ここは大王をお迎えして、皆が心を一にして対せねばと誰もが願っております」

「よく分かった。予も大和入りについては考えておることもあり、しばらく時をくれ。あらためて汝を初め諸臣を呼ぼう」と告げ、これを機に今後の体制についても考えを及ぼした。

　そして、蘇我臣稲目《ソガノオミイナメ》を密かに呼び、葛城系氏族の考えを確かめて根回しを進め、過去の経緯を乗り越えて男大迹の大和入りを受け入れるよう整えさせることにした。

　十一月、男大迹大王に呼ばれた大和の主だった豪族が揃って弟国宮に伺候した。大臣、大連さらに、葛城の葦田臣刀良《アシダノオミトラ》や春日臣田作《カスガノオミタサク》、磐辺《イワベ》親子も同道しており、大王の前では神妙に控えていた。代表して大伴大連金村が申し上げた。

「大王におかれましては健やかにあらせられ、一同お慶び申し上げます。本日は諸臣がこぞって大王を大和にお迎えいたしたくお願いにまいりました。是非ともお聞き届け願います」

「皆の意はよく分かった。予も今の事態を考えると大和にて、皆と軌を一にして事にあたらねばと考えておる。そこで予からの願いだが、大和での宮はこれまでの多くの大王が宮を設けた磐余《イワレ》の地としたい。磐余は我が祖の『息長帯比売命《オキナガタラシヒメノミコト》（神功皇后）』にも縁のある地。そして今、予に従ってきている阿倍大麻呂《アベノオオマロ》の大和における故地である。阿倍に命じて磐余の内に相応しい宮を設えようと思う」と申し入れると、金村が勢いよく応えた。

「畏まりました。磐余は古くから大王のあらせられるところ。相応しき地と存じます。さらに、我が大伴の地のすぐ南に位置しており、我が役目の大王の警護にも適うと嬉しい限り。早速、阿倍と力を合わせて立派な宮を建てましょうぞ」

「それにしても金村よ、予の大和入りにさても長い年月がかかったものよ」

それを聞いて、勢い込んでいた金村は額に汗をかき顔を伏せた。男大迹大王は皆に向けて、

「そして皆の者に申し渡しておく。そろそろ予も歳を重ね気力も衰えてきておる。そこで今後、予は大王の最も重要な役目である神意を受ける立場に徹し、それを伝えて実際に政治《マツリゴト》を行うのは『匂大兄《マガリノオオエ》』に任そうと思う。これからは匂大兄を大王に接するがごとく仕えるように」と申し渡し、諸臣がその意を諮りかねて躊躇していると、大王は続けて、

「その昔、世を治めるため、宮の奥に籠って祭祀を行い神意を確かめる大王と、それを受けて実際の執政を進める大王が同時にいたと聞く。それで上手く世が治まるならそれも良いだろう」

男大迹は後嗣の秩序を整えるために考え出した「大兄制」を、これを機会に実行に移そうと考え、眼の前の臣たちに向かって申し渡した。

金村以下の諸臣は、大王の今の話を聞き少なからずうろたえた。大和の有力豪族としては今まで大王の推戴に関わってきた自負があり、物言いたそうな気配を見せたものの、金村大連までが顔を上げずに口を閉ざしているのを見て、ここしばらく体調を崩して顔色の冴えない巨勢大臣男人《コセノオオオミオヒト》が強いて皆の考えを代弁し、大王に申し上げた。

「大王、我れらは『広庭王子《ヒロニワノミコ》』の成長を待ち、大王の後を望んでおりましたが……」

「前の大王家とのつながりを望む皆の思惑はよく承知しておる。だが、ここ数代にわたって、大王の後継が混乱してきたのは皆も承知しておろう。予はそれを正すため長子を以て『大兄』と称して後継の太子をあらかじめ定め、今後の混乱を避ける仕組みを整えようと考えている。長幼の序は大事なことぞ。『匂大兄』の後は『高田王子《タカダノミコ》』と考えてもいる。『広庭王子』も必ず大王に就かせようが、しばらくは時機を待て。そう、広庭に妃を持たせることにする。生憎、匂大兄には子がない故、高田の長女『石姫《イシヒメ》』を娶わせよう。それで広庭の行く末を見守るが良かろう。予が亡くなれば、そのときは予の話をもとに皆で議せ」と申し渡した。

継体二十年、丙午《ヘイゴ》（西暦五二六年）正月。

朝賀の式において、男大迹大王は大和入りを目指し、宮殿《ミヤドノ》が整い次第『磐余玉穂宮《イワレタマホノミヤ》』に遷る旨を発した。同時に先年申し渡した二大王の並立の件も朝廷の場で諸臣に告げた。諸臣は匂大兄の大王即位を先延ばしすることで、実質の執政は受け入れることになった。

玉穂宮は着々と進んでいるが、匂大兄の宮は大和の有力豪族の誰もが躊躇し、なかなか決まらなかった。最後に葛城系の氏族を主導する立場になった蘇我臣稲目が自分の思惑もあり、その様子を見かねて己の領地内の金橋《カナハシ》に宮を設えて大兄を迎えることになった。その地は後に「曲《マガリ》」の地と呼ばれるようになる。

その年の九月、男大迹大王はやっと大和の内に都を構えることができた。即位してからなんと二十年にならんとしている。

男大迹大王は先に告げた通り玉穂宮の奥に居て、表にはあまり顔を出さなくなっていたが、諸臣は以前から強引さが目立つ勾大兄の金橋宮に伺候することはまれで、仕方なく勾大兄も執政王としての差配を行うためには玉穂宮に出向き、男大迹大王の神託を受けて行うという形で進んでいく。


金橋の春宮において、勾大兄は蘇我臣稲目に向かい、

「蘇我臣よ、何かと造作をかけるがこれからも頼む」と、それなりに感謝を表すが、稲目の見たところ、その言葉に心がこもっているとは言いがたい印象を受けた。

「いえ、何事も遠慮なくお申し付け下さい。力の限り努めさせていただきます。それよりも大兄さまは、大王とともに天下を率いるお立場ゆえ、何よりも立ち振る舞いに十分お気をつけ願います。大和の重臣どもは大王を支えて世を治めている自負を持っております。ときには猛き押し出しも必要とは思いますが、相手の気持ちを推し量るもの言いも大切と存じます」と、稲目は朝廷内の雰囲気を代弁するように敢えて言上した。

「我れは長く未開の東国で務めを果たしてきた。かの地で物事を進める内に、自ずと身振

りともの言いも荒くなってきたのであろう。年を経て身についてきたもので、それをすぐに変えるのも難しかろう」と、何か遠くを見るような眼つきをして大兄は応えた。

「今後とも、我れは大兄さまをお支えいたしましょう」と稲目は申し上げて宮を辞したが、その胸には匂大兄への痛々しい想いとその行く末に暗い不安を覚えていた。

〈我れは淳陀として近江の坂田で過ごした年月は長かったが、その間、匂大兄は尾張あるいは東国におられ、相まみえることはまれであった。今の大王が即位を控えた時に戻られた際の印象は、確かに雄々しさは見受けられたものの、溌剌とした態度と人に対する心根の優しさを兼ね備えておられた。

今の荒《スサ》みようを見るに、決して漏らしてはいけない広庭王子の出自のことが大兄の心を崩れさせたに違いない。まことに痛ましい限りとは思うが、大王の立場になられたとき、我れは全力で支える覚悟ではいるが、今の人となりで大和の中で世を治めていけるだろうか？　果たして大王としていただくことが我が国にとって最善の形であろうか…？〉

稲目はそれ以来、答えの出せぬ懊悩を持ち続け、匂大兄に接するたびにその是非に迷うこととなる。

朝廷での匂大兄の有《ア》り様《ヨウ》を危惧して男大迹はある日、匂大兄を宮に呼び、親しく執政の要諦を教え諭すことにした。良い機会と思い、体調も回復しつつある近江の高田王子も呼び寄せる。

「匂よ、政治を進めるのに独断で事を行うのは禁物ぞ。まず臣等の意見や考えをよく聴き、その上で最も良き道を決め、皆の同意も得て行うことが肝腎だろう。強引に事を進めようとしても、皆の心を合わさねば上手くは行かぬ」

「父上、我れは長く東国のまだ未開の地で、己が良いと思うことを意のままに行い、皆が期待する成果も上げてまいりました。我れは古い大和の地で周りに気を遣い、また伝統や因習に囚われながら事を行うのは、どうも苦手と感じております。我れは諸臣が望む『広庭』に大王位を継がせるのが良いと存じますが……」と、大兄は自分の考えを述べた。

高田王子はどうして兄がここで「広庭」を大王に推すのか訝しむ。男大迹は高田王子の不審げな顔つきを認めると、大兄に厳しい視線を送り重ねて申し渡した。

「以前から言い渡しているが、我れは王統後継の秩序を整えようと『大兄』の制を設けた。我れを継ぐのは『匂』、汝よ。その後は『高田』ぞ。『広庭』の大王位はその後でよい」と強調した。それを聞き二人は承服したように頷いた。

「まず『匂』だが、東国においては、汝は大和の大王の威で自ずと思うがままのやり方を通せたであろう。確かにそのやり方で開発も期待以上に進められたと思う。さらに東国では困難を克服する経験も積んできたと思う。だが、大和ではそう簡単にはいかぬぞ。倭国全体の治めを汝一人で全てを行うのは無理であろう。東国で苦労を重ねてきたことを活かし、さらにその上で、周りの者に認められる大きな人間とならねばならぬ。そのためにはそれぞれ臣の人となりをわきまえて導くことが大事ぞ」と諭した。

匂大兄は黙っていたが、高田王子が父王に諸臣の人となりを尋ねた。

「我れの見立てを教えよう。まずは『大伴大連金村』だが、頭の働きが非常に鋭く、なすべきことを進めるのが早いが、自己と氏《ウジ》の立場を守るために時にうまく立ち回る。我れもそれを見透かしてはいるが、金村は常に大王と大和朝廷の守護を貫いており、そこは我れも頼りにしておる。次の『物部大連麁鹿火《モノノベノオオムラジアラカヒ》』は典型的な武人で無骨だが、国への忠誠を貫く姿勢は他に負けない。また従う部民《ベミン》は全国に多く控えており、その軍事力は手放せるものではない。ただ高齢で実子がおらず後を考えなければならない時機にきている。そして『巨勢大臣男人』だが、近来大いに勢力を伸ばしてきた氏族で、男人が初めて大臣になり気を引き締めて誠実に仕えている。ここぞという時の発言は重く得難い男だが、ここしばらく務めが過ぎ体調を崩している。さて今後、朝政を託せる人物としては、『蘇我臣稲目』が筆頭であろう。蘇我氏は古くは百済王家とも縁があり半島とのつながりには欠かせぬ氏族だ。数代にわたり渡来の民たちをうまくまとめて新進の技や仕組みにも長けておる。稲目本人も半島の経験も深く、また聡明で視野も広く他の臣を凌駕している。これからの新しい時代にはどうしても必要な人材だろう」と、主だった臣たちの人物評を披露した。

匂大兄は自分では気づかなかった重臣たちの人物像を頷きながら聞き入っており、高田王子は稲目の件《クダリ》では一瞬眼を光らせた。

その後、匂大兄は男大迹の教訓や先日の蘇我臣稲目の諫言を胸に諸臣との接し方を考えながら政治を進めていくように努めた。

ようやく大和における指導体制が落ち着き始めた翌年の春三月、半島において恐れていた報せがもたらされた。新羅が北と南から洛東江の右岸を越えて任那を侵し、金官加羅国のすぐ東にまで迫りつつあるとのこと。任那の倭人諸国を長く率いてきた国であり、大和の出先の府も置いている金官加羅国が侵されるとならば、倭の任那での威が損なわれることとなる。

百済が任那西部の実質支配を強めている動きも気にかかり、大和の有力諸臣もその対応に苦慮していた。相次ぐ半島の騒擾を鎮め安定をもたらすため、男大迹大王は、

「倭国の力を以て争いを収め、任那、百済、新羅の三国が協調して安寧を築くよう説得できる然るべき者を直ちに派遣せよ」と詔《ミコトノリ》すると、匂大兄はそれに応えて、

「大王、詔を全うするためには大軍を以て三国に我が威を見せつける必要があります。かつて大王が乃楽山《ナラヤマ》で成功させた戦法です。戦わずに勝つという……」と述べ、勢い込んで半島への対応について次のように宣言した。

「すぐに半島に派兵しよう。その将軍にこの度は『近江毛野臣《オウミノケナノオミ》』を据えれば、畿内だけでなく所縁《ユカリ》のある東国からも多数の兵を動員できるだろう。まずは一万ほどの兵を西に向かわせ、九州でも兵の動員に努めて、およそ六万の兵で任那を救うと言触《イイフ》れば、新羅といえども恐れて兵を退くであろう」と勢い込んで声を上げた。

男大迹は、独断気味に見える近江毛野君の派遣に少し不安を感じたが、大勢の兵力になれば任那支援も可能であろうと思い、また、自ら執政王の立場を託した匂大兄の溌剌とした指揮ぶりに期待して策を認めた。

緊急の触れにより各地から兵が西に向かった。東国の毛野や武蔵から、北は越《コシ》そして出雲。近江毛野臣は「筑紫津《ツクシノツ》」から勇躍船出し、瀬戸の海を西に進み途中各地の兵とも合流して、大船四百艘あまり兵一万を九州に集結させて「那の津」に入港しようとしたが、古くから玄海の海を抑えている海人族《アマゾク》の「安曇氏《アズミシ》」の長『倉海《クラミ》』が言うには、九州諸国の盟主である筑紫君磐井がこの地に来て、大和の船の入港を拒めと言い渡しているとのこと。

近江毛野臣は仕方なく大半の船を東に戻して長門の「穴門豊浦《アナトノトヨウラ》」に退避させ、自らは那の津で磐井君と会見し、大和朝廷を代表する将軍としての威を見せつけて、兵の動員と半島への出船《シュッセン》を強く要請した。ところが、磐井君はそれにこう応えて言い放った。

「近江毛野よ、大和から代表して派遣されてきたようだが、その昔、汝とはともに身を寄せ合うように大和の宮で大王に仕え、また同じ器で食した間柄。俄かに将軍として遣わされたと言われても、何故、我れが汝に従わねばならないのか。大和からの兵の動員は度重なり、我れら九州の諸国は我慢の限度を超えている。また、半島の百済や新羅との通交を損なうことにもなり、九州の諸国を代表する我れとしては、この度の出兵には従えぬ」と声高に叫んだ。

筑紫君磐井の勢威と猛々しい形相に、近江毛野臣は気を怯ませながらも大和の命を全うせねばならぬと思い、結局手持ちの兵で磐井に戦いを挑むが、地の利もなく、大和への不満と船戦《フネイクサ》に長けている九州兵に散々に破れて穴門まで退き、半島への出兵もかなわぬままにその地に留まるしかなかった。

　近江毛野臣はこの状況を大和朝廷に報告するにあたり、身を守るためことさらに磐井を貶《オトシ》め、新羅から賂《マイナイ》を受けて半島への出兵を拒み反乱を起こしたと報告した。


　大和ではこの事態に驚き、九州の情勢を重く見て今後の対応をいかにすべきかを講じていた。ここしばらく体調を崩して自邸に籠っていた巨勢大臣男人も己に与えられた立場の責を果たそうと、病態をおして議に加わっている。

　しかし、匂大兄は大いに自信を持って下した自己の策が功を成さず、少なからず気を落としてか金橋宮に身を退いていた。

　稲目は心配して宮を訪れて大兄の様子を窺うが、生来の溌剌さは影をひそめ、ただ眼を中空に漂わせて座り込んでいた。稲目は仕方なく、

「しばらくは静かにお休みなされませ」と言葉を掛けるが、大兄は顔を向けるだけで声を出すこともなく目はうつろであった。

〈このような状態のままで大王に推戴して良いものかどうか……〉

稲目はさらに悩みを深めながら宮を離れた。

大伴大連金村を始め重臣たちは、今まで独立国のように振る舞い、時に大和に従わずに那の津を抑えて半島との通交を妨げるなど、筑紫の国には正直言って手を焼いていた。特に磐井君の代になると筑後の八女《ヤメ》を本拠に勢力を伸ばし、「豊《トヨ》の国」や「火《ヒ》（肥）の国」とも連合を組んで大和の一大対抗勢力になっていた。八女には生前に全長九十歩《ブ》（約百三十五メートル）の、大和の大王にも匹敵する大きな寿墓《ジュボ》を造り、独特の石人石馬と言われる実物大の石像を配置するなど、九州連合の盟主として威を張っていた。

大和の有力豪族たちは、意のままにならない筑紫をこの機をとらえて滅ぼそうと議した上で、男大迹大王にこのように奏した。

「男大迹大王、筑紫君磐井は新羅と通じ、匂大兄君が遣わされた我が軍の半島出兵を妨げ、就中《ナカンズク》、戦いを仕掛け反乱するにいたりました。大和朝廷の威信をかけてここは磐井を打ち破り、まずは九州の安寧を取り戻さねばなりませぬ」

男大迹大王は顎髯に手をやり渋い顔をして、

「うーん、近江毛野臣がもう少し考えて磐井に接すればこのような事態にはならなかったと思うが……。国を乱すとならば仕方がない。ただ、磐井の力を侮るではないぞ。今や九州全域を抑えて勢いを増しておる。これを討ち平らぐ将軍には誰がよかろう？」

と問うと、大臣、大連らの考えを代表して、金村が大王に申し上げた。

「事に当たっての判断が正しく、仁愛に富み、かつ勇敢で軍事に長けている将軍といえば、ここに侍る物部大連麁鹿火をおいて他にはおりません」

「そうよな、汝も六十路を迎えて厳しくもあろうが、麁鹿火よ、征きて筑紫君磐井を成敗して来よ。良き将軍とは兵への慈しみを忘れず自分を律し、そして戦う時は疾風の如く攻める。倭国の存亡はここにある。努めて磐井に天罰を与えよ。聖戦中は、長門より東は予が治めるが、九州での賞罰は汝に任せる。いちいちの報せや伺いは不要とする」と、男大迹大王は遠征の斧鉞《マサカリ》を手ずから渡して大権を授け奮い立たせた。

その様子を見て、大伴大連金村が急に申し出た。

「我れは近衛の立場があり都を離れるわけにはまいりませぬが、大伴として我が息《ソク》の『磐《イワ》』と『狭手彦《サテヒコ》』を遣わせます。随分と力になるでしょう」と、金村らしい立ち回りの巧さを窺わせた。

「このたびの遠征はいかにしても失敗させるわけにはいかぬ。九州の状況について耳にしていることもあり、予も動いてみよう」と、また顎髯を撫でながら自らの考えを思い描いていた。


明くる日、男大迹大王は河内馬飼首荒籠とその甥の御狩を呼び寄せ、策を授けた。

「九州の情勢が切迫しておる。以前から汝より聞かされているように、筑紫君磐井の強引さが他の国や豪族との軋轢を生じているなら、そこを突いてみよう。『鐘崎《カネサキ》』の湊を領する安曇氏の分派『胸形《ムナカタ》（宗像）氏』と、『火（肥）の国』を大和の味方に付くよう説くことだ。予の詔《ミコトノリ》を携え飛べ！　御狩」

河内馬飼御狩は物部の軍に先駆けて九州へ急ぎ、那の津の北方に位置する鐘崎の「胸《ムナ》形《カタノ》男波《オナミ》」と、火の国の「火君広石《ヒノキミヒロイシ》」に男大迹大王の詔を示して大和に味方するよう求めた。双方とも大和へ最後まで抵抗を貫くことは到底無理と見定めており、特に広石は、先年男大迹大王に見《マミ》えた際に、その人となりに感じ入っており大和側に味方することにした。

御狩の働きにより、翌年の三月に九州に達した物部の軍船は、北は鐘崎の胸形の支援を受けて安曇氏を抑え、那の津から上陸して兵を進めるとともに、南は有明海に入り宇土《ウト》にて一隊を上陸させて、火の国の兵を加えて進軍した。あとは北上して筑後川を大船のまま遡って磐井の本拠を突き、挟み撃ちにして攻め立てた。ただ、長年九州の地で勢力を培っていた筑紫君磐井の反抗も厳しいものがあり各地で激戦は続いていく。半年余にわたる戦いの末、十一月に筑紫の御井《ミイ》の地で最終決戦が行われた。両軍は旗を振り鼓を打ち鳴らして相対し、兵たちの奮戦で戦場は粉塵に包まれるほどの激戦が繰り広げられたが、最後には数に勝る麁鹿火の大和軍が磐井軍を破り勝利を収めた。

その後、敗れた磐井は豊の国に遁れ行方不明となり、大和軍も彼の生死を確認できず、八女にある磐井の墳墓に飾られていた石人石馬を打ち砕くことでその怒りを晴らした。

戦後、磐井の長子の「筑紫葛子《ツクシノクズコ》」は誅殺を恐れ、那の津を扼《ヤク》す「糟屋屯倉《カスヤノミヤケ》」を大和に献上することで死罪を免れ、本来の拠点である筑紫南部の「八女」に引き下がった。

十二月、一年余にわたって倭国を揺るがせた筑紫君磐井の乱はようやく終わった。

「糟屋屯倉」は本来なら物部大連麁鹿火へ戦勝の恩賞として与えられるのが筋であったが、終戦時に那の津付近にいた大伴磐が、葛子から屯倉の引き渡しを任された。そのまま磐は屯倉に居座り、結局大伴氏が差配するところとなった。その後、自ずと那の津をも管理することになり、大伴氏に大きく利することになる。

年老いた武人の麁鹿火は戦いの勝利のみで満足げであったが、ともに従軍して功績もあった、別家の「物部尾輿《モノノベノオコシ》」は大伴氏への遺恨を抱いたまま凱旋した。そして後年、男子のいない麁鹿火の後を継ぎ大連に就任することになる。

継体二十三年、己酉《キユウ》（西暦五二九年）正月。

男大迹大王は、金橋宮に引き下がっている匂大兄については、体調を崩している状態を見て重い役目への復帰は困難と思い切り、「高田王子」をその後に据え、彼もまた蘇我の地である「檜隈《ヒノクマ》」に宮を置き、専ら神意を受けて政治《マツリゴト》につなげる立場とした。それに合わせて二十歳を超えた「広庭王子」を内々に太子とする旨を告げた。

その詔を受けた諸臣は皆大いに喜び、あらためて大王と高田王子への忠誠を誓った。

大王は続けて、このところ病を得て退いている巨勢大臣男人に替わり、蘇我稲目を大臣に就け、新しい体制で朝政を進めることを宣言した。

巨勢男人は大臣に就いて以来、氏族の誉を感じて誠実にその役目を務めてきており、必要であれば大王にも直言して憚らない責任感の強い人物であったが、病には勝てずついにこの年の九月に身罷ることとなる。

朝廷は直ちに大王の勅使を遣わして、筑紫君磐井の乱が収まったあとも九州にて待機していた近江毛野臣にあらためて命じて急ぎ半島に出兵させた。その兵数は九州勢を含めて約二万五千。大伴狭手彦を将として同行させ、また従者に河内馬飼御狩を付けた。

近江毛野は勇躍して大軍を率いて半島に渡った。そのまま洛東江の近くまで進軍させると、さすがに今までにない大軍の派兵に新羅も恐れて兵を退くに至った。

毛野は意をよくして、男大迹大王に早速、戦わずして敵を退けた旨を報せる使者を遣わせる。

大王はこの報告を喜び、九州の磐井の反乱も収まり、新しい体制の下、倭国全土に大和朝廷の意とするところも行き届いて、国の内外が平穏に治まっていることを喜び満足した。

しかしながら男大迹大王の望みとは裏腹に、半島の情勢は紛糾を深めていく。

古《イニシエ》より倭の出先機関として金官加羅国に置いている府は新羅の攻勢により弱体化してきている。また、任那諸国の盟主の地位にある「大加羅国」は、倭国が任那の四県を百済に割譲して以来、倭を恨んで新羅に接近することもあったが、さすがに国柄も違い相反することも多く現状の国交は拗《コジ》れている。このたびの新羅の侵攻も任那諸国の力が薄れたこともその一因だろう。

近江毛野臣は洛東江の騒擾を収めると任那全域に自己の存在を知らしめるためか、全軍を率いて安羅国に移動し、ついには、高殿を築いて王の如き態で周りに対するようになった。

同時に金官加羅国に置いていた「府」も安羅に移すことにした。

洛東江付近から毛野軍が退くやいなや、またも新羅が侵攻の機を狙いだしている。それを危惧した金官加羅国の「仇衡王《キュウコウオウ》」は本人が自ら密かに渡来して、大伴大連金村に会見して窮状を訴え、大王の支援を請うた。金村からの奏上を受けて男大迹大王は、

「今任那に留まっている倭の大軍でまずは治まるだろう。近江毛野臣に申しつけ、任那安寧のために百済、新羅との協議を進めさせよう」と、仇衡王を安心させ勅使とともに帰国させた。

継体二十四年、庚戌《コウジュツ》（西暦五三〇年）。

二月に至って、男大迹大王は寿の詔を発した。

「我が国は開闢以来、代々優れた王と賢き臣の援けを得て豊かに栄えてきている。予は先人の功業と体裁を継いで二十四年を経た。今、臣等の良き支えを受けて天下は清らかに泰平となり内外の憂いは除かれた。国は豊穣で民は豊かさを謳歌している。密かに恐れているのは人々がその豊かさに溺れて驕り昂ぶりに陥ることだ。人は清廉で節度を保ち、常に大いなる道を学んでいかなければならない。臣等よ心せよ。予も慎もうぞ」と宣言して、男大迹大王は自身の目指した国づくりの方向が誤っていないことを嘉した。

しかし男大迹の願いに反して、半島の情勢は逆に混迷を深めていく。

この間にも百済は高句麗からの圧力もあって、任那の西方の領有を進めており、また新羅はもともと任那への侵攻を狙っていて、再度洛東江を越えての進軍を実現させるなど、半島南部は複雑な混沌状態にあった。

そのような時期に毛野は、大軍に意を強くして生来の傲慢さが現れたのか、往く先々で横柄な態度で終始し、各国の重臣や将軍たちから顰蹙《ヒンシュク》を買い敬遠されていった。

新たに勅使を迎え、〈新羅、百済とも任那への侵攻を止め、和解せよ〉との男大迹大王の詔を伝えようと両国の王を呼び寄せたが、両国とも単なる派遣将軍の要請に王たるものが応えるには及ばずと、代理の臣を送るにとどめた。この対応に毛野は大いに面子を潰されたと感じて、大王の詔を伝えることなく両国の臣を追い返してしまった。それに対するに新羅は再び任那に兵を入れ村々を侵し、再び紛争を惹起する事態を招く。

そのような状況を知った男大迹大王は近江毛野臣の召喚を命じる使者を任那に送った。

しかし毛野は召喚に応じず、大王の〈半島の騒擾を収めよ〉との詔を全うするためには今しばらく時が必要と、河内馬飼御狩をその弁明のために帰国させた。

御狩は困惑しながら帰国し、大王の下に伺候する前に河内馬飼首荒籠に相談した。

「御狩よ苦労をかけたな。近江毛野臣さまの言い訳ごとはそのまま大王に伝えるがよい。その上で、半島の状況をつぶさに報告せよ。何も隠さず何も付け加えることなくありのままに告げよ。全てを聞こし召した上で大王が判じよう。直ちに参上せよ」

御狩はその足で宮に向かった。

男大迹大王は御狩からの報告で、半島における真の状況を聞き、愕き憤りそして嘆いた。

そうしている間にも、任那の事態はさらに悪化の一途をたどり、近江毛野臣の暴政はさらに嵩じて民にまで被害が及ぶ事態になる。たとえば、裁判に当たって十分な審議も行わずに安易に「盟神探湯《クガタチ》」で正邪を決めて死に至らしめるなど、暴虐の極みを見せている。

任那諸国の盟主を自負する大加羅国の『異脳王《イノウオウ》』は、この状況に業を煮やして、近江毛野臣を半島から追い出すために、何と新羅と百済に出兵を請い、両国とともに毛野を攻めるという事態にまで至った。

この深刻な事態に男大迹大王は直ちに使者を派遣し強く召喚を命じた。毛野もこのたびは任那での居場所を失い帰国の途につくが、その途中、対馬にて病死してしまう。

毛野の妻は棺に納まって淀川を上り近江に還る夫を枚方あたりで出迎え、

〈悲しい葬送の笛とともに、吾が夫は故郷に帰ってくる〉と悔やんで歌を詠んだ。

近江毛野臣の召喚とともに帰国した使者は男大迹大王にこう報告した。

「毛野臣は人となり傲慢で理に背き、治政にも疎く自分の意のままに振る舞い、大王の意とする和解はついにかなわず、かえって任那を危うくする事態になっております」

十一月の末、大和にも寒い北風が強まってきた夜、男大迹は半島の窮状を目の当たりにして、倭の故地である「任那」が失われつつある現状を憂いながら、顎鬚に手を添えて宮の縁に佇んでいた。そして、冷たく澄みわたった夜空に蒼く浮かぶ月をふと見上げた瞬間、眼の前が昏く閉ざされると同時に意識を失い、その場に崩れ堕ちた。

第十六章「倭よ、永遠《トワ》に」

男大迹《ヲオト》大王は数日間意識を失っていた。大王が臥せている「磐余玉穂宮《イワレタマホノミヤ》」の奥の寝所では、手白香后《タシロカノキサキ》と広庭王子《ヒロニワノミコ》が褥の脇で静かに見守っており、大王の足元には急ぎ駆けつけてきた匂大兄《マガリノオオエ》と高田王子《タカダノミコ》が不安な表情で控えていた。朝堂には大臣、大連を始めとして主だった臣たちが詰めている。揃って息を潜めているが、一人一人の頭の中には万が一の時の大和の姿についてそれぞれの思惑が浮かんでいるようだ。しかし、大王の容態が知れず、誰一人自分の胸の内を口に出す者はいなかった。

そのような緊迫した三日目の朝方、男大迹の瞼が薄く開き瞳を后の顔に向けた。手白香はすぐに気づき、喜びの眼で褥の裾を探り大王の右手を握りしめた。王子たちもその動きを見て大王の顔の周りに近寄り、小さく抑えながらも「父上!」「大王!」と声をかけた。

男大迹は皆の表情を見て事態を呑みこみ、意識して顔をほころばせながら口を開いた。

「おお、皆に心配をかけたな。もう安穏ぞ。ただ少し喉が渇いた。水を……」

手白香はすぐに側に用意していた瓶子《ヘイシ》の水を土皿《カワラケ》に少し注ぎ、左手で大王の頭を捧げ上げ、手ずから水を含ませた。男大迹は喉を潤すと、「ふーう……」と満足そうに頬を崩す。

その大王の姿を見て、皆は胸を撫で下ろした。諸臣にも大王の無事が知らされるや、こぞって安堵の声を上げ、朝廷は喜びに包まれた。

ただ男大迹は、ここ数日間なくしていた意識を取り戻したとき、神意を聴くこともなく霊威も何も感じることがなかった。過去このようなときには必ず神の声を感じてきたものだが、よほど我が身が衰えてきていると思い知った。すでに歳《ヨワイ》も八十を重ねており、確かにこのたびは、そのまま果てても不思議では無かったが、何も神意を感じることなく目覚めたことの意味を諮りかねていた。

男大迹と縁のある各地の首長たちも、事態を憂いて駆けつけてきた。顔ぶれは、遠く越《コシ》からは三尾をあらためて「三国《ミクニ》」と氏《ウジ》を変えた「椀子君《マロコノキミ》」、近江からは名を継いだ「真手王《マテノオウ》」などが急いで顔を見せた。大和に着くや大王の回復を知り大いに安心し、異例ではあるがすでに十二月を迎えており、年明けの朝賀まで大和に留まる事を大王より許しを受けた。
ただ、男大迹の大王即位の最大の力添えとなった尾張からは誰も来ていない。「目子《メノコ》妃《キサキ》」と義兄の「凡《オオシ》」が亡くなり、家筋の異なる現在の首長である「尾張連佐迷《オワリノムラジサメ》」の代になると、確かに男大迹との縁は離れるが、それよりも、大和の豪族が尾張の勢威を恐れ、大王との縁が切れるのを機に抑えつけて大和への介入を阻止しているためであった。男大迹はその動きを知らない。

男大迹は体力の衰えが身に応え、宮から外に出ることなく寒い大和の冬を耐えてきた。周囲の者からの指摘はないが、顔を撫でれば頬の肉が削げてきているのがわかり、体中の筋肉が落ち痩せ細ってきているのを身をもって自覚している。それでも気だけは確《シカ》と保ち、自らが今までなしてきた事績を振り返ってみた。ここ数代続いた王統の混乱による不安は、「大兄制」で継嗣の筋道を立てた。それをもとに大和の有力豪族が議して決めていくだろう。時として大和に逆らってきた地方の豪族もその力を弱め、「屯倉《ミヤケ》」や「国造《クニノミヤツコ》」の仕組みなどで大和の威が行き渡るようになった。また、大王になる前から力を注いでいる河川の治水や灌漑、そして鉄具の増産で、この国の物なりは豊かになっている。ただ、全てがまだ緒に就いたばかりで先の長い努力を必要としていた。さらに、百済の「斯麻王《シマオウ》」とともに目指していた半島の安定は実らず、逆に倭の故地である「任那《ミマナ》」は窮地に陥っている有様だ。我れが描いていたこの国のあるべき姿の実現には、我が一代では覚束ないと己の力不足を感じていた。

それでも命ある限り大王としての役目は果たさなければならない。凛とした姿を見せていかねばならないと、男大迹はあらためて強く決意した。

男大迹は、歳を重ねて体調を崩している状態を感じている今、年が明けて次の朝賀の式がおそらくは最後になるだろうと思い定め、自分の想いをどのように皆に伝えていくかを考えながら静かに年の暮れを過ごしていく。

継体二十五年、辛亥《シンガイ》（西暦五三一年）元旦。

男大迹大王は、朝堂の正面に設えた椅子に腰をおろし両手を肘掛けに置き、左右に后と太子、王子を控えさせて努めて堂々とした顔つきを保ち、南面して眼の前に大臣、大連を始め、百官諸臣に向かい合っている。

諸臣を代表して大伴大連金村《オオトモノオオムラジカナムラ》が大王の前に跪き、新年の寿《コトホ》ぎを述べ全員一同が祝いの声を上げると、大王は喜びの表情を浮かべて椅子から立ち上がり、朝賀の詔《ミコトノリ》を発した。

「めでたく新玉の春を迎えた。今年も予とともにこの国のために励んでくれ！」と宣したあと、あらためて朝堂に詰めている大勢の臣たちを見渡し、大きく一息ついてから告げた。

「少し長くなるが、今しばらく予の話を聴いてくれ。

予は人として生まれてきたが、幼い頃に不可思議な経験をした。周りの者はそれを神意による奇跡と呼ぶが、その時から霊威を授かり、その代わりに困難とともに生かされる責を負うこととなった。

後に、図らずも大王位を継ぐこととなり、その役目として神意を受け、国と民の安寧を願い力の限りを尽くしてきたつもりだ。

予が霊威を受ける身となったのは、薄くはあるが大王家の血筋を継ぐ裔《スエ》であった故であろう。

この血統を疎かにしてはならぬ。大王位を継ぐ者は、この血筋の中で神の霊威を受けた者に求められよう。古《イニシエ》からこの国のかたちはそうであった。ただここ数代にわたって王統の乱れが続いてきた。予は遠くから招かれて国体を継いだが、それは乱れた後嗣の秩序を立て、皆が迷わずに各々の業《ナリワイ》に励める仕組みを整えるために遣わされたと信じておる。

これから王位に就く者も、強く霊威を持つ王、逆に神意を受ける能がわずかの王もあろう。大切なことは、大王は常に国と民のことに心を寄せて、その安寧を祈る務めを忘れぬことだ。それを支える臣たちは、時の大王の意を受けて己の役目を全力で果たしていかねばならぬ。その大事な定めをもし怠ることがあれば、人心も離れて王統が絶える事態にもなり、国も乱れることになる。

上に立つ者、下で支える全ての者がこのことを胸に確と刻み、予の後も励め！」

男大迹は持てる力を出し尽くして話を終えると、深い疲れを覚え椅子に沈み込んだ。


朝賀の式を終え、自分の想いを伝えきったと安堵をしたが、数日たっても男大迹の疲れは取れていない。朝の内に臣たちからの謁見を受けるにとどめて、あとは宮の奥で静かに過ごしていた。

数日後、蘇我大臣稲目《ソガノオオオミイナメ》が伺候してきた。男大迹はこれまで抑えていたが、祖父と孫として話のできる最後の機会であろうと思い、奥の居室に招き人払いをして二人だけで親しく会うことにした。

内には青銅製の火鉢を数個備えて温かく、稲目は羽織っていた皮衣を脱いで左手に抱えて、大王の前に進むと跪いて座し、型通りの挨拶を始めると、男大迹はそれを遮り、

「稲目よ、今日だけは互いの堅い立場を離れ、祖父と孫として心置きなく話し合おう。今日だけはな……」

稲目はそう話しかけられ、一瞬訝しみそして寂しい視線を大王に投げかけたが、すぐに表情を戻し、男大迹の心の内を思い知り、顔に喜びの表情を作り話しかけた。

「ありがたく承りました。それでは御祖父《オジジ》さま、本日は良き物を献上するためにまいりました。

これは、我が下《モト》に仕えている『東漢志拏《ヤマトノアヤノシナ》』が遥か高句麗より取り寄せた人参をしばらく酒に漬した薬酒で、心身の疲れをよく取ってくれる妙薬です。我れも時に使いますがその効き目は確かでございます。ただ少し苦《ニゴ》うございますので、このたびは桂皮を加えて飲みやすくしてお持ちいたしております」と、持参してきた木箱の中から須恵器の瓶を取りだして、二枚の土皿《カワラケ》に瓶から琥珀色の液を注ぎ、その一つを自ら先に口に含み、もう片方の土皿を手に取り笑みを浮かべながら勧めた。男大迹は手に取り一口含み味を確かめると、

一気に飲み干し、

「稲目よ、これは妙薬よ。飲むと直ちに体中に温かみが広がるし、気も強くなる感がある。何よりうまい。さらに一杯もらおう」と求めて、土皿を手にしながら話を続けていく。

「我れは、汝の父である百済の斯麻王がまだ幼い頃から親しく交わり、義父子の縁まで結ぶことになり、ともにこの国や半島の治めについて話し合ったものよ。だが、事は思ったようには進まず汝の父は先に逝ってしまった。この国についても我が想いの限り手を尽くしたが、まだ緒に就いたばかりで先は遠い。我れはすでに歳を老い力の無さを思い知るばかりだ」と、薬酒の働きもあってか孫を前にして、気の置けない本音を曝してつぶやいた。

「御祖父さま、いや大王。大王がなされたことは偉大であります。国は安定して栄え、民は豊かにして大王の恩を深く感謝しております。確かに大王の手がけられた改革は、この国を大きくつくり変える仕組みの改めで、成し遂げるためには長い年月が必要になると思います。大王の意を受けて後を継ぐ者たちに託すべきと存じます」と稲目は男大迹を力づける。

「そうだな。後は予の王子たちに任せよう。そして稲目よ、汝は諸臣を率いる立場としてこれからの働きを期待しておるぞ。倭国全体を治めていく大筋は描けてきている。この先必要とされるのは、皆が安心して日々を過ごせる法《ノリ》の基《モト》や教えなどだ。我れは百済から『五経博士』を招聘して確かに上に立つ者の心馳せは高まり、朝廷の儀礼などは厳かになってはきたが、広く民の安寧をもたらすには至っていない」

「新羅では十年ほど前から、中国の制の『律令』なるものを取り入れて国力を伸ばしているようですが、それは皆を統制することで力を結集させようとするもので、直ちに民の心に安寧を与えるものではないようです。我が国にも先には必要となる時が来るでしょうが、今しばらく彼の国の様子を確かめねばならないでしょう。それよりも民の心の安寧を求めるならば、百済で広まっている『仏教』でしょうか」と、稲目は半島の情勢に通じているところを披露した。

「うん、『仏教』か。昔に汝の持っていた金像で教わったことがあったな。ただし我が国は神を敬って成り立つ国ぞ。我れも大王として神を拠りどころにして世を治めている。予の代では……」

突然に男大迹の顔が緩み眼も半開き状態になり、座りも覚束なく上体が斜めに傾いていき、その体を支えるため右手を床につき倒れるのを我慢している。ただ、稲目が診たところ大王の体調が悪くなっている様子は見られない。逆に気分が良さそうだ。左手には空の土皿をまだ持っている。気がつけば、すでに三杯も過ごしていた。

「稲目よ、我れは気分は良いが無性に眠気を催してきた。しばし汝の膝を貸せ」と言いながら、眼の前の稲目に向かって上体を倒し、その膝に頭を乗せかけてきた。稲目は驚きながらも男大迹の体を支えて膝を貸し、土皿を受け取り脇の皮衣を大王に被せ苦笑しながら囁いた。

「御祖父さま、これは薬でございますぞ。立て続けに三杯は過ぎております」と笑った。

「そうか、飲みすぎたか。だが孫の膝は最上よ」と、言い終わらない内に本当に寝入ってしまった。男大迹は聡明な稲目が後の代の諸臣の頭になると確信し、安心して我が身を任せた。

大王がささやかな寝息までたてながら、自分の膝を枕に気持ち良さそうに寝ている。稲目は左手を添えて嬉しそうに大王の寝顔を眺めながら、幸せな時をしばらく過ごしていた。

男大迹は気持ちの良い転寝の夢の中であろうか、神の声を聞いている。

《男大迹よ、よく生きてきた。汝の歩みもそろそろ休めても良かろう。この国の歩みは永《ト》遠《ワ》に続く。繁栄を謳歌する時も、試練を凌がねばならないときもあるだろう。汝は課せられた役目を十分に果たしてきた。後は続いてくる者に任せよ。それ、後ろを振り返って見よ》

男大迹はその啓示を受けて後ろを振り返って見ると、「広庭王子」が微笑みながらついてきている。その後ろから、これも笑顔で「稲目」が続いている。だがそこには「匂大兄」や「高田王子」の姿はなかった。〈これはどういう意味なのだろうか？〉と訝しみ、〈うーん〉と低い声を出したところで眼の前が眩い光にあふれ、男大迹は目覚めた。

「うーん」という低いうめき声とともに大王が目覚めるのを認め、稲目は優しく大王の上体を起こし、両手でその体をさすり特に体調に異変がないと確かめると、後ずさりして、

「大王、お言葉に甘えたとはいえ真に僭越な振る舞いを侵してしまいました。どうかお許しのほどを。ただしばらくの間、大王は心地の良い時を過ごされたと拝察しました」と詫びた。

「いや、それは我れが汝に願ってしたこと。逆に礼を申す。それよりも……」と話を続けて、

男大迹は、目覚める直前に認めた神の啓示とも夢とも思える内容を話し、稲目に問うた。

稲目は大王の話を聴くやしばらく眼を閉じて考え込むが、〈ここしばらくの間、思い悩んでいた匂大兄の後嗣問題について、大王の夢の中で神が答えを示してくれた〉と感じ、やおら眼をきびしく引き締めながら意を決して、大王には耐えられないほど辛い選択になろうが、この国の先を想う自分の考えを訴えようと口を開いた。

「男大迹大王、今のお話はまさに神の啓示でありましょう。やはり大王の後は、前大王家の血統を継ぐ『広庭王子』に大王位を任せられるのが良いと存じます」と思い切って告げた。

「だが、『匂』や『高田』はどうなるのだ？」と、男大迹が責めると、

「それでは大和の豪族たちの本音をお伝えしましょう。お二人の存在は大王がおられるからこそ認められており、大王に万が一のことでもあれば正直に申せば覚束なくなると存じます。豪族らは皆、『広庭王子』に望みをかけ、それは大王が大切にされておられる血統にも関わることで、彼の者たちもそう主張するでしょう。さらにお二人は大王の下ですでに大王と同等の役目を立派に果たされておられます。名代《ナシロ》を立てて名と功績を後に残せましょう」

それを聴き男大迹は直ちに、

「稲目よ、二人とも我が死を機に命を永らえることができぬと申すのか？」と詰め寄る。

「まず『高田王子』さまは『広庭王子』さまに姫を嫁がせられており、特に政治《マツリゴト》に関わらなければ危うさは避けられましょう。ただし、『匂大兄』さまは朝廷の中でも孤立されており、その行く末を我れも危惧いたしております。最後はご自身が身の振り方をお決めいただくしかないかと存じます。それに匂大兄さまも広庭王子さまが大王を継がれるとなれば本望でしょう」

「何と！　汝は『広庭』の出自を存じておると申すか？」と、驚きの目で問うた。

「我が立場と同じと存じております。我れも大王の孫にあたり、父は百済の斯麻王ですが、そのことは口が裂けても漏らせません。匂大兄さまが生き永らえて万が一にでも事実が現れでもすれば、大王家も大和の政権も崩れてしまう恐れがございます。倭の安寧を保つことが最も大事です。ここは大王のご決断を待つしかございません」と、稲目は苦しい訴えを敢えてした。

男大迹は険しい顔をして顎鬚に手をやり考え込んでいたが、寂しい眼をして口を開いた。

「霊威を受けた幼い頃から、決断するときは常により厳しく辛い道を進むよう示唆されてきた。そして、結果はその道が正しかった。だが今までにこれほど辛い選択はあっただろうか。これが定められた道だとすれば残酷に過ぎるだろう。このたびは間違いの道を選ぶことができれば救われるのだが……」と、男大迹は髷に手を置いたまま、しばらく苦渋の表情をして考え込んでいたが、やおらその重い口を開いた。

「分かった。時機を見て大兄には我れから話をしてみよう。そして稲目よ、我れからも一つ頼みがある。朝廷を仕切る大臣として、将来、『匂』と『高田』が確かに大王位に就いていたと記《シルシ》を残してほしいが、それは約束できるか？」と問うた。

「畏まりました。そろそろ我が国の成り立ちや大王の功績を後世に残すために、書として纏めていくことも考えていかねばならないと思っております。今の朝廷の長老たちが世を去る頃を見はからい、そのときの五経博士にでも命じて記載させましょう」と約して、この二人だけの楽しくて、最後は辛く悲しい時間《ヒトトキ》は終わった。


その後、男大迹大王の容態は、近親の者たちや諸臣が相次いで見舞うが一進一退しており、時にしっかりとした様子で相手の問いに示唆を与えることもあるが、時には話を聞くだけで何も応えず遠くに眼をやっているばかりの日もあった。

一月も去ろうとするある日、蘇我大臣稲目が伺候したときを捕えて、男大迹大王が問うた。

「そろそろ水も温《ヌル》んできておる。この機に今まで予を育て支えてきてくれた縁のある各地、そう、尾張に三国、そして近江などを巡ってきたいと思うが……」と、おそらく最後になるであろう巡幸で各地の現状を記憶に留めておきたいと願った。

「大王の今のご容態を窺いますとそれほどの遠出はお体に障ります。臣としましては承諾しかねます。それよりも先日のお話になりますが、『匂大兄』さまのお気持ちはいかがでございますか？」と、大臣は最も差し迫った件について確認した。

「そのことか。あの翌日に匂を呼び、膝を突き合わせて話し合ったわ。汝が秘事に気が付いていることも含めて、この国にとってどのように振る舞うのが最善か。匂はしばらく空《クウ》を厳しい眼で見つめていたが、やがて穏やかな表情をして、汝の望む最も厳しい道を受け入れた。

その後、その経緯を手白香にも打ち明けたところ、后はじっと話を聞いていたあと、しっかりとした口調で、『その道が倭国の将来のためになるのなら……』と承諾したが、その眼には涙を溜めたまま堪えていた。『広庭』を産んで以来、大兄とは近づくこともなく声も交わさず、后として大王の予に寄り添ってくれている。さぞかし胸の内にはあふれる想いもあったと思う。手白香は強いのう。我れは耐え切れぬほど辛いわ。稲目よ、あとはくれぐれも頼むぞ」

「大兄さま、よくぞご決心なされました。我れは全力で『広庭王子』を支え、大王が目指された道をともに追い求めてまいります。大兄さまには穏やかに迎えられる物を用意させましょう」と稲目も感極まり、両手を顔の前で合わせ座ったままで上体を床に倒し感謝した。そして、

「大王、先ほどの巡幸の件でございますが、遠出は無理でございますが、大王のお好きな船を使い、ゆかりの三都を巡られてはいかがでしょうか?」と勧めた。

稲目はその足で金橋宮の匂大兄のもとに駆けつけ、大兄の前に額ずいてその決断に感謝した。

「蘇我大臣よ、この国の平安を願うにはその道しかないだろう。これも我が行いの報いであろう。人に漏らせぬ密事を秘めながら皆を率いることはできぬ」と、大兄は穏やかに

語った。

稲目は涙を浮かべ、〈我れは、己の秘事を含め全てを我が胸一つに収め、この国のために及ぶ限りの力を尽くそう〉と誓い、万感の思いを込めて大兄に申し上げた。

「我れが全力で広庭王子さまをお守りし、必ずや立派な大王に導き、そしてお支え申し上げます」

その後、しばらく二人は寂しい眼をして見つめ合っていた。

二月の三日に男大迹大王の一行は磐余《イワレ》を発した。大王は今まで好んで使っていた馬ではなく、このたびは輿に身を委ねての出立であった。周りの者たちもこの巡幸が最後になるかもしれぬと察し、后と大兄や王子たち、そして大臣、大連を始め主だった臣らも随行した。まずさほど高くない乃楽山《ナラヤマ》を越えて木津川に至ると、早速数隻の船に乗り換えて下り、午後まだ早い内に「筒城宮《ツツキノミヤ》」に着き、その地の大勢の民たちの歓迎を受けた。大王はそれに顔をほころばせながら応えて、その日は筒城宮に泊まることとした。

翌日はさらに木津川を下り、いったん巨椋池《オグライケ》に入って遅めの朝餉をとり、しばらく池の春を楽しみながら過ごし、男大迹大王は過ぎし日々を周りの者たちと懐かしみながら、

「予の愛でる桜樹が花を咲かせるには、まだ時期が早いのは残念だが……」と惜しんだ。

　船は桂川を少し遡って「弟国宮《オトクニノミヤ》」に着く。ここでも大勢の歓迎を受けたが、男大迹は同行している坂井致郷《サカイノチクニ》を呼び寄せると、首からこれまで常に下げていた管玉と勾玉とを交互につないだ御統《ミスマル》（頸珠《クビタマ》）を外して致郷に手渡し、

「致郷よ、長きにわたり予の側に仕えてくれて礼を申す。最後の頼みだ。この御統は幼い頃に母から授かったもの。これを近江高島の水尾神社《ミオノカムヤシロ》に先年設えた母の祠に納めてくれ。時がくれば予が自ら行こうと思ってはいたが、このような仕儀になりそれもかなわぬこととなってしまった。予に代わり頼むぞ。汝は親に続いて予の側でよく仕えてくれた。心から礼を申す。この務めが終われば、そのまま故郷の三国に帰り、身内とともに穏やかに過ごせ。予への務めはもういいだろう」と、肩に手をやり申し渡した。致郷は涙ながらに大王に訴える。

「大王、我れは最後までお側でお仕えしたいと存じております」

「致郷よ、汝が無事に三国に帰るまでが予の最後の命だ。拒むことは許さぬ。さあ行け」

　と、若い舎人を二人つけ、弟国宮から送り出した。去りゆく致郷の背を見つめている男大迹の眼にも光るものが認められた。

翌二月五日は、遅めの出立で船は桂川を下ると間もなく淀川に入り、「樟葉宮《クズハノミヤ》」に午後の早い時間に到着すると、懐かしい宮で同行してきた皆々と宴を催す。河内馬飼首荒籠《アラコ》が選び抜いた馳走でもてなしたが男大迹は食が進まない。好んでいた醴酒《コサケ》の甘さも今では寄せ付けず、酢漬けの鶏肉に粥《シルガユ》を少々とあとは香果《カグノミ》（蜜柑）を口にするだけであった。やはり巡幸は残されていた体力を消耗させている様子であった。しかし大王は、食を終えるとこう告げた。

「明日は川向かいの『筑紫津《ツクシノツ》』で船を降り、築造を進めている予の墳墓の下見をしたい。それゆえ、今宵はこれで寝所にまいるが、皆は心行くまで楽しく過ごしてよいぞ」と引き下がった。

本来なら明日は、このまま川を下り難波津《ナニワノツ》を経由して南下し、大和からの輿を用意させている「墨江津《スミノエノツ》」まで進む予定であったが、皆は大王のこの願いをかなえたいと思った。

大王が宴の場を去るやいなや、皆は大王の容態を心配しつつ自然と酒宴は終わった。

翌日、男大迹は干《ヒル》過ぎまで目覚めなかった。周りの者たちは大王の先を憂いながら続いて船に乗り込み淀川を下っていく。さほど進まないうちに右手遠方に大王の墳墓が眼に入ってきた。

坂田大俣王《サカタノオオマタノオウ》の出迎えを受けて筑紫津で上陸し、王の案内で少し進むと、墳墓造営域の結界を示す柱が立っており、すでに湊からもその全容が眺められていたが、内に入ると眼の前にその巨大な姿が迫ってきた。二重の濠を備えた墓域の全長は二百三十歩《ブ》余（約三百五十メートル）あり、墳丘の長さは百二十五歩ほど（約百九十メートル）、高さは八丈（約二十四メートル）もある。

淀川を上り下りする船からもその威容を遠望することができる。

墳丘を見ると、内堀に接する基壇部分には一抱えほどの大きな石を鉢巻上に並べて護岸し、その上部の斜面にも人頭大の大ぶりの白石が葺かれていっている。それが西に傾きかけた陽に照らされて美しく輝き荘厳さを増している。その作業も大勢の工人によりほぼ終わりかけていた。

造営工区の脇には数棟の建物が並んでおり資材や工具の置き場などになっている。

その中の一棟で他になく丁寧につくられた建物の中に、九州は火の国から運ばれてきた馬門石《マカドイシ》で家型に造られた立派な石棺が収められている。ここ数代にわたり大王のみに許されてきた「王者の棺《ヒツギ》」である。男大迹は自分が好む山桜色をした大きな石棺に満足した。

男大迹は自身が近くそこで永遠の眠りにつくだろう墳墓に思いをいたして、随行している者たちに向かって小声でこうつぶやいた。
「予の墓は望んでいた以上の出来栄えで感謝している。まことに見に来てよかった。ただ、もう少し足を延ばして、墓の守りとして特に依頼している『土室《ハムロ》』の埴輪窯も訪れたかったが確かに疲れたわ」と床几に腰を下ろした。そして坂田大俣王を呼び、
「坂田の王よ、見事に進んでいるのう。礼を申す。ところで、墓域の結界には『槻《ツキ》（欅《ケヤキ》）』の木を数本植えてほしい。予は高島の『水尾神社《ミオノカムヤシロ》』にて生を受けたが、その産屋脇の大きな槻の木にちなんで、幼い頃は『太杜《フト》』と呼ばれていた。逝く時もその神木に見送られるのも良いではないか」と求めた。

その地に住む者たちは、「筑紫津」を初めとしたこの地の開発で豊かになり、男大迹大王に大いに感謝するとともに心から慕っていた。崩御した後も彼が植えさせた「槻」に男大迹大王の霊威を感じて神木として有り難がり、時代が下っても「欅」を他の樹木よりも大切にしてきたのである。

さらに時を経て、この地は「高月《タカツキ》」と記せられる頃もあったが、室町時代の世になり、

十四世紀の終わり頃、この地の人々が大事に見守ってきた、二十丈（約六十メートル）もある大きな「欅（槻）」に因んで「高槻」の名に改めたと伝えられている。

その当時はもう男大迹大王の記憶は失われていただろうが、そのゆえんの一つかもしれない。

これ以上の移動は大王の容態に関わると懼《オソ》れて、予定にない筑紫津に泊まることになった。

しかし、大王に相応しい行宮所がなく、湊にしっかりと繋留した船の御座所で一夜を過ごしていただくことにした。男大迹は乗船するとすぐに用意された褥に横になった。

二月七日、男大迹の寝覚めはさらに遅くなった。暗くなるまでに「墨江津」に着きたい一行は、寝起きの大王に断わりすぐに筑紫津を出航した。

男大迹は口にするものは香果《カグノミ》しか求めず、まだ冷たい風を避けるように御座所の中で静かにしていた。船は河内湖《カワチコ》に入り西端の難波津でしばらく休憩したが大王は船を降りなかった。

西に傾く陽を追いかけるように、船は茅渟《チヌ》の海に出ると舳先を南に向け墨江津に急いだ。

しばらくすると、男大迹が御座所から足元が覚束ないままにふらりと出てきた。近くで待機していた舎人が素早く用意した床几に静かに腰を掛け、西の方を指さし周りの者たちに声をかけた。

「汝ら、あの西の海に沈もうとする夕陽を見ろ。難波からでは珍しいことぞ」と声を出した。

確かに難波から山や島影に妨げられずに夕陽が水平線に沈むのを望められるのは珍しい。夕陽はことのほか大きく、沈むのを惜しむように水平線を赤く染めながら輝き続けていた。

〈沈む陽は明日また昇り、それを繰り返しながら天は永遠《トワ》に我々を見守っていてくれるだろう。我れはそれを信じよう〉

男大迹はそう思った瞬間、身体の芯が崩れ堕ちる感を覚え、手で床几を押さえて必死に体の倒れるのを我慢すると、蘇我大臣稲目に向かって力の限りの声を出し、

「大臣、予は大王位を今この時を以て匂大兄に譲位する。心得ておろうな」と声を絞った。

「確かに承りました」と、大臣ははっきりと大王に届くように応えると、大王は少し笑んだ。

いつにもまして赤く大きな夕陽が海に沈まんとしたまさにその時、男大迹大王は静かに眼を閉じ、長い年月《トシツキ》を全力で駆け抜けてきたその生涯に終わりを告げたのである。

第十七章「終章」

男大迹《ヲオト》大王は沈む夕陽とともに崩御し、船の御座所に静かに横たわっている。その枕元にはこの行幸に携行させてきた、大王の璽符《ミシルシ》である「鏡《ミカガミ》」と「剣《ミハカシ》」を納めた檜の櫃《ヒツ》が置かれていた。

手白香后《タシロカノキサキ》と王子《ミコ》たちが大王の側近くに侍り、静かに別れを惜しんでいる。

天も男大迹の死を拒むかのように水平線に長く夕焼けの輝きを残している。その暮れなずむ中を船は墨江津《スミノエノツ》に着岸した。

それを見計らうように蘇我大臣稲目《ソガノオオオミイナメ》は匂大兄《マガリノオオエ》に即位を促すとして、諸臣を代表して御座所に入り、手白香后にその旨を告げる。后は大兄一人を残し他の者を連れて御座所を出ようとして、退く直前に振り返って大兄と眼を見合わせるとしばらくお互いに見つめたあと、后はそのまま無言のうちに悲しい顔をして去った。

蘇我大臣稲目は大王の遺体に黙祷した後、恭しく二つの璽符の納まっている櫃を大兄の前に据えて跪き、

「匂大兄さま、亡き大王の御意志でございます。直ちに大王への即位を……」と勧めた。

「よく分かった。亡き父王はこの国を豊かに、そして平らかにするために全力を尽くされてきた。我れは誰よりも父王に愛されて今日まで過ごしてきたと思っておる。その父王の御意志と皆の者の推戴とあらば大王位を継ぐことにしよう」と確かに宣言した上で、眼の前の櫃に手を添えてしばらく沈思したあと、やおらその口を開いた。

「その上で大臣よ、約束の物は用意してきたか?」と、大兄が毅然とした態度で問うと、

「男大迹大王のご容態を危ぶみ、大和を出立するときから携えて来ております」と稲目は眼に涙をにじませながら、懐から小さな竹筒を取り出して大兄に手渡した。大兄はそれを右手で取り、木の栓を外して左の掌に傾けて薄黄色の粉を受け止めた。瞬時厳しい眼をして見つめると、やおらその粉を口に含み、側にあった瓶の水を含んで一気に飲み干す。その粉は「冶葛《ヤカツ》」と呼ばれる中国の『梁』で産した毒薬で、稲目が命じて東漢志拏《ヤマトノアヤノシナ》が百済か

ら取り寄せていたものであった。

大兄は薬を飲むとすぐに何かに耐えるように口をきつく引き締めるが、その直後、眼を大きく開くと次の瞬間「うっ！」とひと声呻《ウメ》いて崩れ伏した。

大兄の呻きを耳にして、后と王子たちがすぐに御座所に駆けこむが、匂大兄はすでに息絶えていた。

稲目大臣は、皆が声を出そうとするのを押し留め、眼を引き締めて事情を告げた。

「匂大兄さまは、大王位の譲位をお受けなされた後、自ら男大迹大王のあとを追われました」

大兄の姿を見て手白香后は悲しい眼をしながらも必死に耐え、横にいた広庭王子《ヒロニワノミコ》は突然の出来事に訳が分からず、ただ胸が押し潰される想いで涙を流していた。生来気の優しい高田王子《タカダノミコ》は兄の死に耐え切れずその場に昏倒し意識を失ってしまう。

その夜は墨江津の館にて主だった者たちは夜伽を行っていたが、稲目は従者に命じ、大和へ帰還するために用意していた輿のうち、大王を含む三挺に外から見られないように網代の帳《トバリ》を設えさせた。

翌朝、悲しみに包まれた行幸の一行は大和に向けて墨江津を出立した。すでに大王の崩御は知られていたが、なぜか匂大兄と高田王子の姿が認められず、帳を下した輿のみが進んでいく。人によっては事情が分からず何か訳があって、大王と同時に太子と王子も身罷れたと受け取る者もいた。確かに高田王子の意識はまだ戻らず、このような形で帰還せざるを得ない状態であり、大和の「檜隈宮《ヒノクマノミヤ》」に帰り意識が回復した後も心を失った様子で、宮の奥に籠ったままでその姿を外に見せることはなかった。

辛亥《シンガイ》の年（西暦五三一年）の冬十二月。

磐余玉穂宮《イワレタマホノミヤ》の南に設えていた殯宮の前において荘厳な葬礼の祭祀が執り行われ、男大迹の遺体は出来上がった三嶋の藍野《アイノ》墓陵に馬門《マカド》の石棺に納められて埋葬された。さらにもう一基、匂大兄の棺も大王とともに納められる。

その後、倭国は大和の豪族が待ちに待った「広庭王子」が執政にあたるが、高田王子の存命中は敢えて大王位に就かず、三年後に王子の身罷るのを待って正式に大王（欽明《キンメイ》天皇）として即位した。

倭国内は男大迹大王時代の良き治政が全国に行き渡っており、大和朝廷に異を唱えるほどの地方豪族も払底して事もなく治まっているが、半島の情勢は相変わらず厳しく、男大迹大王が崩じた翌年、金官加羅国《キンカンカラコク》がとうとう新羅によって滅ぼされてしまう。浸食はいよいよ進み、三十年後には任那の諸国は全滅するに至る。その後も倭国は故地である任那復興に執念を燃やすが結局かなわず、半島における足掛かりを失い、列島内の治政に専念せざるを得ない新しい時代を迎えることになる。

丙辰《ヘイシン》の年（西暦五三六年）。長きにわたってこの国を大連として支えてきた物部麁鹿火《モノノベノアラカヒ》はその年の暑かった夏が乗り切れず、七十歳を目前にしてその生涯を閉じた。その後の大連位には氏《ウジ》を代表して物部尾輿《モノノベノオコシ》が就くことになった。

そして尾輿はその四年後、長年大伴大連金村《オオトモノオオムラジカナムラ》に抱いていた遺恨を晴らすかのように、遥か昔に金村が関わっていた「任那四県の割譲」の件を持ち出し、蘇我大臣稲目の了解を得て失脚に追い込んだ。すでに年老いていた金村は特に抗いもせずに受け入れ、河内の住吉にある別邸に退き下がった。

このように新しき大王の誕生と大連などの入れ替わりで、大和朝廷も国の民たちも新しき世の到来を実感したのである。

男大迹の跡を継いだ広庭大王は、自身の聡明さと諸臣の支えも厚く、新しき世を望ましい方向に統べ、倭国も男大迹の期待していたようにさらに豊かになってきている。ただ、大王の胸の内には辛亥の年の悲劇が忘れられず、自身と民ともども心の安寧を求めるためにはいか様にすればよいかを蘇我大臣稲目に問うたところ、大臣からは近頃巷で教えが広まりつつある仏教を公式に招来することを勧められ、百済の聖明王《セイメイオウ》から金像一体と経典一式が贈られることになる。

後年、蘇我大臣稲目が命じて、百済系渡来人の「王辰爾《オウシンニ》」ら史人《フミヒト》が中心になり歴代の大王の事績や国の出来事などを書き留めて残す事業に取りかかり始めたとき、男大迹大王の願いをかなえるために、匂大兄と高田王子が大王とともに執政した年数を、大王に在位したとして男大迹の崩御後に設定せざるを得ず、また、広庭大王の即位も三年遅らせたため、時代が下ってあらためて史書を編纂する際に後世の史家を惑わすこととなった。

長きにわたって男大迹とともに歩んできたが、大王として大いなる業積を残して後の時代を開いたにもかかわらず、疑いを持たれるほどに薄い血脈と遠く地方から大和に招かれたという彼の稀有な大王即位は、後の人々の記憶に強く残っていた。

時代が過ぎて大王から「天皇」へとその名称が変わった世になっても、時として皇統が危うくなった際、また後嗣をその時代の権力者が強引に据えようとするときに、遥か古《イニシエ》の継体天皇（男大迹大王）の前例を持ち出して他を納得させるほどの存在であった。

そして多くの謎に包まれながらも、我々日本人にとって継体天皇は今につながる歴史の中で、大きな道筋を示してくれた忘れることのできない人物である。

（完）

参考文献

『謎の大王　継体天皇』　水谷千秋　文春新書
『継体天皇と朝鮮半島の謎』　水谷千秋　文春新書
「『神話』から読み直す古代天皇史』　若井敏明　歴史新書y
『邪馬台国の滅亡─大和王権の征服戦争』　若井敏明　歴史文化ライブラリー
『仁徳天皇　煙立つ民のかまどは賑ひにけり』　若井敏明　ミネルヴァ日本評伝選
『直木孝次郎古代を語る〈6〉─古代国家の形成　雄略朝から継体・欽明朝へ』　吉川弘文館
『継体天皇の謎』　関裕二　ＰＨＰ文庫
『継体東国王朝の正体─伽耶・東北王朝復活の謎』　関裕二　三一書房
『消えた出雲と継体天皇の謎』　関裕二　学研パブリッシング
『ヤマト王権と古代史十大事件』　関裕二　ＰＨＰ文庫
『ヤマト王権と十大豪族の正体─物部、蘇我、大伴、出雲国造家……』　関裕二　ＰＨＰ文庫
『天皇諡号が語る古代史の真相』　関裕二　祥伝社新書
『ヤマト王権の謎をとく』　塚口義信　學生社

『継体天皇と即位の謎』　大橋信弥　吉川弘文館
『継体天皇と王統譜』　前田晴人　同成社
『継体天皇』　篠川賢著　日本歴史学会編　吉川弘文館
『継体天皇の実像』　白崎昭一郎　雄山閣
『継体大王とその時代』（公財）枚方市文化財研究調査会　和泉書院
『継体大王と渡来人―枚方歴史フォーラム』　森浩一・上田正昭編集　大巧社
『大王陵発掘！　巨大はにわと継体天皇の謎』　NHK大阪『今城塚古墳』プロジェクト
日本放送出版協会
『改訂　日本古代史新講』　梅村喬・神野清一共編　梓出版社
『ヤマト王権―シリーズ日本古代史2』　吉村武彦　岩波新書
『天孫降臨の夢―藤原不比等のプロジェクト』　大山誠一　NHKブックス
『よみがえる大王墓　今城塚古墳』　森田克行　新泉社
『血脈の日本古代史』　足立倫行　ベスト新書
『古代国家はいつ成立したか』　都出比呂志　岩波新書
『神々と天皇の間　大和朝廷成立の前夜』　鳥越憲三郎　朝日文庫

『「邪馬台国」はなかった』　古田武彦　角川文庫
『古代史の謎は「海路」で解ける―卑弥呼や「倭の五王」の海に漕ぎ出す』　長野正孝　PHP新書
『古代の技術を知れば『日本書紀』の謎が解ける』　長野正孝　PHP新書
『東アジアの日本書紀―歴史書の誕生』　遠藤慶太　吉川弘文館
『逆説の日本史1　古代黎明編―封印された「倭」の謎』　井沢元彦　小学館文庫
『日本古代国家の秘密―隠された新旧二つの朝鮮渡来集団』　林順治　彩流社
『北アジア遊牧民族史研究』　山田信夫　東京大学出版会
『興亡古代史―東アジアの覇権争奪1000年』　小林惠子　文芸春秋
『朝鮮三国志　高句麗・百済・新羅の300年戦争』　小和田泰経　新紀元社
『韓国と日本の歴史地図―民族の源流をたどる』　武光誠　青春出版社
『韓国の歴史を知るための66章―エリア・スタディーズ』　金両基　明石書店
『伽耶は日本のルーツ』　澤田洋太郎　新泉社
『ヤマト国家は渡来王朝』　澤田洋太郎　新泉社
『朝鮮と古代日本文化―座談会』　司馬遼太郎・上田正昭・金達寿編集　中公文庫

『韓国歴史地図』　韓国教員大学歴史教育科著編、吉田光男監修　平凡社
『息長氏―大王を輩出した鍛冶氏族（古代氏族の研究）』　宝賀寿男　青垣出版
『禹王と日本人「治水神」がつなぐ東アジア』　王敏　NHK出版
『伊勢湾と古代の東海（古代王権と交流4）』　水野祐監修、梅村喬編集　名著出版
『物語　日本の治水史』　竹林征三　鹿島出版会
『古代の日本がわかる事典』　北川隆三郎　日本実業出版社
『考古学の基礎知識』　広瀬和雄　角川選書
『北風に起つ―継体戦争と蘇我稲目』　黒岩重吾　中央公論社
『瀧夜叉』　皆川博子　文藝春秋
『無名の虎』　仁志耕一郎　朝日新聞出版
『日本史探訪1　日本人の原像』　角川書店編
『日本史探訪2　古代王国の謎』　角川書店編
『天皇　祭祀と政の謎』　別冊宝島　宝島社
『古事記の奈良大和路』　千田稔　東方出版
『倭王の軍団―巨大古墳時代の軍事と外交』　西川寿勝・田中晋作　新泉社

〈継体大王の関係年表〉

（註）表中の「斜字」記載は創作したもの。

西暦	干支	ヨミ	年齢	継体（及び関係者）の動向	『紀』年号	倭国の動向	半島の動向	所在
440	庚辰	コウシン			允恭29			
441	辛巳	シンシ						
442	壬午	ジンゴ						
443	癸未	キビ				倭王済、宋に朝貢（安東将軍）	百済、宋に朝貢	
444	甲申	コウシン				清寧誕生		
445	乙酉	イツユウ						
446	丙戌	ヘイジュツ						
447	丁亥	テイガイ		息長の彦主人が越前の振媛を娶る		飯豊王女生まれる		
448	戊子	ボシ						
449	己丑	キチュウ				仁賢誕生		
450	庚寅	コウイン	1	誕生（父：彦主人、母：振媛） ※三つ子の末子		顕宗誕生		近江
451	辛卯	シンボウ	2			宋、倭王済を安東大将軍に		
452	壬辰	ジンシン	3	秋、彦主人死亡 振媛は男大迹を抱いて越前に戻る				

453	癸巳	キシ	4	振媛は高向にて男大迹を育てる	允恭42	允恭崩御（1月）		三国
454	甲午	コウゴ	5		安康元			
455	乙未	イツビ	6					
456	丙申	ヘイシン	7			安康弑される 雄略の大粛清		
457	丁酉	テイユウ	8		雄略元		蓋鹵王が宋に朝貢	
458	戊戌	ボジュツ	9					
459	己亥	キガイ	10					
460	庚子	コウシ	11			倭王、宋に朝貢		
461	辛丑	シンチュウ	12				百済の蓋鹵王が弟 昆支を倭に遣わす	
462	壬寅	ジンイン	13				斯麻（武寧）誕生	
463	癸卯	キボウ	14			馬飼荒籠誕生		
464	甲辰	コウシン	15	「神の天柱（東尋坊）」の奇跡 稚子媛を娶り倭媛と婚約 母振媛死亡		高句麗に対抗し、 吉備臣小梨を任那 に派遣		
465	乙巳	イツシ	16	尾張へ、目子媛を娶る 稚子が太郎子出産		蘇我韓子が紀大磐 に殺される	四将を百済に派遣 末多誕生	近江 尾張
466	丙午	ヘイゴ	17	目子媛が匂比古を出産	雄略10			尾張
467	丁未	テイビ	18	目子媛が高田比古を出産				

468	戊申	ボシン	19	気比社、水尾神社を詣でる 息長の麻績媛を娶る				三国 近江
469	己酉	キユウ	20	近江高島を出発し丹波・出雲へ 杵築大社を詣でる				近江 出雲
470	庚戌	コウジュツ	21	麻績媛が佐佐宜郎女を出産 稚子が出雲郎女を出産				三国 近江
471	辛亥	シンガイ	22	斯麻を安宿へ、そして忍坂宮へ 太郎子、死亡		斯麻が河内安宿へ		忍坂 三国
472	壬子	ジンシ	23	正月尾張へ 5月三国より任那・百済へ			百済、北魏に遣使	尾張 半島
473	癸丑	キチュウ	24	倭媛を娶る 8月暴風雨に見舞われる				三国
474	甲寅	コウイン	25	4月倭媛が椀子彦を出産		末多が河内安宿へ		
475	乙卯	イツボウ	26				百済の漢城陥落 熊津で文周王即位	
476	丙辰	ヘイシン	27	夏、三国の治水が一次完成 大和より要請があり男大迹が出仕	雄略20	雄略が、昆支らを百済に帰国させる		三国 忍坂
477	丁巳	テイシ	28	熊津に行き、情勢を確認する 馬飼安羅子と邂逅		物部大連目死亡 雄略、宋に遣使	昆支・文周王死亡 文斤王即位	半島 三国
478	戊午	ボゴ	29	雄略より丙申の年の経緯を聞く 青海王女に会い二王子存命を知る		雄略、安東大将軍などを自称	解仇反乱するも、真老が討伐	忍坂
479	己未	キビ	30	雄略より即位打診も、清寧を後見		雄略崩御（8月）星川王子の乱	文斤王死、東城王即位、斯麻帰国	

480	庚申	コウシン	31		清寧元			
481	辛酉	シンユウ	32	飯豊皇女と治世について協議		億計・弘計の出現	高句麗、斉に朝貢	
482	壬戌	ジンジュツ	33	1月、億計・弘計を大和に迎える		億計を立太子		近江
483	癸亥	キガイ	34	麻績媛死亡				
484	甲子	コウシ	35	椀子彦を三国の後継ぎにする		清寧崩御 飯豊王女死亡		三国
485	乙丑	イッチュウ	36	顕宗即位により、大和を引く 出雲郎女が嫁ぐ	顕宗元			三国 尾張
486	丙寅	ヘイイン	37	息長真戸・和珥圓郎女誕生				
487	丁卯	テイボウ	38	和珥厚誕生 仁賢より太子として要請 佐佐宜郎女が斯麻と結婚		顕宗崩御（4月） 手白香誕生		忍坂 近江 三国
488	戊辰	ボシン	39	仁賢即位により「彦太尊」になる	仁賢元			忍坂
489	己巳	キシ	40	男大迹が河内牧を訪れる。		武烈誕生		
490	庚午	コウゴ	41	三尾堅夫・堅槭君死亡				三国
491	辛未	シンビ	42					忍坂
492	壬申	ジンシン	43					
493	癸酉	キユウ	44	筑紫津第一期完成			百済が新羅と同盟	
494	甲戌	コウジュツ	45	武烈立太子により、太子位を退く 息長真手王死亡		武烈立太子	斉、高句麗王を征東大将軍に	忍坂 近江
495	乙亥	イツガイ	46					

496	丙子	ヘイシ	47			斯我誕生		
497	丁丑	テイチュウ	48	尾張連草香死亡				尾張
498	戊寅	ボイン	49	筑紫君磐井と大和で初めて会う		仁賢崩御（8月）		忍坂
499	己卯	キボウ	50		武烈元			
500	庚辰	コウシン	51					
501	辛巳	シンシ	52				東城王暗殺される	尾張
502	壬午	ジンゴ	53			斯麻が百済に帰国	百済・武寧王即位	忍坂
503	癸未	キビ	54			「隅田八幡鏡」	余明誕生	
504	甲申	コウシン	55					
505	乙酉	イツユウ	56			淳陀（斯我）帰日		
506	丙戌	ヘイジュツ	57		武烈8	武烈崩御（12月）		三国
507	丁亥	テイガイ	58	1月6日金村ら男大迹に大王要請 2月4日樟葉宮で即位 百済に使者として致郷等を派遣	継体元	匂比古を大兄に 手白香王女を妃に		三国 樟葉
508	戊子	ボシ	59	手白香妃と匂大兄の関係		真戸王事故死		樟葉
509	己丑	キチュウ	60	目子妃が尾張に退去		4月、広庭誕生、	任那の百済人送還	
510	庚寅	コウイン	61					
511	辛卯	シンボウ	62	4月、高田王子が出雲へ 10月、山背の筒城に遷都		葛城・春日の反抗		樟葉 筒城
512	壬辰	ジンシン	63	4月穂積押山・致郷を百済に派遣 12月百済に任那四県を割譲		法師誕生 乃楽山での鎮圧	余明立太子 武寧王から密使	筒城

513	癸巳	キシ	64	百済より五経博士（段楊爾）来日	継体7	8月淳陀死亡		
514	甲午	コウゴ	65	匂大兄の山田妃が子無しを嘆く 百済へ己汶・帯沙割譲			伴跛国、倭に対抗	
515	乙未	イツビ	66	物部の倭国軍が伴跛に敗れる				
516	丙申	ヘイシン	67	段楊爾に代え漢高安茂が着任		厚が真手王を継ぐ		
517	丁酉	テイユウ	68			蘇我稲目が出仕		
518	戊戌	ボジュツ	69	3月9日、山背の弟国に遷都	継体12			弟国
519	己亥	キガイ	70	2月、目子妃死亡		尾張凡死亡		
520	庚子	コウシ	71				新羅が律令制定	
521	辛丑	シンチュウ	72				新羅が梁に朝貢	
522	壬寅	ジンイン	73				高霊、新羅と通婚	
523	癸卯	キボウ	74	段楊爾が来朝し武寧王の死を告ぐ	継体17		百済・武寧王崩御	
524	甲辰	コウシン	75					
525	乙巳	イッシ	76	諸臣が継体の大和入りを勧める			新羅法興王が南進	
526	丙午	ヘイゴ	77	9月13日、磐余の玉穂に遷都 匂大兄が事実上執政	継体20			弟国 磐余
527	丁未	テイビ	78	6月、任那へ近江毛野を派遣 8月、九州へ物部麁鹿火を派遣		筑紫・磐井の乱	新羅、仏教公認	
528	戊申	ボシン	79			磐井君を討伐		
529	己酉	キユウ	80	高田王子が事実上執政 近江毛野が任那に出征そして失政		稲目が大臣就任 巨勢男人死亡	仇衡王が来日	

530	庚戌	コウジュツ	81	2月の詔		毛野、帰国中に没		
531	辛亥	シンガイ	82	2月7日、崩御（一説28年没）『百済本記』に太子・皇子共に死				
532	壬子	ジンシ					金官加羅国滅亡	

※（以降は『日本書紀』における記載。本書『継体大王異聞』は創作）

533	癸丑	キチュウ			（安閑3）			
534	甲寅	コウイン		1月1日、勾金橋に遷都、		武蔵国造の乱		
535	乙卯	イツボウ		12月17日、安閑天皇崩御				
536	丙辰	ヘイシン		1月1日、檜隈・廬入野に遷都 宣化天皇即位	（宣化元）	蘇我稲目が大臣に 麁鹿火死亡	新羅「建元元年」	
537	丁巳	テイシ		大伴将軍出征し任那・百済を救う				
538	戊午	ボゴ		百済の聖明王から仏像・経論		（仏教公伝①）	百済が泗沘に遷都	
539	己未	キビ		2月10日、宣化天皇崩御 12月5日、欽明天皇即位	（欽明元）			
540	庚申	コウシン		7月14日、磯城嶋の金刺宮に遷都		大伴金村失脚		
541	辛酉	シンユウ		吉備某、百済と任那復興を図る		（任那復興会議①）	百済、新羅と和睦	
542	壬戌	ジンジュツ						
543	癸亥	キガイ		百済の聖明王に任那復興を要請				
544	甲子	コウシ				（任那復興会議②）		
545	乙丑	イツチュウ					新羅が国史を撰修	
546	丙寅	ヘイイン					高句麗が西魏朝貢	

５４７	丁卯	テイボウ		４月１日、百済が倭に援軍を要請				
５４８	戊辰	ボシン		支援軍３７０人を百済に派遣			高句麗が百済侵入	
５４９	己巳	キシ						
５５０	庚午	コウゴ		百済が倭に高句麗の捕虜を献じる			北斉建国	
５５１	辛未	シンビ						
５５２	壬申	ジンシン		百済の聖明王から仏像・経論		（仏教公伝②）	新羅が北方侵略	
５５３	癸酉	キユウ		百済から、軍兵派遣の要請	欽明15	王辰爾に「船氏」		
５５４	甲戌	コウジュツ		百済より五経博士などの交替派遣			百済の聖明王敗死	
５５５	乙亥	イツガイ		百済の余昌が聖明王敗死を報じる				

〈著者紹介〉

讃　紫雲（さん しうん）

1949年　香川県高松市生まれ。
1973年　大阪大学文学部史学科卒業。
その後、一般企業に勤務し65才で定年退職。
現役会社員生活をリタイアした後、あらためて
歴史への興味を深め、
2019年11月『継体大王異聞』（単行本）を出版。

カバーイラスト：福井市立郷土歴史博物館所蔵

継体大王《けいたいだいおう》異《い》聞《ぶん》［文庫改訂版］

2021年12月15日　第1刷発行

著　者　　讃 紫雲
発行人　　久保田貴幸

発行元　　株式会社 幻冬舎メディアコンサルティング
〒151-0051　東京都渋谷区千駄ヶ谷4-9-7
電話　03-5411-6440（編集）

発売元　　株式会社 幻冬舎
〒151-0051　東京都渋谷区千駄ヶ谷4-9-7
電話　03-5411-6222（営業）

印刷・製本　中央精版印刷株式会社
装　丁　　弓田和則

検印廃止

Printed in Japan
ISBN 978-4-344-93804-5 C0093
幻冬舎メディアコンサルティングHP
http://www.gentosha-mc.com/